U0524703

诗剑相逢即成歌

古代侠文学研究
先秦—唐

辛晓娟 著

中国社会科学出版社

图书在版编目(CIP)数据

诗剑相逢即成歌：古代侠文学研究：先秦—唐 / 辛晓娟著. —北京：中国社会科学出版社，2024.5
ISBN 978-7-5227-3691-4

Ⅰ.①诗… Ⅱ.①辛… Ⅲ.①中国文学—古典文学研究—先秦时代-唐代 Ⅳ.①I206.2

中国国家版本馆CIP数据核字(2024)第110751号

出 版 人	赵剑英
责任编辑	韩国茹
责任校对	张爱华
责任印制	张雪娇

出　　版	中国社会科学出版社
社　　址	北京鼓楼西大街甲158号
邮　　编	100720
网　　址	http://www.csspw.cn
发 行 部	010-84083685
门 市 部	010-84029450
经　　销	新华书店及其他书店

印刷装订	北京市十月印刷有限公司
版　　次	2024年5月第1版
印　　次	2024年5月第1次印刷

开　　本	710×1000 1/16
印　　张	19.75
插　　页	2
字　　数	239千字
定　　价	118.00元

凡购买中国社会科学出版社图书，如有质量问题请与本社营销中心联系调换
电话：010-84083683
版权所有　侵权必究

目 录

绪论 ………………………………………………………… 1
    一 何为侠？ ………………………………………………… 1
    二 侠因何而来？ …………………………………………… 7
    三 梦在彼岸：凡人与侠客 ………………………………… 11

第一章 上古遗音：先秦—汉代侠文学 ………………… 15
    一 诗卷中的长安少年 ……………………………………… 18
    二 史册中的乱法之士 ……………………………………… 20

第二章 乱世风流：魏晋六朝时期的侠文学 …………… 26
    一 从走马都邑到戍守边关：魏晋时期的
       军士之侠 ………………………………………………… 30
    二 从长安大道到青楼狭斜：六朝乐府中的
       "公子"之侠 …………………………………………… 35
    三 笔记小说里的侠文学 …………………………………… 44

第三章 盛世剑歌：唐代侠文学 ………………………… 73
    一 大唐游侠的养成 ………………………………………… 74
    二 诗与剑的盛会 …………………………………………… 82
    三 传奇里的侠踪 …………………………………………… 101

第四章　篇目选释 ……………………………………… 156

《史记·游侠列传》节选 ……………………………… 157
《刺客列传》 …………………………………………… 169
《汉书·游侠传》节选 ………………………………… 194
班固《西都赋》节选 …………………………………… 211
张衡《西京赋》节选 …………………………………… 213
《长安为尹赏歌》 ……………………………………… 216
《颍川儿歌》 …………………………………………… 216
《燕丹子》节选 ………………………………………… 217
曹植《白马篇》 ………………………………………… 224
曹植《名都篇》 ………………………………………… 225
阮瑀《咏史诗》其二 …………………………………… 227
阮籍《咏怀》其三十八 ………………………………… 227
阮籍《咏怀》其三十九 ………………………………… 228
左思《咏史诗》其六 …………………………………… 229
张华《壮士篇》 ………………………………………… 229
张华《游侠篇》 ………………………………………… 230
张华《博陵王宫侠曲》其二 …………………………… 231
房玄龄等《晋书·张华传》节选 ……………………… 232
傅玄《秦女休行》 ……………………………………… 234
陶渊明《咏荆轲》 ……………………………………… 235
鲍照《代结客少年场行》 ……………………………… 236
何逊《长安少年行》 …………………………………… 237
何逊《拟轻薄篇》 ……………………………………… 238
吴均《结客少年场》 …………………………………… 239
吴均《行路难》 ………………………………………… 240
徐陵《刘生》 …………………………………………… 241

萧绎《刘生》 …… 242

戴暠《煌煌京洛行》 …… 242

王褒《长安有狭邪行》 …… 243

干宝《三王墓》 …… 245

干宝《李寄斩蛇》 …… 247

赵晔《越处女》节选 …… 249

李峤《剑》 …… 251

崔颢《渭城少年行》 …… 251

崔颢《游侠篇》（一作《古游侠呈军中诸将》）…… 252

李白《侠客行》 …… 253

李白《结客少年场行》 …… 254

李白《少年行》 …… 255

李白《秦女休行》 …… 256

李白《东海有勇妇》 …… 256

元稹《侠客行》 …… 258

李贺《嘲少年》 …… 259

孟郊《游侠行》 …… 259

贾岛《剑客》（一作《述剑》）…… 260

薛逢《侠少年》 …… 260

温庭筠《侠客行》 …… 261

佚名《虬髯客传》 …… 262

裴铏《传奇·昆仑奴》 …… 269

裴铏《传奇·聂隐娘》 …… 274

裴铏《传奇·韦自东》 …… 278

袁郊《红线》 …… 280

薛用弱《集异记·贾人妻》 …… 286

皇甫氏《崔慎思》 …… 288

皇甫氏《义侠》 ……………………………… 289

皇甫氏《车中女子》 …………………………… 290

康骈《剧谈录·潘将军失珠》 ………………… 293

段成式《兰陵老人》 …………………………… 297

段成式《京西店老人》 ………………………… 299

段成式《侠僧》 ………………………………… 300

延伸阅读文献 ……………………………………… 303

后记 ………………………………………………… 309

绪　论

英雄是一个民族的杰出代表，中华民族是英雄辈出的民族。文学中"侠"形象诞生、演变的过程，也正是中华民族记录英雄事迹、礼赞英雄精神的过程。司马迁以"扶危济困""重义轻生"明确了侠的道德准则，而从曹植开始，侠的形象又与爱国结合，侠少年们"捐躯赴国难，视死忽如归"的举动，鼓舞了一代又一代热血男儿。可见，侠文学植根于传统文化的丰厚土壤，体现了民族对真善美的追求，因而具备蓬勃生命力。

当代大学生们正处于仰慕英雄的时代，需要建立正确的英雄观、价值观。本教材通过对古代优秀文学作品中侠形象的梳理、阐发，吸收精华，摒除糟粕，使之与当下社会现实结合，与新时代英雄观结合；并与欧美、日本流行文化中的"英雄主义"进行横向对比，构建具备民族特性的英雄体系。弘扬传统文化，提升大学生的文化自信与爱国情操。

一　何为侠？

《韩非子·五蠹》："儒以文乱法，侠以武犯禁。"[①] 认为与

[①] （清）王先慎撰，钟哲点校：《韩非子集解》卷十九《五蠹》，中华书局1998年整理本，第449页。

儒生并列的游侠，是危害国家的五种蠹虫之一，其特点为"聚徒属，立节操，以显其名而犯五官之禁"①。《韩非子·八说》篇则云："弃官宠交谓之'有侠'。"② 这样的结果是导致"官职旷也"，国家法令不行。这里指出了游侠的三个基本特征：以武犯禁、弃官宠交、肆意陈欲。

以武犯禁，即仗着武力违反国家法令。比如聂政，当众之下刺杀韩相；又比如郭解私铸钱币，盗掘坟墓。这说明侠群体从一开始就有对抗规则的一面，即侠客的反抗性。

弃官宠交，"宠"的意思是推崇、亲近，"交"是结交，即所谓结党营私。《史记集解》在解释"任侠"时，引用曹魏注家如淳注："相与信为任，同是非为侠。所谓'权行州里，力折公侯'者也。"③ 这是说侠一方面互相信任依仗，以彼此是非为是非，而不顾国法；另一方面有一定的势力，能够"力折公侯"。需要指出的是，在先秦两汉时期，侠本身是否具备"武功"或"异能"，并不是必要因素。司马迁列举的上自"卿相之侠"如战国四公子，下至布衣之侠如郭解等人，皆无武功或异能。当侠从史传进入诗歌、小说等文学作品后，异能的重要性才逐渐上升。

肆意陈欲，是说侠客们能更自由地超脱社会规则束缚，尽情宣泄自己内心的欲望。侠的本质，是对规则的反叛与疏离，故能冲破礼法束缚。且由于游侠中有相当一部分来自贵家子弟，有更好的物质基础，故在生活中多纵性使气，铺张享乐。这种行为遭到了韩非子的严厉批评，他认为："人臣肆意陈欲曰'侠'，人主肆意陈欲曰'乱'。"④ 侠与乱并列，都是陷国家于危

---

① （清）王先慎撰：《韩非子集解》卷十九《五蠹》，第 456 页。
② （清）王先慎撰：《韩非子集解》卷十八《八说》，第 423 页。
③ （汉）司马迁撰，（南朝宋）裴骃集解，（唐）司马贞索隐，（唐）张守节正义：《史记》卷一百《季布栾布列传》，中华书局 1982 年标点本，第 2730 页。
④ （清）王先慎撰：《韩非子集解》卷十八《八说》，第 430 页。

难的原因。而在后世文学作品中，侠客肆意陈欲的生活方式，却多被视为其魅力的一种表现，并加以渲染美化。最终形成了豪奢不羁、仗义疏财的行为特征，丰富了侠的定义。追求美好事物、满足个体欲望，是人的本能之一。古代文人长期笼罩在"存天理灭人欲"的道德束缚下，以礼教压抑欲望。这让他们对侠客们自由不羁的行为产生了羡慕之情。他们往往将文学作品中的侠客当作自己的理想投射，并将之浪漫化，加以辞藻，饰以想象，以实现对现实生活的补偿。因此，后世人在定义及塑造"侠"时，或多或少也加入了对"肆意陈欲"生活方式的想象。斤斤计较于金钱，称薪而爨、数粒乃炊者，是不大可能被称为侠的。

除以上几点外，定义一个人是否为"侠"，某行为是否为"侠行"的最重要标尺，还是侠客之"道"。司马迁在《游侠列传序》中指出了侠及其行为的正面价值："今游侠，其行虽不轨于正义，然其言必信，其行必果，已诺必诚，不爱其躯，赴士之阨困，既已存亡死生矣，而不矜其能。羞伐其德，盖亦有足多者焉。"[①] 这段话即是对先秦－汉游侠群体特质的总结，也为后世之侠订立了行为准则，垂范千古，影响深远。而其中又包含了几个方面的内涵。

1. 重诺轻生。"重然诺"是侠客的最高的美德之一。指一旦许下承诺，无论遇到多大的困难和挑战，都会竭尽全力去完成。而所谓轻生，强调即使在极其困难的情况下，也要尽力履行自己的承诺，哪怕牺牲生命也在所不惜。《刺客列传》中聂政等人，皆因对"知己"的承诺，而不惜孤身赴险，肝脑涂地。这一点深刻影响了后世文学作品。贺铸《六州歌头·少年侠气》：

---

① （汉）司马迁：《史记》卷一百二十四《游侠列传》，第3181页。下引《游侠列传》不一一出注。

"立谈中，生死同，一诺千金重"；李白《侠客行》："三杯吐然诺，五岳倒为轻"，不仅将"重然诺"视为游侠的典型特质，加以凸显，并且强调了为之可能付出的代价，有生死之别，五岳之重。戏曲小说中亦是如此。关羽"千里走单骑"，赵匡胤"千里送京娘"，程婴杵臼"万死存赵孤"，都通过信守承诺的艰难，强调了一诺之重，也凸显了人物的牺牲精神。

2. 赴士之陀困。游侠们承担起私力救济的责任，帮助那些受到欺压和不公待遇的人们。大侠朱家"振人不赡，先从贫贱始"，冒险脱季布之困。郭解年长后"以德报怨，厚施而薄望"。赈济弱小，不图回报，也成为游侠最重要的品格之一。后人在记录侠客言行或塑造侠客形象时，都会着力表现这一特质。如《汉书》所记闾里侠魁原涉，"专以振施贫穷赴人之急为务"。他主动去丧母的贫士家吊唁，并帮其筹备了丧礼。《魏志》中孙宾硕救助被奸臣迫害的名士赵岐。孝子鲍出斩杀恶匪，救出母亲的同时，还救出了一同被囚的老妪。这种"路见不平，拔刀相助"的行为，体现出个体对于维护社会正义的责任感，具有超越性的价值而独具光彩。同时，侠对弱小者的赈济，也符合了下层人民对于私力救助的渴求。在法制不完善的古代，特权往往凌驾于正义之上，弱势者利益很难得到保证。因此，人们渴望"侠"以拯救者的姿态出现。只有符合了这一期许，侠的形象才能真正深入人心。在后世文学作品中，"侠"扶危济困的特质被反复书写，并成为侠客形象中最不可或缺也最光彩照人的元素。《水浒传》中鲁提辖三拳打死镇关西，拯救金翠莲父女；《七侠五义》中展昭大破金龙寺，拯救了萍水相逢的包拯；皆是如此。司马迁之后，人们认可的侠客特质不断变迁。"以武犯禁""肆意陈欲"等条目，在有的时代被忽视或特意隐去，而"扶危济困"这一条，则始终在侠的标准中占据着侠核心地位，可见人们对其的认可。

3. 不矜其能，功成身退。比如朱家，在拯救豪杰数百人后，"终不伐其能""诸所尝施，唯恐见之"，郭解在为洛阳仇家调解纠纷后，连夜而去，原因是不愿"从他县夺人邑中贤大夫权"。都体现出施恩不图报的优秀品德。

确立侠的上述行为准则后，司马迁将"盗匪"与"游侠"群体做出了明确分割。《游侠列传》先详叙朱家、郭解等人事迹，再列举了"北道姚氏，西道诸杜，南道仇景，东道赵他、羽公子，南阳赵调之徒"，指出"此盗跖居民间者耳，曷足道哉！此乃乡者朱家之羞也。"那些对抗国家法令、结党营私、肆意享乐者，是居于民间的大盗，配不上侠客之称。"朋党宗强比周，设财役贫，豪暴侵凌孤弱，恣欲自快，游侠亦丑之。"可见道德因素在侠定义中的重要性，如果不符合"道"，哪怕拥有势力和名望，亦不可被称为侠。

这种定义也被后世所接受。荀悦在《汉纪》中也曾对侠的特点作出总结："游侠之本生于武毅不挠，久要不忘平生之言，见危授命，以救时难而济同类。"①

唐代李德裕作《豪侠论》："夫侠者，盖非常之人也。虽以然诺许人，必以节义为本。义非侠不立，侠非义不成，难兼之矣。"② 所谓义，即"救人于厄，振人不赡"③ 等道德因素，这才是侠的根本。

需要补充的是，节义等道德要求外，《史记》还总结出了侠的另一特点：即对名誉的极致追求。这一点不能以"道德"笼

---

① （汉）荀悦撰，张烈点校：《两汉纪·汉纪》卷十《孝武皇帝纪》，中华书局2002年标点本，第158页。
② （唐）李德裕撰，傅璇琮、周建国校笺：《李德裕文集校笺》外集卷第二《豪侠论》，中华书局2018年标点本，第788页。
③ （汉）司马迁：《史记》卷一百三十《太史公自序》，第3318页。

括之，而包含了下位者对青史留名的强烈渴望，实现个体价值的不懈追求。而与儒家建功立业不同，这种对"名"的追求，往往包含着对生命的舍弃，因而具备了牺牲精神和悲剧之美，格外打动人心。如豫让临死前要求赵襄子脱下衣服，"拔剑三跃而击之"完成象征性的刺杀；又比如田光因太子丹怀疑他会泄密，故自刎以全节侠之名。最典型的要数《刺客列传》中高渐离段落。刺秦行动失败后，秦皇搜捕太子丹余党。高渐离隐姓埋名，在赵县作"佣保"。他本可以抛下过往，就此了此残生，直到有一日，听到主人家有人击筑。悲声慷慨，点燃了他心中未凉之血。高渐离久久彷徨，忍不住出口点评筑声之善恶。一句点评，意味着他暴露了自己的身份。此时他仍有退路，可以继续逃亡，继续混迹在"佣保"之中，逐渐消磨自己的锋芒。但他选择了相反的道路。高渐离回到住处，拿出了隐藏已久的筑和华丽的衣服，盛装出场，弹奏一曲。这个"易装"的举动，充满了象征意义，他选择放下了"久隐畏约无穷时"的逃亡生涯告别，而重新做回一位"刺客"，走上刺杀秦皇的不归之路。与荆轲刺秦时不同，此时四海统一，刺杀几乎没有任何成功的可能。但他依旧要走完这样的"必死之旅"。既是为了荆轲等故人的遗志，也是一次对自我名誉与尊严的成全。

聂政的故事也是如此。他为了不连累自己已出嫁的姐姐，刺杀侠累后"自皮面决眼，自屠出肠"，以极其残忍的形式，自毁容貌，掩盖身份。而他姐姐知道后，又千里赶到韩国，在集市上认尸。她自知，这一认的结果，是自己也会受到株连。但她并不畏惧，因为她知道，"名"对于一位刺客，意味着什么。他们抛掷生命，牺牲血肉，只为了自己的名字能在世上流传。如今，聂政为了亲情，舍弃了侠客最重视的"名"。她又怎会因为"畏殁身之诛，终灭贤弟之名"。最后，二人皆死，他们为对方的牺牲看似落到空处，但实际上，却更凸显了名与爱的价值。

值得指出的是，重视名誉与之前提到的"不矜其能。羞伐其德"并不矛盾。游侠们不挟恩图报，不看重金钱物质等世俗回报，他们唯一看中的，就是"名"，正是这样强烈的个人荣誉感，赋予了他们超越世俗的光辉。

总而言之，先秦两汉时期的侠客，大体上有如下特点：客观具备赈济他人的能力（武力或影响力）；道德上重然诺，赴士之阨困；生活方式上放浪豪阔，蔑视规则；组织形式上脱离主流社会结构，以个体好恶组成小团体，同声相应。人生观上，痛恨碌碌无为，追求显身扬名，为此不惜舍弃生命。只要大体符合上述原则，上至王侯卿相，下至贩夫走卒者，都可以称之为侠。通过上述的例子可以看出，无论是在历史还是文学作品中，那些被称为侠的人，他们的行为和选择都深受这些特质的指导。中国古代的侠文化不仅仅是关于个人英雄主义的赞颂，更深层次地反映了一种社会理想和道德追求。

二 侠因何而来？

首先，游侠是礼崩乐坏的产物。司马迁在《游侠列传》中言，"古布衣之侠，靡得而闻已"[1]，这既因为去古已远，史料湮灭，更因为当天下有道、上下相顺时，并无产生游侠的土壤。吕思勉在《秦汉史》中说："盖当封建全盛，井田未坏之时，所谓士者，咸为其上所豢养，民则各安耕凿，故鲜浮游无食之人。及封建、井田之制稍坏，诸侯大夫，亡国败家相随属，又或淫侈不恤士，士遂流离失职，而民之有才智觊为士者顾益多。于是好文者为游士，尚武者为游侠。"[2] 这是说，当井田制度废弛

---

[1] （汉）司马迁：《史记》卷一百二十四《游侠列传》，第3183页。
[2] 吕思勉：《秦汉史》，上海古籍出版社1983年版，第517页。

后，社会动荡，诸侯大夫顷刻亡国灭家，依附于他们的士阶层便脱离了原有人身关系，在世间游荡。民间有文武才能的人，也效法他们的行为。因此，能文者成为游士，能武者成为游侠。班固更进一步指出："周室既微，礼乐征伐自诸侯出。"战国时期，七国合纵连横，争雄天下。于是信陵、平原、孟尝、春申四公子"皆借王公之势，竞为游侠，鸡鸣狗盗，无不宾礼"。①礼乐制度废弛，为游侠提供了活动的空间。荀悦《汉纪》中将游侠与游说、游行并称三游，认为他们是"上下相冒、万事乖错"之世的产物："凡此三游之作，生于季世。周、秦之末尤甚焉。上不明，下不正，制度不立，纲纪废弛。以毁誉为荣辱，不核其真；以爱憎为利害，不论其实；以喜怒为赏罚，不察其理。"②要除掉这类游侠，最好的做法，是恢复上下相顺的治世："故大道之行，则三游废矣。"③

其次，上层的纵容。战国四公子蓄养门客，其中不乏冯谖、朱亥之类的侠客。而他们利用自己的势力，周旋各国，排纷解难，因此被司马迁、班固确认为侠之首："扼腕而游谈者，以四豪为称首。"这类卿相之侠的存在，无疑对侠风起到了助推作用。汉代之后，各诸侯王为壮大自己的势力，延续了这种做法："吴濞、淮南皆招宾客以千数。"④他们作为公卿的私人武装力量存在，平时接受公卿供养，危急时候，则以自己的武力，为主人排忧解难。

除了壮大势力外，这些侠客们，有时也为主人执行暗杀任务。韩非子《八奸》："为人臣者聚带剑之客，养必死之士以彰

---

① （汉）班固著，（唐）颜师古注：《汉书》卷九十二《游侠传》，中华书局1962年标点本，第3697页。
② （汉）荀悦：《两汉纪·汉纪》卷十《孝武皇帝纪》，第158页。
③ （汉）荀悦：《两汉纪·汉纪》卷十《孝武皇帝纪》，第159页。
④ （汉）班固：《汉书》卷九十二《游侠传》，第3697—3698页。

其威"①，司马迁《刺客列传》中所列豫让、聂政、荆轲等人即属此类。这类任务往往需要侠客付出极大的个人牺牲，因此主人平时必须待之以礼，以表"知遇之恩"。如太子丹对待荆轲："异物间进，车骑美女恣荆轲所欲，以顺适其意。"② 当这些侠客有违法犯禁行为时，主人也会动用自己的势力，予以包庇。韩非子尖锐地指出："而群侠以私剑养。故法之所非，君之所取；吏之所诛，上之所养也。法趣上下四相反也，而无所定，虽有十黄帝不能治也。"③ 可见上位者的恩养经常破坏法律，使得游侠之风愈演愈烈，无法禁绝。

在这种社会风气下，大量游侠涌现。班固言："布衣游侠剧孟、郭解之徒驰骛于闾阎，权行州域，力折公侯。众庶荣其名迹，觊而慕之。虽其陷于刑辟，自与杀身成名，若季路、仇牧，死而不悔也。"④

最后，私力救济的需要。柳亚子诗云："乱世天教重侠游，忍甘枯槁老荒邱。"（《题钱剑秋〈秋灯剑影图〉》）这不是说太平盛世就没有游侠存在，而是在乱世法律制度废弛，弱者的权利得不到保障，因此，更加需要侠客来替天行道。司马迁《游侠列传序》列举了古代圣贤们遭受苦难，不得申解的例子，指出"且缓急，人之所时有也"，圣贤犹如此，"况以中材而涉乱世之末流乎？其遇害何可胜道哉！"⑤ 私力救济，既包括了弱者对公正的渴求，也蕴含着对法治不公的谴责。越是上下倾轧、法制废弛的乱世，弱者对侠的呼唤及颂扬之声，就越加迫切。这个规律不仅适用于个人，对于国家而言也是如此。清代

---

① （清）王先慎撰：《韩非子集解》卷二《八奸》，第55页。
② （汉）司马迁：《史记》卷八十六《刺客列传》，第2531页。
③ （清）王先慎撰：《韩非子集解》卷十九《五蠹》，第449页。
④ （汉）班固：《汉书》卷九十二《游侠传》，第3698页。
⑤ （汉）司马迁：《史记》卷一百二十四《游侠列传》，第3182页。

末年，中国积贫积弱，饱受西方列强侵凌。一部分有志之士，希望唤醒中华民族任侠尚武的精神，救亡图存。梁启超就是其中代表。戊戌变法失败后，他流亡海外，重新审视世界局势，认为中国重新处于与春秋战国时代类似的"霸国政治"中，故作《中国之武士道》一书，记上自帝王将相、下至贩夫走卒的任侠尚武之辈，希望从历史中找出蕴藏于民族血脉中尚武强国之精神的佐证，唤醒作为国民"最初之天性"的尚武精神。可见，每每到了风雨颓洞、国家危亡之际，对侠的渴望和呼唤就会重新出现在民众心中，中华民族的尚武精神也会得到复兴的契机。

时代的需要为侠风兴盛提供了土壤，而制度废弛又为侠的活动提供了空间，于是每当社会大变革之际，侠便携刚勇之风，登上历史舞台。关于这些侠的出身，学界多认为来自脱离依附关系的中下层士人，大致是符合历史事实的。而侠之思想归属，则众说纷纭。谭嗣同、康有为、梁启超等认为出自墨家，章太炎、郭沫若等人认为出自儒家，冯友兰则认为儒墨兼有，其《原儒墨》指出墨家出于侠之后，又称："孔门弟子中，子路似系一侠士出身者"，"子路死时之慷慨捐生，亦近侠士"[①]。从这里也可以看出先秦时期游侠思想及来源的复杂性。在此借罗立群《中国武侠小说史》中观点作为总结：

> 侠的出身很杂，朱亥是屠夫，侯嬴是守门人，冯谖、荆轲是门客，战国四公子是王公贵族，朱家是财主，郭解是平民。他们中有文侠，也有武侠，有布衣之侠，也有卿相之侠。可见侠的出身不同，他们不是一个特殊的社会阶

---

① 冯友兰：《原儒墨》，《清华学报》（单行本）1935年第2期，第307页。

层，这是一。从有关史料来看，侠也不是一种专门职业。行侠的人来自不同的阶层，各操一业，行侠只是他们生活中的一部分，行侠方式也各不相同，他们并非靠行侠谋生，这是二。侠之行侠，是乐为此道，或曰为侠义精神所驱使，因此正如刘若愚在《中国的侠》一书中所指出的：侠气出于天性，侠之为侠是个人气质使然，这是三。有此三点，大可不必拘泥于侠的出身决定侠的起源一说了。①

三　梦在彼岸：凡人与侠客

文学是现实的反映，侠文学当然也不例外。自战国至于汉代，是游侠活动频繁，且产生了巨大影响的时期。《史记·游侠列传》言："近世延陵、孟尝、春申、平原、信陵之徒……招天下贤者，显名诸侯。"② 这种风气亦深入民间，如《汉书》所言："长安炽盛，街间各有豪侠。"③ 在这样的现实背景下，侠自然会进入史学家、文学家的视野。司马迁首度为游侠立传，就是现实中游侠大量涌现，其言行深刻影响社会的结果。司马迁指出："而布衣之徒，设取予然诺，千里诵义，为死不顾世，此亦有所长，非苟而已也。"对于这样的贤者豪杰，"然儒、墨皆排摈不载。自秦以前，匹夫之侠，湮灭不见，余甚恨之"。④ 司马迁为了不让这些人的姓名及义举湮灭，故将之写入传记，希望他们能名垂后世。正如日本人泷川龟太郎所言："周末游侠极盛，至秦、汉不衰，修史者不可没其事也。"⑤《游侠列传》《刺

---

① 罗立群：《中国武侠小说史》，花山文艺出版社 2008 年版，第 4—5 页。
② （汉）司马迁：《史记》卷一百二十四《游侠列传》，第 3183 页。
③ （汉）班固：《汉书》卷九十二《游侠传》，第 3705 页。
④ （汉）司马迁：《史记》卷一百二十四《游侠列传》，第 3182—3183 页。
⑤ （汉）司马迁撰，［日］泷川资言考证：《史记会注考证》，上海古籍出版社 2016 年版，第 4163 页。

客列传》的出现，首先是现实中尚武任侠之风炽烈在文学、史学上的反映。

文学也是对现实的超越，是人们对现实中无法获得之物、无法达到之境的想象。侠文学也是如此，那些扶危济困、自由不羁的侠客，寄托了文人对公平、正义以及个体自由的向往。司马迁为游侠立传，除了现实背景外，也是借侠者之酒杯，浇胸中之块垒。李陵投降匈奴后，司马迁为之辩解，触怒汉武帝，以"欲沮贰师，为陵游说"定为诬罔罪下狱。正好落在酷吏杜周手中，遭严刑审讯，直到次年被处以腐刑。司马迁在狱中遭受了各种残酷折磨："今交手足，受木索，暴肌肤，受榜箠，幽于圜墙之中，当此之时，见狱吏则头抢地，视徒隶则心惕息。"[1] 司马迁父子两代为官，朝中故旧应不在少数；狱中非人折磨长达一年，也并非没有营救的机会。然而现实却是"交游莫救，左右亲近不为一言"[2] 的凄凉局面。司马迁深幽囹圄之中，怨愤无所告，想到行走于市井间巷中的豪侠们，不免会感慨："侠客之义又曷可少哉！"[3] 这些人虽为一介布衣，但言必诺，行必果，重义轻生。他们赴士之阨困的身影，正是牢狱中司马迁引领以望却最终落空的希望。可以说《游侠列传》的写作，既是实录，也是创造。司马迁通过对游侠德行的颂扬，表达了对亲朋故旧的失望、对奸佞小人的控诉以及对制度不公的批判。明人柯维骐《史记考要》中说："迁遭李陵之祸，平昔交游，缄默自保，其视不爱其躯，赴士之厄困者何如？"[4] 正说明了司马迁感慨身

---

[1] （汉）司马迁：《报任少卿书》，（清）严可均辑：《全上古三代秦汉三国六朝文·全汉文》卷二十六，中华书局1958年影印本，第272页。
[2] （汉）司马迁：《报任少卿书》，（清）严可均辑：《全上古三代秦汉三国六朝文·全汉文》卷二十六，第272页。
[3] （汉）司马迁：《史记》卷一百二十四《游侠列传》，第3183页。
[4] （明）柯维骐：《史记考要》卷十，中国国家图书馆藏明嘉靖刻本。

世而为游侠立传的目的。

这种思想也深刻影响到后世侠文学的创作。如《幽梦影》作者张潮言:"胸中小不平,可以酒消之。世间大不平,非剑不能消也。"① 陈平原《千古文人侠客梦》中提到,侠文学"主要是一种写梦的文学——尤其是其中的侠客形象,更是作家与诗者'英雄梦'的投射"②,并引述悉尼·胡克《历史中的英雄》一书中的观点,认为英雄人物对于大众的意义有三:其一为"心理安全需要",其二为"弥补个人和物质局限的倾向",其三为"逃避责任",③ 即借建立英雄形象来推卸一个个体为命运而抗争的责任。公允而言,中国人千年来塑造的"侠"本质上和西方的"superhero"有相通之处。人们构造出虚拟的形象,这个形象拥有强大的力量和至高的道德。他嫉恶如仇,视金钱如粪土,救人于水火之中。当"天道""法律""秩序"都因某种原因失去应有的公正性时,侠或者英雄会作为弱者的守护者以及强权的对抗者出现。他们代行天道,让正义得以施行,让作恶者得到惩罚。通过宣扬他们的事迹,人们可以获得现实中无法获得的安全感与成就感,并舒缓对社会不公的愤怒。

此外,文人对侠的歌咏与书写,也寄托了对现实中无法达到的、理想自我的投射。游侠本就是极世俗与极超越的复杂集合体,而文人对侠客的关注与艳羡,不仅在于其扶危济困的道德因素,也在于其洒脱不羁的生活方式。古代文人多为儒生,深受"克己复礼"思想的束缚,不得不对人性中"欲"的一面进行压抑。而其官员或潜在官员的现实身份,让他们不得不遵

---

① (清)张潮撰,刘和文校点:《幽梦影》,黄山书社2021年整理本,第117页。
② 陈平原:《千古文人侠客梦》,百花文艺出版社2009年版,第10页。
③ [美]悉尼·胡克:《历史中的英雄》,王清彬等译,上海人民出版社1986年版,第14—18页。

循礼制，周旋于现实之中种种不适意的社会关系。而文学则天然有与礼制对立的一面，具有"移人性情"的作用。这使得具有文学家及儒生双重身份的文人，常处在一种两难的焦虑中。他们中的一些人，选择诗歌中的游侠形象作为"理想自我"，[①]即不受现实秩序约束的、理想化的自我。在本能遭到长期压抑的现实中，部分诗人选择借任侠主题，表达自己对"肆意陈欲"生活方式的向往。所谓千秋文人侠客梦，文人笔下意气风发、驰骋京都的侠客，是理想自我的投射，也是克己复礼、循规蹈矩人生的一种代偿。

总之，侠文学是指以侠的形象及行为轨迹为主要描写对象的作品。文学体裁则包括从先秦到晚近的史书、诗文、戏曲、小说等。一代有一代之文学，不同时代，侠的形象都有主要依托的文学体裁，其中几类特色鲜明者，本书将重点论及。如有史传中的刺客、游侠（《史记·刺客列传》《史记·游侠列传》《汉书·游侠传》）；汉代、六朝乐府诗中的都邑游侠（《名都篇》《少年篇》《长安有狭斜行》）；唐传奇中的剑侠（《聂隐娘》《红线》等）以及宋元话本、明清小说中的名篇。

[①] 弗洛伊德于1923年提出了三我理论，即本我、自我、超我。其中超我是人格结构中的管制者，由完美原则支配，位于人格结构的最高层。美国心理学家罗杰斯将"自我"分为"真实自我"与"理想自我"。"真实自我"包括对自己存在的知觉、对自己意识流的意识。"理想自我"是个人认为自己应该是的那个人或自我。见［奥］西格蒙德·弗洛伊德：《自我与本我》，林尘等译，上海译文出版社2011年版。［美］卡尔·罗杰斯：《论人的成长》，石孟磊等译，世界图书出版公司2015年版。

第一章

上古遗音：先秦—汉代侠文学

长安附近地区自古以来就有尚武之风。《汉书·赵充国辛庆忌传》云："秦汉已来，山东出相，山西出将。"①《后汉书·虞诩传》："谚曰：'关西出将，关东出相。'"唐李贤注："秦时郿白起，频阳王翦；汉兴，义渠公孙贺、傅介子，成纪李广、李蔡，上邽赵充国，狄道辛武贤：皆名将也。丞相，则萧、曹、魏、丙、韦、平、孔、翟之类也。"②可见关中地区自古民风勇悍，好武成风，名将辈出。班固曾对这种现象给予了解释："山西天水、陇西、安定、北地处势迫近羌胡，民俗修习战备，高上勇力鞍马骑射。故秦诗曰：'王于兴师，修我甲兵，与子偕行。'其风声气俗自古而然，今之歌谣慷慨，风流犹存耳。"③慷慨尚武的地域风气，为汉代长安及周边地区侠风盛行提供了土壤。

秦汉以来，中央政府采用迁徙地方豪强到京畿的措施，提

---

① （汉）班固：《汉书》卷六十九《赵充国辛庆忌传》，第 2998 页。
② （南朝宋）范晔撰，（唐）李贤等注：《后汉书》卷五十八《虞诩传》，中华书局 1965 年标点本，第 1866 页。
③ （汉）班固：《汉书》卷六十九《赵充国辛庆忌传》，第 2998—2999 页。

升王朝控制力，这也促进了关中一带侠风盛行。

秦始皇统一六国之后，"徙天下豪富于咸阳十二万户……秦每破诸侯，写放其宫室，作之咸阳北阪上"①，这一措施迫使六国豪强脱离故地，受秦之掌控。各地豪强及其手下所蓄养的士等武装力量一同迁徙到长安及其周边地区。在人员结构、文化习俗等多方面对这一地区造成了深远影响。

汉代秦立之后，中央也采取了同样的措施。汉高祖刘邦采纳刘敬的建议："臣愿陛下徙六国后及豪桀、名家居关中；无事可以备胡，诸侯有变，亦足率以东伐。此强本弱末之术也。""徙齐、楚大族昭氏、屈氏、景氏、怀氏、田氏五族及豪桀于关中。"② 地方豪强们再一次被迁徙到长安及其周边地区。随他们而来的还有大量财富以及地方人才，一定程度上进一步推进了关中尚武之风。

第三次迁徙豪强发生在汉武帝时期，这时汉初奉行的封国制的弊端已经暴露出来。封国制使得大量的土地户口被分封出去，诸侯王的势力迅速膨胀，其中一些人有意结交地方豪强，蓄养侠客，对中央集权构成了威胁。《史记》中记载，淮南王刘长"废先帝法，不听天子诏，居处无度"。其罪状之一就有"贵布衣一剑之任，贱王侯之位"③。被曾做过代国宰相、太仆的武人灌夫："不好文学，喜任侠，已然诺。诸所与交通，无非豪桀大猾。家累数千万，食客日数十百人。"④ 于是武帝实施了第三次迁徙豪强到京畿的举措，目的是"内实京师，外销奸猾"⑤，

---

① （汉）司马迁：《史记》卷六《秦始皇本纪》，第239页。
② （宋）司马光编著，（元）胡三省音注：《资治通鉴》卷十二《汉纪四·太祖高皇帝下·九年》，中华书局1956年标点本，第383页。
③ （汉）班固：《汉书》卷四十四《淮南厉王刘长传》，第2138页。
④ （汉）班固：《汉书》卷五十二《窦田灌韩传》，第2384页。
⑤ （汉）司马迁：《史记》卷一百一十二《平津侯主父列传》，第2961页。

第一章 上古遗音：先秦—汉代侠文学

"强本干，弱枝叶之势，尊卑明而万事各得其所矣"。①

这三次迁徙对汉代制度、文化造成了深远影响，扫清了分封制的残余，使中央集权得到了巩固。而一个副作用是，进一步推进了长安及周围地区的游侠风气。

《汉书·地理志》记载：

> 汉兴，立都长安，徙齐诸田，楚昭、屈、景及诸功臣家于长陵。后世世徙吏二千石、高訾富人及豪桀并兼之家于诸陵。盖亦以强干弱支，非独为奉山园也。是故五方杂厝，风俗不纯。其世家则好礼文，富人则商贾为利，豪桀则游侠通奸。②

战国以来的养士传统，一直延续到汉武帝时代。迁地方豪强充实京畿的制度，使得诸侯王门下的游侠之士，聚拢到了京畿地区。这也进一步改变了这一地区的文化风尚。

需要注意的是，这三次迁徙，涉及的并非只有豪强。一些家贫但有侠客之名者，亦在迁徙之列，比如郭解。"及徙豪茂陵也，解贫，不中訾。吏恐，不敢不徙。卫将军为言'郭解家贫，不中徙'。上曰：'解布衣，权至使将军，此其家不贫！'"由此可以看出，迁徙的标准不仅是财富，影响力是更重要的因素。郭解这种"名侠"亦在重点名单上。这批人聚集于茂陵附近，必然与关中本地侠客群体发生交流。"解入关，关中贤豪知与不知，闻声争交欢。"③ 关中的"贤豪"也即侠客，他们与郭解等这些来自关东及其他地区侠客，形成了新的圈子。游侠特征之

---

① （汉）司马迁：《史记》卷十七《汉兴以来诸侯王年表第五》，第803页。
② （汉）班固：《汉书》卷二十八下《地理志》，第1642页。
③ （汉）班固：《汉书》卷九十二《游侠传》，第3704页。

一就是"聚徒属、立节操以显其名",不断地聚集以及频繁地交流,自然会进一步提升游侠阶层的活跃度。

一 诗卷中的长安少年

任侠主题最初出现在汉赋中,但其表现手法较为简单。只作为一种都城风貌或风土人情而存在,并不具有个性,更没有独属于个体的故事。如《西都赋》云:"乡曲豪举,游侠之雄,节慕原、尝,名亚春陵。连交合众,骋骛乎其中。"① 又如《西京赋》云:"都邑游侠,张赵之伦。齐志无忌,拟迹田文。轻死重气,结党连群。实蕃有徒,其从如云。"② 都是整体罗列,泛泛而言。较之史传文学,汉赋刻画了栩栩如生的侠客形象,但汉赋中的侠客更像是都城的文学符号,是衬托都城繁华的点缀,而非主要的描写对象。

这一时期,两京地区炽烈的侠风,也影响到诗歌创作。《乐府诗集·杂曲歌辞》为《游侠篇》作序时,引《汉书·游侠传》:"战国时,列国公子,魏有信陵,赵有平原,齐有孟尝,楚有春申,皆藉王公之势,竞为游侠,以取重诸侯,显名天下。故后世称游侠者,以四豪为首焉。汉兴,有鲁人朱家及剧孟、郭解之徒,驰骛于闾里,皆以侠闻。其后长安炽盛,街闾各有豪侠。时萬章在城西柳市,号曰城西萬章。酒市有赵君都、贾子光,皆长安名豪,报仇怨、养刺客者也。"③ 可见正是战国以来的侠风盛行,催生了《游侠篇》等经典篇目,并形成了后世

---

① (清)严可均辑:《全上古三代秦汉三国六朝文·全后汉文》卷二十四,第603页。

② (清)严可均辑:《全上古三代秦汉三国六朝文·全后汉文》卷五十二,第762页。

③ (宋)郭茂倩编:《乐府诗集》,中华书局1979年整理本,第966页。与《汉书·游侠传》原文略有差异。

第一章 上古遗音：先秦—汉代侠文学

文人反复吟咏的主题。东汉后期，献帝徙赵王刘珪为博陵王的历史事件，引发了诗人们的咏叹，形成《博陵王宫侠曲》的乐府题目，可以佐证时代风气、历史背景对文学主题生成的影响。可惜《游侠篇》《博陵王宫侠曲》下存篇目皆自魏晋起，而无汉诗。这与早期文献多散佚湮灭有关，也与诗歌在汉代还并非主流文学体裁有关。

除了文人诗歌创作外，汉代可称得上侠文学的，还有零星散见于史传的歌谣。如《长安为尹赏歌》《颍川儿歌》等，都提及长安豪侠。

《长安为尹赏歌》[①]记录了东汉历史上著名的桓东场少年案。桓东场是游侠少年们的死刑场。《汉书·酷吏传》记载：

> 永始、元延间，上怠于政，贵戚骄恣，红阳长仲兄弟交通轻侠，臧匿亡命。而北地大豪浩商等报怨，杀义渠长妻子六人，往来长安中。丞相御史遣掾求逐党与，诏书召捕，久之乃得。长安中奸猾浸多，间里少年群辈杀吏，受赇报仇，相与探丸为弹，得赤丸者斫武吏，得黑丸者斫文吏，白者主治丧；城中薄暮尘起，剽劫行者，死伤横道，枹鼓不绝。[②]

这群少年行为恶劣，无法无天，是"以武犯禁"的典型。而尹赏则是汉代著名的酷吏，他任长安令时，挖了个数丈见方的大地窖，名为"虎穴"，然后搜捕长安中轻薄少年恶子，捕满一百人，就集中投入虎穴之中，用大石盖住出口，数日后揭开。

[①] （汉）班固：《汉书》卷九十《酷吏传》，第3674页。
[②] （汉）班固：《汉书》卷九十《酷吏传》，第3673页。

少年们"皆相枕藉死",尹赏命人将他们抬出去埋到东门外,百日后才通知死者家属来领尸。"亲属号哭,道路皆歔欷。"

当时长安百姓作了一首《长安为尹赏歌》,感慨此事:"安所求子死?桓东少年场。生时谅不谨,枯骨后何葬?"

从这首歌谣可以看出,长安百姓对这群少年的下场既有拍手称快的一面,也给予了一定的同情。而尹赏设"虎穴"的执法方式,亦令人心惊骨悚,生动而具备传奇性,颇有后世笔记小说"尚奇"之风貌。

二 史册中的乱法之士

追述侠文学的源头,不得不从《史记》开始。《史记》既是史学经典,亦为文学杰作。就史学而言,"其事核,不虚美、不隐恶,故谓之实录"[①],"信史家之极则也"[②]。在这样一部史书中,为游侠这一群体立传,自然意义非凡。《游侠列传》序中,司马迁说明了原因。儒以文乱法,而侠以武犯禁,在韩非子那里,二者都是讥讽的对象。然而如今,儒已获得了相当的社会地位,而侠之声名,却往往湮没在历史中。因此作为史家,他有义务将他们列入史传,使之名垂后世。同时,司马迁也指出了这一群体值得颂扬之处:"其言必信,其行必果,已诺必诚,不爱其躯,赴士之困厄。既已存亡死生矣,而不矜其能,羞伐其德",事实上为侠确立了行为典范及道德准则。此外,司马迁还指出了这一群体诞生的必然性:"且缓急,人之所时有也"。危难险阻,是人人都会遭遇的。即便舜、伊尹、姜尚、管仲、孔子这样的往圣先贤,也有陷入困境、无法自解的时候,更何

---

① (汉)班固:《汉书》卷六十二《司马迁传》,第2738页。
② (清)赵翼著,王树民校证:《廿二史札记校证》卷一,中华书局2013年版,第3页。

第一章 上古遗音：先秦—汉代侠文学

况遭逢乱世的普通人呢？这就探究到"侠"诞生的社会根源。因为时代动荡，法制缺失、官方救助不完善，人们才会祈求"法"之外的私力救助。这就解释了为何在漫长的时间里，侠无法被禁绝，而始终有着生存、活动的空间。可以说，司马迁为游侠立传的行为，以及在《游侠列传》中的相关论述，厘清了侠的定义，探究了侠的成因，标举了侠的价值，为侠文化的发展奠定了基础。

就文学性而言，《史记》行文"雄深雅健"，[1] 堪比司马相如、扬雄等文学名家，被鲁迅誉为"史家之绝唱，无韵之离骚"。而记录游侠事迹的两篇类传——《游侠列传》《刺客列传》，都是《史记》中的代表作，是秦汉文学史上的名篇。这一是因为司马迁"有所激"而作，对笔下人物具备很深的情感；二则是因为游侠刺客等人，并非帝王将相，其事迹更具传奇性，也留下更多塑造空间。因此司马迁在这两篇类传中，以史实为主，兼采当时见闻、民间传说，行文也多具文学性，生动传神地塑造了郭解、剧孟、朱家、豫让、聂政、荆轲、高渐离等豪侠的形象，为后人留下了一幅栩栩如生的群侠图，并影响到后世侠文学的题材、叙事、人物塑造等多方面。金圣叹认为，"《水浒传》方法，都从《史记》出来"，"《水浒传》一个人出来，分明便是一篇列传"。[2] 总之，汉长安一带侠风炽烈的现实，促使了史传文学中任侠主题的出现。司马迁首度为游侠立传，成为后世诗人、小说家、戏曲家在创作侠文学时不断摄取的灵感源泉。

---

[1] （唐）韩愈《答刘正夫书》："汉朝人莫不能文，独司马相如、太史公、刘向、扬雄之为最。"（唐）韩愈撰，（宋）魏仲举集注：《五百家注韩昌黎集》，中华书局 2019 年整理本，第 924 页。

[2] （清）金圣叹著，陆林辑校整理：《金圣叹全集》第三册《第五才子书施耐庵水浒传》卷三，凤凰出版社 2016 年整理本，第 29—30 页。

《汉书》沿袭《史记》体例，设有《游侠传》一篇。先照录朱家、剧孟、郭解等人言行，后又增加了萭章、楼护、陈遵、原涉等人的事迹。然而班固对于游侠的看法，已与司马迁有较大分歧。他在《汉书·司马迁传赞》中，批评司马迁"序游侠则退处士而进奸雄"①，又在《游侠传》中，站在儒家正统思想的角度，对侠这一群体颇多非议。班固认为，侠是"周室既微，礼乐征伐自诸侯出""上失其道，民散久矣"的产物。自战国四公子开始，"背公死党之议成，守职奉上之义废矣"。在班固眼中，上自卿相之侠，下至布衣之侠，都是秩序的破坏者、国家的罪人：

> 古之正法：五伯，三王之罪人也；而六国，五伯之罪人也。夫四豪者，又六国之罪人也。况于郭解之伦，以匹夫之细，窃杀生之权，其罪已不容于诛矣。观其温良泛爱，振穷周急，谦退不伐，亦皆有绝异之姿。惜乎不入于道德，苟放纵于末流，杀身亡宗，非不幸也。②

值得注意的是，班固认为游侠阶层最大的罪过，不是以武犯禁，也不是杀人越货，而是"以匹夫之细，窃杀生之权"，即打破了现有等级制度，僭越了只有朝廷或天子才享有的"杀生"之权。如此，无论个人道德、行为有没有可取之处，都是罪不容诛的，杀身亡宗也是罪有应得。

我们可以看到，班固与司马迁在对待游侠的态度上，有着根本性的区别。这是"罢黜百家，独尊儒术"后封建礼法制度

---

① （汉）班固：《汉书》卷六十二《司马迁传》，第2738页。
② （汉）班固：《汉书》卷六十二《游侠传》，第3699页。

第一章 上古遗音：先秦—汉代侠文学

强化的表现。其实结合自汉景时开始，政府对游侠大力镇压的社会背景来看，班固对游侠的看法才代表了当时正统与主流。司马迁则是一个另类，他选择了为当朝诛杀的游侠立传，字里行间包含了对个体身世的感慨，以及对正统秩序的挑战。有感而发，不平则鸣，因此能文以气使，酣畅淋漓，这也是《史记》中《游侠列传》《刺客列传》文学性远远强于《汉书》的原因。

《后汉书》起，史家不再为游侠列传。有人认为，这是因为汉景帝、武帝采取的高压政策，使得游侠风气衰落，不再为史家重视。梁启超《中国之武士道》"起孔子而迄郭解"，原因为："故文、景、武三代，以直接间接之力，以明摧之，而暗锄之，以绝其将衰者于现在，而刈其欲萌者于方来。"[1] 民族的尚武之风，也随之消亡。孙铁刚也有类似观点："在景武之世的滥刑、滥杀之下，游侠之流根本无活动的余地，游侠的地位一蹶不振。二十五史中只有《史记》与《汉书》有《游侠传》，自《后汉书》迄《明史》都无游侠列传，这正可看出自东汉以后游侠已经没落，不再为史家所重视。"[2] 其实，武力镇压消除不了侠产生的社会根源，任侠之风也并未因政府禁绝而真正消失。司马迁记载，郭解等豪侠被诛灭后，仍然"为侠者极众"。班固则称，"自哀、平间，郡国处处有豪杰"，并对侠风屡禁不止，感到无可奈何："自魏其、武安、淮南之后，天子切齿，卫、霍改节。然郡国豪杰处处各有，京师亲戚冠盖相望，亦古今常道，莫足言者。"[3] 可见西汉时期，游侠群体虽然受到限制打压，却远未到被赶尽杀绝的地步。政策稍有松懈，游侠们便纷纷复出，充盈于都邑乡曲。其真正不受史家重视的原因，乃是由于其

---

[1] 梁启超：《中国之武士道》，中华书局1936年版，第61页。
[2] 孙铁刚：《秦汉时代士和侠的式微》，《台湾大学历史学系学报》1975年第2期。
[3] （汉）班固：《汉书》卷六十二《游侠传》，第3699页。

"不轨于正义"的行为及具有反叛性的价值观。出于维护正统思想的考虑，史家不再将游侠当作独立的类别立传。尚武任侠作为个人品质的一部分，仍不时散见于正史中。如《后汉书·张堪廉范传》"张堪、廉范皆以气侠立名，观其振危急，赴险陀，有足壮者"[1]；《后汉书·王昌传》"时赵缪王子林好奇数，任侠于赵、魏间，多通豪猾，而郎与之亲善"[2]；《后汉书·隗嚣传》"季父崔，素豪侠，能得众"，"遵少豪侠，有才辩"[3]；《后汉书·窦融传》"窦融始以豪侠为名，拔起风尘之中"[4] 等。此外，根据学者考证，《后汉书·独行列传》对《游侠传》有接续意义，但也以儒家伦理观对游侠精神进行了改造：

> 在《独行列传》中，我们看到的是代表正统文化的史官在"义"的名目下，对侠人、侠行主流化的择取和改造，使侠文化中的某些部分融合到王朝政治中而有更加正面的表现。正是因为这种有意识的加工，原始侠文化中"以武乱禁"的快意恩仇内容大大淡化，使得人们从《史记》之《游侠列传》《刺客列传》中所获得的经典印象趋向淡漠。[5]

正如儒家曾以历史史实，对"黄帝四面""夔一足"等早期神话进行了大量改造一样，儒家也在改造、消解侠者与生俱来的反抗性。此后正史记录中"振危急，赴险陀"者，从侠客转换为义士。符合儒家道德的"义"，取代了以武犯禁的"侠"。

---

[1] （南朝宋）范晔：《后汉书》卷三一《张堪廉范传》，第1104页。
[2] （南朝宋）范晔：《后汉书》卷十二《王昌传》，第491页。
[3] （南朝宋）范晔：《后汉书》卷十三《隗嚣传》，第513、528页。
[4] （南朝宋）范晔：《后汉书》卷二十三《窦融传》，第809页。
[5] 杨颖：《〈后汉书·独行列传〉与正史中的〈游侠列传〉传统》，《西南大学学报》（社会科学版）2011年第2期。

侠从一个独立的阶层，转化成为个人气质或行为的一个方面，失去了单独立传的价值。或许这才是游侠作为独立群体，湮没于正史的原因。

虽然如此，侠的社会根源及民众基础并未消失。正史不载的前提下，文学世界就成为侠客们驰骋之地。两汉时期侠之行迹主要见于史传，而东汉以后，侠客形象则在文学作品中大放异彩，包括魏晋南北朝时期乐府诗、志怪小说，唐代咏侠诗、传奇，宋元话本，明清小说……这些作品的存在，正彰显了人们对游侠精神的向往，对其行为的艺术想象式颂扬。它们构成了后世所谓"侠文学"的主体。而作为游侠精神首倡者，史传文学尤其是《史记》中的相关篇目，始终为其他文学样式提供着灵感源泉。

第二章
乱世风流：魏晋六朝时期的侠文学

《汉书》之后，正史不再为游侠立传。但任侠行为，成为一种个人特质，仍时常见于史书中。随手撷取就有：

《魏书·王卫二刘列传》：时又有谯郡嵇康，文辞壮丽，好言老、庄，而尚奇任侠。①

《魏书·武帝纪》：太祖少机警，有权数，而任侠放荡，不治行业，故世人未之奇也。②

《北齐书·金祚传》：性骁雄，尚气任侠。③

《北齐书·张保洛传》：张保洛，代人也，自云本出南阳西鄂。家世好宾客，尚气侠，颇为北土所知。④

《北齐书·卢叔武传》：叔武少机悟，豪率轻侠，好奇策，慕诸葛亮之为人。⑤

---

① （晋）陈寿撰，（南朝宋）裴松之注：《三国志·魏书》卷二十一《王卫二刘列传》，中华书局1982年标点本，第605页。
② （晋）陈寿：《三国志·魏书》卷一《武帝纪》，第2页。
③ （唐）李百药：《北齐书》卷二十七《金祚传》，中华书局1972年标点本，第379页。
④ （唐）李百药：《北齐书》卷十九《张保洛传》，第257页。
⑤ （唐）李百药：《北齐书》卷四十二《卢叔武传》，第559页。

第二章　乱世风流：魏晋六朝时期的侠文学

　　《周书·莒庄公洛生传》：莒庄公洛生，少任侠，尚武艺，及壮，有大度，好施爱士。北州贤俊，皆与之游，而才能多出其下。①
　　《周书·梁士彦传》：少任侠，好读兵书，颇涉经史。②
　　《陈书·周敷传》：性豪侠，轻财重士，乡党少年任气者咸归之。③
　　《陈书·周炅传》：炅少豪侠任气，有将帅才。④

　　其中有帝王、武将，也有名士儒生。可见在这一时期，侠虽然不再作为独立阶层为史家收录，但侠的行为及精神却作为人物性格的一部分被记录，进而与当时人物品鉴风气结合，成为评价人物优劣的标准之一。
　　《晋书·祖逖传》先概括了祖逖"轻财好侠，慷慨有节尚"的性格，然后记录了其闻鸡起舞、击楫中流二事，都充满豪侠之气。

　　祖逖字士稚，范阳遒人也。世吏二千石，为北州旧姓。父武，晋王掾、上谷太守。逖少孤，兄弟六人。兄该、纳等并开爽有才干。逖性豁荡，不修仪检，年十四五犹未知书，诸兄每忧之。然轻财好侠，慷慨有节尚。每至田舍，辄称兄意散谷帛以赒贫乏，乡党宗族以是重之。后乃博览书记，该涉古今，往来京师，见者谓逖有赞世才具。侨居

---

① （唐）令狐德棻等：《周书》卷十《莒庄公洛生传》，中华书局1971年标点本，第159页。
② （唐）令狐德棻等：《周书》卷三十一《梁士彦传》，第547页。
③ （唐）姚思廉：《陈书》卷十三《周敷传》，中华书局1972年标点本，第200页。
④ （唐）姚思廉：《陈书》卷十三《周炅传》，第203页。

阳平。年二十四，阳平辟察孝廉，司隶再辟举秀才，皆不行。与司空刘琨俱为司州主簿，情好绸缪，共被就寝。中夜闻荒鸡鸣，蹴琨觉曰："此非恶声也。"因起舞。

及京师大乱，逖率亲党数百家避地淮泗，以所乘车马载同行老疾，躬自徒步，药物衣粮与众共之，又多权略，是以少长咸宗之，推逖为行主。达泗口，元帝逆用为徐州刺史，寻征军谘祭酒，居丹徒之京口。

逖以社稷倾覆，常怀振复之志……时帝方拓定江南，未遑北伐，逖进说曰："晋室之乱，非上无道而下怨叛也。由藩王争权，自相诛灭，遂使戎狄乘隙，毒流中原。今遗黎既被残酷，人有奋击之志。大王诚能发威命将，使若逖等为之统主，则郡国豪杰必因风向赴，沈溺之士欣于来苏，庶几国耻可雪，愿大王图之。"帝乃以逖为奋威将军、豫州刺史，给千人廪，布三千匹，不给铠仗，使自招募。仍将本流徙部曲百余家渡江，中流击楫而誓曰："祖逖不能清中原而复济者，有如大江！"辞色壮烈，众皆慨叹。[①]

祖逖少年时不修小节，过着轻财好侠、悲歌慷慨的生活，当国家危难时，"怀振复之志"，散家财以御敌。这样的义举，虽未列入游侠传，却可当得上后世"为国为民，侠之大者"之评。

正史之外，三国时期私修史书《魏略》[②]，有《勇侠传》一

[①] （唐）房玄龄等：《晋书》卷六十二《祖逖传》，中华书局 1974 年标点本，第 1693—1695 页。

[②] 《魏略》：曹魏郎中鱼豢私撰，记载魏国的史书。《史通·古今正史》："魏时京兆鱼豢私撰《魏略》，事止明帝。"然而根据《三国志·三少帝纪》注引，有嘉平六年（254）司马师废少帝曹芳及郭太后议立平帝等事，故可知《魏略》所录史实应下至元帝时。

第二章 乱世风流：魏晋六朝时期的侠文学

篇。记录了孙宾硕、祝公道、杨阿若、鲍出四人事迹。全书今不存，《魏志·阎温传》注释中引用孙宾硕、杨阿若、鲍出片段。孙宾硕，名嵩，汉桓帝时人，家贫。二十余岁时，曾经救助了被奸臣迫害的名士赵岐。孙嵩不顾危险，将赵岐带回家，烹牛备酒款待。一两天后，又将其藏在了别屋的墙壁夹层中，小心保护，最终赵岐得以脱险。

杨阿若，字伯阳，凉州酒泉（今西北甘肃、青海一带）人，东汉末年至三国时期人物。少时任侠，常出入市井，以报仇解怨为事。建安年间，豪强黄昂起兵作乱，斩杀酒泉太守，并悬赏追捕杨阿若。杨阿若为太守报仇，单骑走入羌地，招到一千余名骑兵，直指酒泉郡城。黄昂弃城而逃，途中被杨阿若率领的羌兵所俘虏。

鲍出，字文才，京兆尹新丰（陕西西安市临潼区）人，汉末三国时期人物。少时游侠，与兄弟一起奉养老母。汉兴平年间，三辅大乱，鲍出兄弟出门采野菜，回来时却发现，母亲已被一群穷凶极恶的食人贼绑架。鲍出将衣衫打结、挽起袖子，独自追赶。最终凭一腔骁勇，杀得贼人四散奔走，不得不将他母亲放回。而这时，被关在一起的老妪向鲍出求助，他又返回贼营，继续作战，直到将这位老妪也救了出来。之后，鲍出用篮筐将母亲一步步背回家，在他的孝养下，母亲活到了一百多岁。

这几位"勇侠"时代、地域各异，共同特点是具备极高的道德操守，而这正是魏晋史家所看重的。《勇侠传》结尾处有鱼豢的按语"昔孔子叹颜回，以为三月不违仁者，盖观其心耳，孰如孙、祝菜色于市里，颠倒于牢狱，据有实事哉？且夫濮阳周氏不敢匿迹，鲁之朱家不问情实，是何也？惧祸之及耳，心不安也。而太史公犹贵其竟脱季布，岂若二贤厥义多乎？今故远收孙、祝，而近录杨、鲍，既不欲其泯灭，且敦薄俗。至于鲍出，不染礼教，心痛意发，起于自然，迹虽在编户，与笃烈君子何以异乎？若夫杨阿若，少称任侠，长遂蹈义，自西徂东，摧讨逆节，可谓勇力而有仁者也"①，可以看出立传目的，是褒扬"勇而有仁"者，即在侠的武勇之外，还需要符合"仁""忠""孝"等儒家道德标准。

需要补充的是，从《乐府诗集》中可见，魏晋时期也是咏侠乐府的繁荣期。一大批吟咏侠客行迹、表现其精神气质的乐府题目，如《游侠篇》《侠客行》《侠客篇》《壮士篇》《壮士吟》《刘生》《长安少年行》《结客少年场行》《白马篇》等逐渐固定内容，形成了代代相承的题材传统。此外，《轻薄篇》《公子行》《长安有狭邪行》等描写都城游冶之作以及《从军行》《塞上》《塞下》等描写从军生活的题目，都可以见到侠的身影。魏晋时期是文学变革的时期，诗歌代替了辞赋，成为一代之文学。咏侠诗（主要是乐府）也成为这一时期侠文学的主要承载者，取得了远超其他文学体式的成就，为唐代咏侠诗的繁荣奠定了基础。

总之，魏晋时期侠文学的一大发展趋势，就是从史传入于文学。作者的创作意图，从记录史实改为构造情节；其评判标准，从征实转为尚虚；创作手法，则从史家之笔转为诗人之笔、小说家之笔。因此，诗歌小说中的侠文学较史传而言，更具传奇性、虚构性、文学性。

一　从走马都邑到戍守边关：魏晋时期的军士之侠

魏晋乐府中，专篇吟咏游侠的诗歌开始出现，游侠的形象

---

① （清）严可均辑：《全上古三代秦汉三国六朝文·全三国文》卷四十三，第1297—1298页。

第二章 乱世风流：魏晋六朝时期的侠文学

也有了很大发展。早期咏侠诗中，以曹植《白马篇》影响最为深远。

此诗专篇吟咏"游侠儿"，却并未将其描述为《史记》中"赴士之阨困"的大侠，也并非将其刻画为《汉书》及汉代歌谣中为非作歹的恶少，而是首度将"游侠"形象与"捐躯赴国难"的爱国将士结合起来。以市井侠少的身份从军，自汉代以来即有先例。《史记·大宛列传》："发属国六千骑，及郡国恶少年数万人，以往伐宛。"① 《汉书·昭帝纪》："发三辅及郡国恶少年吏有告劾亡者，屯辽东。"② 曹植此诗对侠少形象的改造，大致以此历史背景为基础。"边城多警急，胡虏数迁移"，当此危急关头，主人公完成了从都邑游侠到爱国军人的转变。这种转变模式对后世咏侠诗歌有开创性意义，被反复吟咏模拟。然而与六朝此类作品不同的是，诗作中幽并少年的人生，从"少小去乡邑"直接过渡到了"扬声沙漠垂"，并没有强调游侠从军前在都市的活动，故与京都关系较为薄弱；对游侠儿形象的描写，也多强调其勇武善战。诗人将大量的篇幅用于描写其骑射之术，对器用精良、人物俊朗等方面则只以"白马饰金羁"一笔带过，并未如后世乐府详细铺陈少年的装备及外貌。这些元素更多地表现在诗人另一篇乐府《名都篇》中。如果以《名都篇》为补充，则更能看出曹植对京都游侠类题材的开创意义。

《名都篇》的主人公是京洛都城中的少年。诗中所述之事，即少年一日的行踪。末尾用"云散还城邑，清晨复来还"，创造出曲不终、乐又复的循环，给人韶华不逝、长乐未央的永恒感。

---

① （汉）司马迁：《史记》卷一百二十三《大宛列传》，第3174页。
② （汉）班固：《汉书》卷七《昭帝纪》，第231页。

永恒的既是富奢常在的欢乐,又是青春洋溢的少年。他倜傥华贵,"宝剑直千金,被服丽且鲜",驰骋在京洛的大道上,任意而行,哪里有欢乐就去哪里。东郊道上斗鸡,长楸间走马,见到双兔就揽弓射猎,不惜追赶到南山。他高超的箭术能一发而中双鸟,出色的骑术则可仰接飞鸢。众人喝彩不断,所有的羡慕与夸赞都集中在他身上。夕阳西下之后,他回到平乐观,宴请宾客,"美酒斗十千"。宴席中脍鲤炙熊,珍馐无数。少年鸣俦啸侣,左右逢源。乘着酒酣下场踢起蹴鞠,球技高妙,又引起如潮的赞叹。今天结束了又有何惜,明天又会是同样的一天。还有什么比这更欢乐的吗?然而这欢乐之后,却暗藏着诗人壮志难酬的悲叹。记忆中飞扬得意的少年,与"名为藩王、实则囚徒"的曹植自己,隔着时空的镜面遥遥相望。弯弓驰马的过去,是诗人找不回的意气;醉而复醒的现在,则是诗人出不去的囚笼。从某种意义而言,曹植《名都篇》将个人身世之感融入了对侠少的书写,从而提升了侠文学的品质。

　　《名都篇》的立意并非歌颂少年的优渥生活,但其塑造的游冶都城、宴饮纵酒的少年形象,却为后世诗人普遍接受,并逐渐成为一种类型。魏晋六朝,游侠主题逐渐与"公子行"这种吟咏贵胄生活的主题相结合,并选定长安这一繁华之地为主舞台。贵胄公子,鲜衣怒马,驰骋于长安大道上,招摇过市,引起围观之人的羡慕与赞叹。一方面从器、服、饮、宴上表现公子之奢,另一方面从聚众、走马、猎搏、不受管束上表现其侠客之豪。直到唐代,王维《少年行》"新丰美酒斗十千,咸阳游侠多少年。相逢意气为君饮,系马高楼垂柳边"[①];李白《侠客行》"闲过信陵饮,脱剑膝前横。将炙啖朱亥,持觞劝侯嬴。三

---

① (唐)王维著,陈铁民校注:《王维集校注》,中华书局1997年整理本,第33页。

第二章　乱世风流：魏晋六朝时期的侠文学

杯吐然诺，五岳倒为轻。眼花耳热后，意气素霓生"[1] 等都可见其余泽，只是风格转为刚健。这一书写模式的确立，既受建安时期慷慨悲凉风气的影响，也是曹植有意开拓的结果。

曹植咏侠诗的意义还在于，它同史传文学一起，奠定了三种基本的侠客形象。一是《史记·刺客列传》中"国士遇我，我故国士报之"的传统侠客，二是《名都篇》中"斗鸡走马、驰骛于京洛之地"的贵胄少年，三是《白马篇》中"捐躯赴国难，视死忽如归"的边城侠少。只有残句存世的《结客篇》中，曹植也对第一种侠客做了书写："结客少年场，报怨洛北芒"[2]"利剑鸣手中，一击而尸僵"[3]。其"报怨"主题与杀人的描写颇似于《侠客行》。其后咏侠诗几乎都在这三种侠客形象基础上，继续开辟。曹植对于侠文学的贡献，不亚于其对五言诗的开拓之功。

此外，曹植还分别从《白马篇》与《名都篇》以两个角度重新发掘了"侠"的形象，将其武勇的一面从"以武犯禁"转换为"赴国难"，而其年少的一面则由骄恣不法转换为鲜衣怒马的生活美学，从而为后世的侠文学开创了两个母题。六朝乐府，多沿着《名都篇》的道路前行，且更讲究辞藻声律。唐人则更看重《白马篇》中激扬悲壮的一面。如杨炯"宁为百夫长，胜作一书生"之咏叹，其精神内核，与"名编壮士籍，不得中顾私"等作一脉相承。

曹植对咏侠诗的开拓，首先基于建安时期积极的士风。战

---

[1] （唐）李白著，（清）王琦注：《李太白全集》，中华书局 1977 年整理本，第 216 页。

[2] 逯钦立辑校：《先秦汉魏晋南北朝诗·魏诗卷六》，中华书局 1983 年标点本，第 440 页。引自《文选》卷二十八结客少年场诗注。

[3] 逯钦立辑校：《先秦汉魏晋南北朝诗·魏诗卷六》，第 440 页。引自《文选》卷二十九杂诗注。

乱给予了游侠活动的舞台，让他们更多地进入文人视野。与此同时，建安时期建功立业的社会风气，也让文人更能与侠客共情。因而侠客形象更频繁地出现在诗文作品中，让咏侠主题逐渐走向成熟。其次，便与曹植独特的人生经历有关。曹植负八斗之才，几乎被立为太子。少年时可谓春风得意，《白马篇》《名都篇》中的少年公子，便是他的写照。曹操死后，曹丕继位，而后对他百般猜忌迫害。十一年间，曹植三徙封地，六改爵位，时时有性命之忧，却始终不改君子之风、报国之志。他塑造出生活豪奢，武艺高强，却又心怀家国的侠客形象，似为书写他人，又是书写自己。他借侠客形象，抒发自己心中的慷慨与郁结。正如萧涤非所言："子建实一至情至性之仁人侠客也。其诗歌皆充满忠厚热烈之情感，与夫积极牺牲之精神。"①

此外，晋人张华也多有咏侠之作。诗集中《游侠篇》《博陵王宫侠曲二首》《游猎篇》《壮士篇》等作品都写出了游侠风姿。按照《晋书》本传记载，张华本人也有任侠一面："勇于赴义，笃于周急。器识弘旷，时人罕能测之。"② 他与雷焕丰城识剑，"气冲牛斗"的典故即出于此，且为后世侠文学津津乐道，反复咏叹的对象。

值得注意的是，这一时期乐府诗中出现了女侠形象。乐府诗集《秦女休行》下有题解："左延年辞，大略言女休为燕王妇，为宗报仇，杀人都市，虽被囚系，终以赦宥，得宽刑戮也。晋傅玄云'庞氏有烈妇'，亦言杀人抱怨，以烈义称，与古辞义同而事异。"③

总之，魏晋时期咏侠诗建立了从京都到边塞的从军模式，

---

① 萧涤非：《汉魏六朝乐府文学史》，人民文学出版社1998年版，第140页。
② （唐）房玄龄等：《晋书》卷三十六，第1068页。
③ （宋）郭茂倩编：《乐府诗集》卷六十一《杂曲歌辞一》，第886页。

将以武犯禁的京都恶少，化为报国杀敌的将领，消解了游侠对京城治安的消极作用。此外，这一时期咏侠诗还延续了史书中游侠"重诺""报恩"等道德信条，描写游侠在京都"报恩""杀人市井""扶危济困"等传统行为，但在描写时逐渐与爱国主题结合。

二 从长安大道到青楼狭斜：六朝乐府中的"公子"之侠

六朝时期的任侠主题主要表现于乐府诗中，相对于汉魏，其发展主要体现在道德意义的淡化，同时强调诗歌的娱乐性及审美性。长安侠少形象成为诗歌审美对象，而游侠行为则从最初的扶危济困、杀人报仇，转化为一种京城流行风尚。

1. 欲望的彰显

《名都篇》书写侠客形象的目的，在于言志。身世之痛的引入，使得咏侠诗有了更加深沉的情感，呈现出寄托深遥的特点。然而遗憾的是，六朝时期的咏侠诗，并未沿着这个轨迹继续前行。他们大多舍弃了寄托与隐喻，而纯粹地关注于少年的服饰容貌之美。归根到底，这也是时代风气的反映。六朝时期，政治黑暗，战乱频仍，士人朝不保夕。建功立业的昂扬开始低落，而对长安少年所代表的生活美学的向往开始占据主流。表现手法上也呈现出辞藻化的倾向，有向宫体诗靠近的趋势。

以何逊的《长安少年行》为例。诗中有大量对边塞生活的描述："阵云横塞起，赤日下城圆。追兵待都护，烽火望祁连。"[①] 该诗已属六朝乐府中少有的刚健者，可诗中少年在面对

---

① （梁）何逊著，李伯齐校注：《何逊集校注》，中华书局2010年整理本，第62页。

战事时,发出的并非"捐躯赴国难,扬声沙漠垂"的慷慨之音,而是"平生不可定,空信苍浪天"的无常之叹。功名不可期,强敌不可胜,报国建功,不再有坚定的信念支撑,而伴随着巨大的茫然与宿命感。《白马篇》中的少年主动从军,高超的武艺有用武之地,可在战场上蹈匈奴、凌鲜卑,哪怕捐躯国难也在所不惜;而何诗中的少年虽然也从军杀敌,最终却陷入世事无常的悲怆中,风貌由刚健转颓。这种转变与六朝诗风整体由建安风骨转为绮丽有关。随着衣冠南渡,南方朝廷偏安一隅,对于北方雄强渐渐转为防守,已无克复旧业之心;门阀士族之间的争斗也日趋激烈,祸福在旦夕之间即可转换,也时常让人备感人生无常,不如及时行乐。

作者另有《拟轻薄篇》,诗中辞藻化、审美化的倾向更加明显,该诗不涉及从军的情节,着重表现侠少在长安城中的活动,塑造出一位六朝乐府中典型的长安侠少。开篇即渲染其用度豪阔,金弹白马,驰行于长安城中的林荫大道。从宫阙殿宇至于市井百戏,从清晨而至黄昏,赏玩不休。以少年一日的活动为中心,勾勒出繁华的都市图景。到了晚间,视野则从九逵大道转入青楼狭斜,侠少化身为"骑马倚斜桥,满楼红袖招"的浪子,在"象床杳绣被,玉盘传绮食。倡女掩扇歌,小妇开帘织"[1]的世界,尽情享受声色之乐。此时,夜色中的长安也展现出与白日迥异的面貌,让人沉醉其中,流连忘返。

魏晋六朝时期,人们对男子的审美越来越倾向于白皙阴柔。《世说新语》中说玄学家何晏:"美姿仪,面至白。"[2]"王夷甫

---

[1] (唐)韦庄:《菩萨蛮》,见(清)彭定求等编《全唐诗》卷八百九十二,中华书局1960年标点本,第10075页。
[2] 朱碧莲、沈海波译注:《世说新语》,中华书局2011年整理本,第597页。

第二章 乱世风流：魏晋六朝时期的侠文学

容貌整丽，妙于谈玄，恒捉白玉柄麈尾，与手都无分别。"① 王恭体态纤细优雅："濯濯如春月柳"②；卫玠身体羸弱："若不堪罗绮"③。王羲之评价杜弘治，"面如凝脂，眼如点漆，此神仙中人"④。《陈书》里记载，韩子高出生微贱，但"容貌美丽，状似妇人"⑤；又记载陈后主六弟宜都王陈叔明说："仪容美丽，举止和弱，状似妇人。"⑥《颜氏家训》对这一类美男子形象做了个总结：

> 梁世士大夫，皆尚褒衣博带，大冠高履，出则车舆，入则扶持，郊郭之内，无乘马者。周弘正为宣城王所爱，给一果下马，常服御之，举朝以为放达。至乃尚书郎乘马，则纠劾之。及侯景之乱，肤脆骨柔，不堪行步，体羸气弱，不耐寒暑，坐死仓猝者，往往而然。建康令王复，性既儒雅，未尝乘骑，见马嘶歕陆梁，莫不震慑，乃谓人曰："正是虎，何故名为马乎？"其风俗至此。⑦

梁朝士大夫，都穿宽大的袍子，系着长长的带子，戴着高帽，穿着厚底靴。走路都需要人扶持，更不要说骑马了。有一个叫周弘正的人，被宣城王宠幸，赐给他一匹果下马。所谓果下马，是一种原产于朝鲜的矮马。大概只有三尺高，能在果树下行走，所以叫果下马。史书记载，周弘正经常骑着小马出行，

---

① 朱碧莲、沈海波译注：《世说新语》，第601页。
② 朱碧莲、沈海波译注：《世说新语》，第619页。
③ 朱碧莲、沈海波译注：《世说新语》，第605页。
④ 朱碧莲、沈海波译注：《世说新语》，第612页。
⑤ （唐）姚思廉：《陈书》卷二十，第269页。
⑥ （唐）姚思廉：《陈书》卷二八，第368页。
⑦ 王利器：《颜氏家训集解》（增补本）卷四，中华书局1993年版，第322页。

整个朝廷的人都觉得他豪放旷达，有名士风度。到了侯景之乱中，这些纨绔子弟几乎没有自保的能力，遑论保护国家了。当时的建康令王复，性格儒雅，从没有骑过马。他见到马嘶鸣跳跃，大惊失色，竟对旁人说，这哪里是马，简直是猛虎。一时社会风气如此。

在这样的审美风气下，即便保留了最多阳刚之气的咏侠类乐府诗，也难免受世风波及。这些诗作多强调游侠的器用、人物之美，呈现出辞藻化的倾向。人物之美的重点，也在富丽俊秀，而非英武豪健。除何逊诗作外，随手撷举还有：

吴均《行路难》：青骊白驳的卢马，金羁绿控紫丝鞶。①

《古意二首》其二：中有恶少年，伎能专自得。玉鞭莲花剑，金苣流星勒。②

徐悱《白马篇》：少年本上郡，遨游入露寒。剑琢荆山玉，弹把随珠丸。③

萧绎《紫骝马》：长安美少年，金络铁连钱。宛转青丝鞚，照耀珊瑚鞭。④

沈炯《长安少年行》：长安好少年，骢马铁连钱。陈王装脑勒，晋后铸金鞭。步摇如飞燕，宝剑似舒莲。⑤

沈约《白马篇》：白马紫金鞍，停镳过上兰。⑥

王僧孺《古诗意》：青丝控燕马，紫艾饰吴刀。朝风吹

---

① 逯钦立辑校：《先秦汉魏晋南北朝诗·梁诗卷十》，第1728页。
② 逯钦立辑校：《先秦汉魏晋南北朝诗·梁诗卷十一》，第1747页。
③ 逯钦立辑校：《先秦汉魏晋南北朝诗·梁诗卷十二》，第1771页。
④ 逯钦立辑校：《先秦汉魏晋南北朝诗·梁诗卷二十五》，第2033页。
⑤ 逯钦立辑校：《先秦汉魏晋南北朝诗·陈诗卷一》，第2443页。
⑥ 逯钦立辑校：《先秦汉魏晋南北朝诗·梁诗卷六》，第1619页。

第二章 乱世风流：魏晋六朝时期的侠文学

锦带，落日映珠袍。①

张正见《刘生》：刘生绝名价，豪侠恣游陪。金门四姓聚，绣毂五香来。尘飞玛瑙勒，酒映砗磲杯。②

这些作品里，少年侠客们无须如朱家、郭解那样"不爱其躯，赴士之陁困"；也不必像曹植诗中所写的那样为国家效力。他们所做的仅仅是华服名马，高调地行走都城。诗人并不想通过这些行为来展示其德行才能，而只是单纯地记录下他们一天中的娱乐和游玩。对于六朝诗人而言，这就已经足够了，足以为之挥洒笔墨，倾心咏叹。毕竟对于魏晋六朝人而言，人和山水、器物一样，是美的载体，值得欣赏与追求。《世说新语》中记载，潘岳出游时，被妇女围绕，掷果盈车。卫玠至下都时，"观者如堵墙"，导致他"体不堪劳，遂成病而死"③。同欣赏潘岳、卫玠一样，侠客的独特个性和行为方式本身就具备审美价值。因此，在六朝诗人眼中，游侠的行为究竟是以武乱法还是扶危济困已不那么重要。汉儒在这个问题上反复争论，其实是不解风情。正如陈叔宝诗中所言："长安游侠无数伴，白马骊珂路中满。"④ 英俊潇洒、肆意驰骋的侠客们，已成为文学化的审美对象。而"侠"则成为一种可以模仿、践行的都城风尚。

此外，这一时期对侠客形象的赞美中，还包含着人们对豪奢生活的渴望。秦汉以来，中央数次将豪强家族迁至长安附近，使得京郊聚集了众多权贵之家。不少王公贵族成为侠客领袖，一呼百诺、一掷千金，自然会引起人们的艳羡。即便"布衣之侠"，也

---

① 逯钦立辑校：《先秦汉魏晋南北朝诗·梁诗卷十二》，第1761页。
② 逯钦立辑校：《先秦汉魏晋南北朝诗·陈诗卷二》，第2480页。
③ 朱碧莲、沈海波译注：《世说新语》，第606—607页。
④ （陈）陈叔宝：《乌栖曲三首》其一，逯钦立辑校：《先秦汉魏晋南北朝诗·陈诗卷四》，第2511页。

需要一定的经济基础。俗话说"文贫武富",侠客的必要装备如马匹、宝剑、弓箭等都价值不菲。而想要习得一身精良武艺,还要自幼聘请良师,这些都是可观的花销。实际上,能够在京城中游冶的侠少们,通常来自富裕家庭。乐府诗中游侠的形象,常常与豪门公子重合。他们出身显贵,器用奢华,擅长骑射,武艺高强。这些人往往秉持着"重义轻财"的理念,慷慨解囊,轻易散尽千金,出行时则前呼后拥,声势浩大。这样优渥、煊赫的生活方式,鲜衣怒马的形象,自然会成为诗歌中颂美的对象。

文人眼中的侠少年既是理想自我的投影,也是一种客观的欣赏对象。他们在塑造侠客形象时,有意抽离了前代侠文学理想化、崇高化的元素,逐渐转向世俗的部分——豪阔不羁、任性而为的生活方式。

韩云波在《中国侠文化:积淀与承传》中有过这样一段论述:

> 侠的自由理想和追求,也从理想的天国回到世俗生活,主要表现为对自我权利及生活方式的追求。换句话说,侠已通过"肆意陈欲",而充分生活化了。[①]

"肆意陈欲"即对世俗欲望的肆意展现。这是此时期游侠文化中世俗化、去崇高化的一面。但同时,对个体欲求的关注与书写,也具备相当的积极意义。在那个声色大开的时代,人们逐渐摆脱了汉代儒家思想的束缚,更加直接地面对和追求个人欲望。这一时期,咏侠乐府诗中,少年侠客和贵胄公子的形象合二为一,游冶于名都大邑,肆意展现自己的豪阔、英武、自

---

① 韩云波:《中国侠文化:积淀与承传》,重庆出版社2004年版,第192页。

第二章 乱世风流：魏晋六朝时期的侠文学

由。六朝文人不仅认同这种行为方式，还将之写入诗歌，这正是此时期人的自我意识觉醒的表现。

总之，在六朝乐府中，侠客踪迹从边塞再度回归到都城，侠少主题往往与《公子行》《轻薄篇》等吟咏贵胄公子行径的题材相结合。与六朝宫体诗中的美人类似，风流倜傥、意气纵横的侠少本身也具备了美学价值，成为诗歌的审美对象。文人对于游侠的赞扬也由赞美其道义和助人为乐的品质，逐渐转变为对他们放荡不羁、随心所欲生活方式的认同。

2. 从艳羡到批判

与此同时，亦有部分诗歌对侠客游手好闲，轻易获取名利的现象表达了讽刺，如吴均《结客少年场》：

> 结客少年归，翩翩骏马肥。报恩杀人竟，贤君赐锦衣。握兰登建礼，拖玉入舍晖。顾看草玄者，功名终自微。①

游侠少年杀人报恩，获得了君上赏识，顷刻间已至富贵。儒生十年一赋，皓首穷经，功名却仍旧微茫。两者境遇的对比，表达了作者的自嘲以及对社会风气的委婉讽刺。

值得一提的是，作者在另一篇歌行作品《行路难》中，又反过来以侠客自比，感叹时风浮靡，真正的人才不得重用。诗中邯郸侠客，夜骑汗血宝马来到长安，希望能为国效力，建立功业。却恰逢长安贵臣们重文轻武，推崇雕虫之技的文人，而视身怀绝技的侠客如尘埃。诗作以"大才大辩尚如此，何况我辈轻薄人"作结，讽刺了"天下向风，人自藻饰，雕虫之艺，

---

① 逯钦立辑校：《先秦汉魏晋南北朝诗·梁诗卷十》，第1722页。

盛于时矣"① 的浮华世风。

《梁书》本传云，吴均"好学有俊才"，却"家世寒贱"，②终生不得意，他的一些作品中也往往表现出寒士的雄心和骨气。同时诗人萧子云《赠吴均》诗中有"欲知健少年，本来最轻黠。绿沈弓项纵，紫艾刀横拔"③，似乎吴均本就有任侠尚武的一面，可谓兼通文武。当他自视为皓首穷经的儒生时，锦衣肥马、轻易获取君恩的侠客便成为对立面，因而作诗予以嘲讽。而当他自比为披肝沥胆却报国无门的侠客时，权贵们"席上珍"的儒生又成为反面例子，被他讥笑为舌绽莲花、笔擅雕虫却无治国之能之辈。

"学成文武艺，货与帝王家。"无论从文还是习武，最终都是期待得到朝廷的赏识，实现自我价值。而在门阀制度盛行的六朝时期，"上品无寒门，下品无势族"④，寒庶人才想借与"明君"的遇合改变命运又谈何容易？在怀才不遇这一点上，文人与侠士找到了相同之处。吴均这两首作品，可以看出六朝文人对侠客的复杂心态。

3. 反叛的消解

六朝时期亦有一部分作品延续了曹植的爱国主题，并从理论上将司马迁笔下侠客的"重诺、报恩"的信条与忠君爱国建立了联系。如徐悱《白马篇》，言长安侠少从军"然诺窃自许，捐躯谅不难"⑤，延续了《史记》中"重然诺"的侠客信条，并将之"言必信、行必果"的个体德行，转化为勇于捐躯的家国

---

① 裴子野：《雕虫论》，（清）严可均辑：《全上古三代秦汉三国六朝文·全梁文》，第3262页。
② （唐）姚思廉：《梁书》卷四十九《吴均传》，中华书局1973年标点本，第698页。
③ 逯钦立辑校：《先秦汉魏晋南北朝诗·梁诗卷十九》，第1886页。
④ （唐）房玄龄等：《晋书》卷四十五《刘毅传》，第1274页。
⑤ 逯钦立辑校：《先秦汉魏晋南北朝诗·梁诗卷十二》，第1771页。

第二章　乱世风流：魏晋六朝时期的侠文学

情怀。鲍照《代出自蓟北门行》："投躯报明主，身死为国殇。"① 吴均《入关》："君恩未得报，何论身命倾。"② 沈约《白马篇》："唯见恩义重，岂觉衣裳单。本持躯命答，幸遇身名完。"③ 王僧孺《白马篇》："此心亦何已，君恩良未塞。不许跨天山，何由报皇德。"④ 都将《史记》中报答知己知遇之恩，变成报答国家及君主的恩德。王胄《白马篇》："志勇期功立，宁惮微躯捐。不羡山河赏，谁希竹素传？"⑤ 则将个体对"声名"的追求，与儒家"建功不朽"的理想结合了起来。

然而，这种结合显得有些一厢情愿。司马迁笔下侠客的"信""报恩"是有条件的，是一种建立在相对平等基础上的"知遇之恩"，即基于主君对侠客的人格尊重及对其才能的信任与欣赏，因而主君也能获得侠客的舍身相报，即所谓"国士遇我，国士报之"。先秦时期诸侯并起，侠客也可以择木而栖，选择自己的主君。但在统一的封建王朝，国家与君主是唯一的，也是不可选择的。六朝乐府中报国家之恩的侠客们，也并未真正得到君主的知遇之恩，这种"恩"从实际的信任、欣赏化为了一种抽象的忠诚，一种无条件的遵守。侠客与君主的关系，从相对平等的"知遇"，转化为单方面的忠君爱国。人格高度独立的侠客，转变为以服从为天职的军人，这在一定程度上削减了"侠"的魅力。

总之，随着六朝时期都城经济发展，商业繁荣，竞尚奢靡，原本以刚健武勇为特征的侠少年们，也渐渐融入了都城十丈软红。他们打马纵歌、声色犬马的生活方式，正是南朝都城繁华

---

① 逯钦立辑校：《先秦汉魏晋南北朝诗·宋诗卷七》，第1262页。
② 逯钦立辑校：《先秦汉魏晋南北朝诗·梁诗卷十》，第1720页。
③ 逯钦立辑校：《先秦汉魏晋南北朝诗·梁诗卷六》，第1619页。
④ 逯钦立辑校：《先秦汉魏晋南北朝诗·梁诗卷十二》，第1760页。
⑤ 逯钦立辑校：《先秦汉魏晋南北朝诗·隋诗卷五》，第2697页。

绮丽、无边声色的投影。这从一定意义上，消解了侠士赴士之陧困的道德意义，也消解了任侠主题诗歌刚健昂扬的美学特征。宋至于陈，任侠主题名作寥落，且与吟咏贵胄公子的"公子行"渐有合流趋势，失去了原本的独特性，趋向衰落。直到唐代，长安再一次成为帝国都城，关陇子弟以刚健风气一扫六朝绮靡，任侠主题才得到重振之机。

三 笔记小说里的侠文学

魏晋笔记小说里关于侠的篇目不多，较著名的是《吴越春秋》中的《越处女》篇，以及《搜神记》里的《李寄斩蛇》《三王墓》等篇。魏晋笔记小说可粗略地分为志人、志怪两大类，各以《世说新语》和《搜神记》为代表。两类小说都有清晰的创作目的，一为记载人物言行，一为记载谶纬怪异，主观上都不是专门记述"侠"的文学，但它们客观上都著录了一些与"侠"有关的篇目，并因为志人、志怪的笔记小说的发展而让侠文学带上了这个时代的独有特点。下文便以《世说新语》和《搜神记》为例，分析这一特点。

1. 从侠客到名士：《世说新语》中侠的消亡与重建

"侠"字在《世说新语》中出现得不多，共有8处，其中2处为通假[①]，实际提到"侠"字的仅有6处。其中又有2处仅为一笔带过，分别是：

---

① 《品藻·十三》：会稽虞骓，元皇时与桓宣武同侠，其人有才理胜望。（注：同侠，为同僚之误）《轻诋·十》：谢镇西书与殷扬州，为真长求会稽。殷答曰："真长标同伐异，侠之大者。常谓使君降阶为甚，乃复为之驱驰邪？"见朱碧莲、沈海波译注《世说新语》，第497、831页。案：侠，通狭，狭隘，气量小。有意思的是，"侠之大者"这个闻名后世的称号最早被提出时竟然是气量狭小之意。)

第二章 乱世风流：魏晋六朝时期的侠文学

《方正·十二》：杜预之荆州，顿七里桥，朝士悉祖。预少贱，好豪侠，不为物所许。①

《谗险·一》：王平子形甚散朗，内实劲侠。②

剩余四处，则是真正与侠有关的。《规箴·八》提到了一位被称为"京都大侠"的李阳：

王夷甫妇，郭泰宁女，才拙而性刚，聚敛无厌，干豫人事。夷甫患之而不能禁。时其乡人幽州刺史李阳，京都大侠，犹汉之楼护，郭氏惮之。夷甫骤谏之，乃曰："非但我言卿不可，李阳亦谓卿不可。"郭氏小为之损。③

从这个称号可以看出，此人是当时公认的"侠"。李阳的事迹不见史载，但既然说他堪比汉代楼护，那么我们可从《汉书·游侠传》对楼护的记载窥知一二：

唯成帝时，外家王氏宾客为盛，而楼护为帅。

楼护字君卿，齐人。父世医也，护少随父为医长安，出入贵戚家。护诵医经、本草、方术数十万言，长者咸爱重之，共谓曰："以君卿之材，何不宦学乎？"由是辞其父，学经传，为京兆吏数年，甚得名誉。

是时，王氏方盛，宾客满门，五侯兄弟争名，其客各有所厚，不得左右，唯护尽入其门，咸得其欢心。结士大夫，无所不倾，其交长者，尤见亲而敬，众以是服。为人

---
① 朱碧莲、沈海波译注：《世说新语》，第287页。
② 朱碧莲、沈海波译注：《世说新语》，第902页。
③ 朱碧莲、沈海波译注：《世说新语》，第551页。

短小精辩，论议常依名节，听之者皆竦。与谷永俱为五侯上客，长安号曰"谷子云笔札，楼君卿唇舌"，言其见信用也。母死，送葬者致车二三千两，同里歌之曰："五侯治丧楼君卿。"①

楼护是游侠而为广汉太守，李阳是游侠而为幽州刺史，可见两人的确有相似之处。楼护"甚得名誉""众以是服"，"为人短小精辩，论议常依名节，听之者皆竦"，说明他不仅让人敬服，还让人畏惧。李阳"犹汉之楼护"，所以"郭氏惮之"。王夷甫借着他的名号，就能让"郭氏小为之损"，这说明侠在此时期还具有一定的规善的意义。

另一篇则与之相反：

《假谲·一》：魏武少时，尝与袁绍好为游侠，观人新婚，因潜入主人园中，夜叫呼云："有偷儿贼！"青庐中人皆出观，魏武乃入，抽刃劫新妇，与绍还出，失道，坠枳棘中，绍不能得动，复大叫云："偷儿在此！"绍遑迫自掷出，遂以俱免。②

这里二人所谓的"好为游侠"，体现为潜入民宅、抢劫妇女等恶行，完全是"侠"的反面例子。这也反映出侠在时人眼中含义较为复杂，是为善与为恶的综合体。

如果说以上列举还不能算典型侠文学的话，《自新》篇中提到的两位人物，则比较接近后世对侠的认知：

---

① （汉）班固：《汉书》卷九十二《游侠传》，第3699—3707页。
② 朱碧莲、沈海波译注：《世说新语》，第851页。

第二章　乱世风流：魏晋六朝时期的侠文学

周处年少时，凶强侠气，为乡里所患。又义兴水中有蛟，山中有邅迹虎，并皆暴犯百姓。义兴人谓为三横，而处尤剧。或说处杀虎斩蛟，实冀三横唯余其一。处即刺杀虎，又入水击蛟。蛟或浮或没，行数十里。处与之俱，经三日三夜，乡里皆谓已死，更相庆。竟杀蛟而出。闻里人相庆，始知为人情所患，有自改意。乃入吴寻二陆，平原不在，正见清河，具以情告，并云："欲自修改，而年已蹉跎，终无所成。"清河曰："古人贵朝闻夕死，况君前途尚可。且人患志之不立，亦何忧令名不彰邪？"处遂改励，终为忠臣孝子。①

戴渊少时，游侠不治行检，尝在江淮间攻掠商旅。陆机赴假还洛，辎重甚盛。渊使少年掠劫，渊在岸上，据胡床指麾左右，皆得其宜。渊既神姿锋颖，虽处鄙事，神气犹异。机于船屋上遥谓之曰："卿才如此，亦复作劫邪？"渊便泣涕，投剑归机，辞厉非常。机弥重之，定交，作笔荐焉。过江，仕至征西将军。②

"周处"一篇流传度较广，很多研究者都将它列为侠文学。该篇同侠文学有很多相似之处，周处被称以侠名，"凶强侠气"，他武艺高强，"杀虎斩蛟"，斩蛟的那段更是写得绘声绘色，很是经典。杀完蛟后发现"里人相庆"，让剧情出现戏剧性的发展，增强了阅读性。但考之以侠文学的定义，这篇并不能称为侠文学。因为周处虽然"杀虎斩蛟"，但他并不是为了义，也非像荆轲或者聂政那样，为赴士之阨困，或为知己者死。他不过

---

① 朱碧莲、沈海波译注：《世说新语》，第621页。
② 朱碧莲、沈海波译注：《世说新语》，第623页。

是受了乡里的诓骗，"实冀三横唯余其一"。《世说新语》的篇目也点出收录这个故事的主旨是"自新"，重点是"处遂改励，终为忠臣孝子"。所以，创作者的目的，并非要塑造侠客形象，而是将之作为劝人向善的例子。

"戴渊"一篇同样如此。虽然他"游侠不治行检"，行为上也与唐传奇中某些侠客的形象极为相似，颇有豪阔不羁的一面："据胡床指麾左右，皆得其宜。"然而他并没有义举，做的也是劫掠百姓的恶事，与魏武少时没什么区别，很难达到后世"侠"的标准。

纵观《世说新语》中关于侠的描写，可以看到侠客作为一种文学形象，已没有了《游侠列传》中的光辉。这些人物虽符合了"侠"的部分行为方式，却缺乏侠的精神。文人记述他们，更多是为了猎奇志怪，而非弘扬侠义精神。同时期的其他志人笔记小说也都类似。但这并不是说"侠"不存在了，如《德行·四十三》：

> 桓南郡既破殷荆州，收殷将佐十许人，咨议罗企生亦在焉。桓素待企生厚，将有所戮，先遣人语云："若谢我，当释罪。"企生答曰："为殷荆州吏，今荆州奔亡，存亡未判，我何颜谢桓公！"既出市，桓又遣人问："欲何言？"答曰："昔晋文王杀嵇康，而嵇绍为晋忠臣。从公乞一弟以养老母。"桓亦如言宥之。桓先曾以一羔裘与企生母胡，胡时在豫章，企生问至，即日焚裘。[①]

企生的行为与豫让很相似。赵襄子杀智伯后，豫让几次为

[①] 朱碧莲、沈海波译注：《世说新语》，第44—45页。

第二章 乱世风流：魏晋六朝时期的侠文学

智伯复仇，刺杀赵襄子，赵襄子宽赦了他，但他还是要刺杀赵襄子，最终被杀。企生也是如此。桓玄提出"若谢我，当释罪"，但企生宁可"出市"被杀，也不肯"谢"，只是因为"为殷荆州吏"。这与豫让所说的"国士遇我，我故国士报之"是一脉相承的，可以视为侠的精神内核的延续。本篇被列为《德行》之一，正是由于这一精神内核。

与之类似的还有两条：

> 《方正·十》：诸葛靓后入晋，除大司马，召不起。以与晋室有仇，常背洛水而坐。与武帝有旧，帝欲见之而无由，乃请诸葛妃呼靓。既来，帝就太妃间相见。礼毕，酒酣，帝曰："卿故复忆竹马之好不？"靓曰："臣不能吞炭漆身，今日复睹圣颜。"因涕泗百行。帝于是惭悔而出。①
>
> 《贤媛·二十一》：桓宣武平蜀，以李势妹为妾，甚有宠，常著斋后。主始不知，既闻，与数十婢拔白刃袭之。正值李梳头，发委藉地，肤色玉曜，不为动容。徐曰："国破家亡，无心至此。今日若能见杀，乃是本怀。"主惭而退。②

"吞炭漆身"正是出自豫让事迹："豫让又漆身为厉，吞炭为哑，使形状不可知，行乞于市。"③ 说明诸葛靓追慕的正是豫让的侠义之举。只是他自称"臣不能吞炭漆身"，无法做到像豫让那样为替智伯复仇而不顾身家性命，但他"涕泗百行"，导致"帝于是惭悔而出"，说明他心中仍然有"国士遇我，我故国士

---

① 朱碧莲、沈海波译注：《世说新语》，第285页。
② 朱碧莲、沈海波译注：《世说新语》，第682页。
③ （汉）司马迁：《史记》卷八十六《刺客列传》，第2520页。

报之"这一精神内核,并躬身践行。虽然其激烈程度远不及豫让,但这一精神内核依旧可见光辉。

李势妹也是如此。面对白刃袭身仍不为动容,让她淡然面对生死的,是"国破家亡"。国破家亡后她并没有选择曲意侍奉新主,而是心怀死志,能与家国同死,"乃是本怀"。李势妹虽为闺中弱质,却临乱不惊,视死如归,其行其志,颇有侠女风范,令人心生敬意。两篇曲终点题,"帝于是惭悔而出""主惭而退",都肯定了这样的行为有着感召人心的力量。

另如《德行·九》：

> 荀巨伯远看友人疾,值胡贼攻郡,友人语巨伯曰："吾今死矣,子可去!"巨伯曰："远来相视,子令吾去,败义以求生,岂荀巨伯所行邪?"贼既至,谓巨伯曰："大军至,一郡尽空,汝何男子,而敢独止?"巨伯曰："友人有疾,不忍委之,宁以我身代友人命。"贼相谓曰："我辈无义之人,而入有义之国。"遂班军而还,一郡并获全。①

荀巨伯以身任友人之难,轻身全义的行为,与古侠无异,甚至还有过之。古侠客如荆轲、豫让等人,还要先"国士遇我",而荀巨伯的友人并没有给他什么利益,而他为了全友人之义视死如归,从义之精神而言,他不输于古侠客。而他的这一行为,与侠义之精神内核也是吻合的。《世说新语》在记述时屡次提到"义","败义以求生""我辈无义之人,而入有义之国",说明其看重的也是荀巨伯的"义"。荀巨伯的"义"就是侠的"义"。而他的义行,还起到了教化作用,感动了贼人,

---

① 朱碧莲、沈海波译注：《世说新语》,第10页。

第二章　乱世风流：魏晋六朝时期的侠文学

"一郡并获全"。

与之类似的还有一则，《德行·十三》：

> 华歆、王朗俱乘船避难，有一人欲依附，歆辄难之。朗曰："幸尚宽，何为不可？"后贼追至，王欲舍所携人。歆曰："本所以疑，正为此耳。既已纳其自托，宁可以急相弃邪？"遂携拯如初。世以此定华、王之优劣。[①]

贼人追上后，华歆不舍弃所携之人，其中绝无利益的关系，纯关乎义。华歆让此人上船依附，是赴士之陀困；贼人追上后面临死亡威胁选择不相弃，正有侠客轻生死而全义的风采。华歆、荀巨伯、李势妹、诸葛靓、罗企生等人的事迹缺少的只是拔剑尚武、血溅五步的情节，但其精神内核与先秦时期的游侠、刺客并无二致。

可以说纯粹的侠在志人笔记小说中已难觅踪迹，但也可以说它被重建了。侠客作为一个独立的记述主体已罕有存在，它被分解成几种精神内核或性格元素，分嵌到了不同的人物中。其中武的成分被大大弱化，精神内核被抽离出来，并与主流价值观相融合，成为魏晋风度的一部分，甚至成为考评名士优劣的标准。

《雅量》中有两则记载：

> 庾太尉与苏峻战，败，率左右十余人乘小船西奔。乱兵相剥掠，射，误中舵工，应弦而倒。举船上咸失色分散，亮不动容，徐曰："此手那可使著贼！"众乃安。[②]

[①] 朱碧莲、沈海波译注：《世说新语》，第13—14页。
[②] 朱碧莲、沈海波译注：《世说新语》，第353页。

> 谢太傅盘桓东山时，与孙兴公诸人泛海戏。风起浪涌，孙、王诸人色并遽，便唱使还。太傅神情方王，吟啸不言。舟人以公貌闲意说，犹去不止。既风转急，浪猛，诸人皆喧动不坐。公徐云："如此，将无归！"众人即承响而回。于是审其量，足以镇安朝野。①

庾亮、谢安临危不惧，跟其余众人形成鲜明的对比。这与荆轲与秦舞阳在秦廷上的表现如出一辙。荆轲的勇并不只在于武，还在于过人的胆色，直面始皇帝之威严而不为所动。轻生死，易去就，亦是侠的魅力之一。庾亮与谢安的行为，虽不能以侠定义，却也恰好与之暗合。《世说新语》中两篇对主角的描写和用配角衬托的手法都与荆轲篇一脉相承。而书中关于谢安的记载，还有更为典型的一幕：

> 谢公与人围棋，俄而谢玄淮上信至。看书竟，默然无言，徐向局。客问淮上利害，答曰："小儿辈大破贼。"意色举止，不异于常。②

同是谢安，同是临危不为所动，这一则所体现的已超越了单纯的"勇"，而是"为君谈笑净胡沙"的气度与运筹帷幄的能力。这或许也说明了，一些源自侠客的优秀品质，已经融入了主流的价值观。

除勇之外，侠客的其他精神内核也参与了这种融合。《德行·三十二》：

---

① 朱碧莲、沈海波译注：《世说新语》，第357页。
② 朱碧莲、沈海波译注：《世说新语》，第363页。

第二章 乱世风流：魏晋六朝时期的侠文学

> 阮光禄在剡，曾有好车，借者无不皆给。有人葬母，意欲借而不敢言。阮后闻之，叹曰："吾有车，而使人不敢借，何以车为？"遂焚之。①

参看《史记·刺客列传》：

> 田光曰："吾闻之，长者为行，不使人疑之。今太子告光曰'所言者，国之大事也，愿先生勿泄'，是太子疑光也。夫为行而使人疑之，非节侠也。"欲自杀以激荆卿，曰："愿足下急过太子，言光已死，明不言也。"因遂自刎而死。②

田光称"夫为行而使人疑之，非节侠也"，因为太子丹怀疑他会泄密而自刎以全节侠之名；阮裕自责"吾有车，而使人不敢借"，岂不正是田光所称的"非节侠也"？他焚车自明，与田光自刎都是"砥砺名行"到极致的结果，可视为一种侠义精神的延续。

这些记述都不能说是真正的侠文学，但它们的确体现了侠的精神的延续。去武存勇、尚义追古是这些记载的共同特征。梳理《世说新语》中的记述，可以粗略地看出侠的品质并未随着时代变迁磨灭，而是融入了魏晋风度的，成为其重要的一部分。

《世说新语》中有几则更为接近于侠文学的记载。如《任诞·三十》：

---

① 朱碧莲、沈海波译注：《世说新语》，第33页。
② （汉）司马迁：《史记》卷八十六《刺客列传》，第2530页。

> 苏峻乱，诸庾逃散。庾冰时为吴郡，单身奔亡，民吏皆去。唯郡卒独以小船载冰出钱塘口，蘧篨覆之。时峻赏募觅冰，属所在搜检甚急。卒舍船市渚，因饮酒醉还，舞棹向船曰："何处觅庾吴郡？此中便是。"冰大惶怖，然不敢动。监司见船小装狭，谓卒狂醉，都不复疑。自送过浙江，寄山阴魏家，得免。后事平，冰欲报卒，适其所愿。卒曰："出自厮下，不愿名器。少苦执鞭，恒患不得快饮酒。使其酒足余年毕矣，无所复须。"冰为起大舍，市奴婢，使门内有百斛酒，终其身。时谓此卒非唯有智，且亦达生。[①]

这则记载已初具唐传奇的雏形。庾冰落难是唐传奇中的典型情节，而郡卒的人物形象也类似于昆仑奴等奴仆贱职之侠。解救的过程可谓跌宕，解救完后郡卒不求回报也让人印象深刻。同前所述，除去没有武的部分，郡卒解救庾冰的方式并非像昆仑奴那样"飞出峻垣十余重"；整则记载在结构上虽显粗糙，但已与《昆仑奴》相类似了。

另一则更类似于《昆仑奴》的记载是《惑溺·五》：

> 韩寿美姿容，贾充辟以为掾。充每聚会，贾女于青璅中看，见寿，说之，恒怀存想，发于吟咏。后婢往寿家，具述如此，并言女光丽。寿闻之心动，遂请婢潜修音问。及期往宿。寿蹻捷绝人，逾墙而入，家中莫知。自是充觉女盛自拂拭，说畅有异于常。后会诸吏，闻寿有奇香之气，是外国所贡，一著人则历月不歇。充计武帝唯赐己及陈骞，

[①] 朱碧莲、沈海波译注：《世说新语》，第737—738页。

第二章　乱世风流：魏晋六朝时期的侠文学

余家无此香，疑寿与女通，而垣墙重密，门阁急峻，何由得尔？乃托言有盗，令人修墙。使反曰："其余无异，唯东北角如有人迹。而墙高，非人所逾。"充乃取女左右婢考问，即以状对。充秘之，以女妻寿。①

这也是义山诗"贾氏窥帘韩掾少"的出处，其情节走向几乎与《昆仑奴》完全相同，不同的是该记载中没有一位像昆仑奴那样的侠客，而韩寿这位主角把侠客该负担的工作全都做了，即《昆仑奴》中"飞出峻垣十余重"的是侠客昆仑奴，在本则记载中则是韩寿本人。"寿蹻捷绝人，逾墙而入，家中莫知"。记载中亦直书其异："垣墙重密，门阁急峻，何由得尔？""墙高，非人所逾。"韩寿的异能之高，比昆仑奴不遑多让。或许，韩寿的故事，在某种意义上启迪了《昆仑奴》的诞生。

《仇隙·二》中的记载已非常接近于后世对"侠文学"的定义：

刘玙兄弟少时为王恺所憎，尝召二人宿，欲默除之。令作坑，坑毕，垂加害矣。石崇素与玙、琨善，闻就恺宿，知当有变，便夜往诣恺，问二刘所在？恺卒迫不得讳，答云："在后斋中眠。"石便径入，自牵出，同车而去。语曰："少年，何以轻就人宿？"②

刘玙兄弟被王恺忌恨，王恺布置下陷阱，"欲默除之"，情况已非常危险，危在旦夕。"令作坑，坑毕，垂加害矣。"石崇

---

① 朱碧莲、沈海波译注：《世说新语》，第934—935页。
② 朱碧莲、沈海波译注：《世说新语》，第940页。

作为友人，一听说刘玙兄弟在王恺处歇息，就知道王恺必定要害两人，直接到王恺家把兄弟俩牵了出来，"同车而去"。想必牵的过程并没那么轻易，这短短百余字，就花了将近四十字描写石崇与王恺的交锋："便夜往诣恺，问二刘所在？恺卒迫不得讳，答云：'在后斋中眠。'石便径入。"真实情况想必能想象得到是多么剑拔弩张，石崇或以武或以势才能压得王恺不得不放人。这就是赴士之陀困。情节发展也颇有传奇性。石崇豪爽任侠的人物形象在这短短几十字里体现得淋漓尽致。

除了承前以外，这一时期的侠客形象还具有启后的意义。比如《任诞·三十四》：

> 桓宣武少家贫，戏大输，债主敦求甚切，思自振之方，莫知所出。陈郡袁耽，俊迈多能。宣武欲求救于耽，耽时居艰，恐致疑，试以告焉。应声便许，略无慊吝。遂变服怀布帽随温去，与债主戏。耽素有蓺名，债主就局曰："汝故当不办作袁彦道邪？"遂共戏。十万一掷，直上百万数。投马绝叫，傍若无人，探布帽掷对人曰："汝竟识袁彦道不？"[①]

袁耽为了替朋友出头，服丧期间来到赌场，呼卢喝雉，旁若无人，最后赢钱百万。这是一个非典型的"急人所难"的故事。主人公行为不符合传统的"义"，却全程洒脱自若，最后掷帽并自报家门的行为，更是张扬了自我意识，与后世侠文学中豪阔狂逸之侠颇有共性。

《世说新语》中还出现了后世侠文学中常见的残酷描写。如

[①] 朱碧莲、沈海波译注：《世说新语》，第741页。

第二章　乱世风流：魏晋六朝时期的侠文学

《汰侈·一》：

> 石崇每要客燕集，常令美人行酒。客饮酒不尽者，使黄门交斩美人。王丞相与大将军尝共诣崇。丞相素不能饮，辄自勉强，至于沉醉。每至大将军，固不饮，以观其变。已斩三人，颜色如故，尚不肯饮。丞相让之，大将军曰："自杀伊家人，何预卿事！"①

《汰侈·六》：

> 王君夫有牛名八百里驳，常莹其蹄角。王武子语君夫："我射不如卿，今指赌卿牛，以千万对之。"君夫既恃手快，且谓骏物无有杀理，便相然可。令武子先射。武子一起便破的，却据胡床，叱左右速探牛心来。须臾，炙至，一脔便去。②

石崇让美人劝酒，客人不饮就杀美人。王敦故意不饮，石崇于是连杀三位美人。其描写之残酷，比高瓒与诸葛昂斗富的故事不遑多让：

> 隋末深州诸葛昂性豪侠，渤海高瓒闻而造之，为设鸡肫而已。瓒小其用，明日大设，屈昂数百人，烹猪羊等长八尺，薄饼阔丈余，裹馅粗如庭柱，盆作酒碗行巡，自为金刚舞以送之。昂至后日屈瓒，屈客数百人，大设，车行

---
① 朱碧莲、沈海波译注：《世说新语》，第882页。
② 朱碧莲、沈海波译注：《世说新语》，第887页。

酒，马行炙，挫椎斩脍，皛轹蒜齑，唱夜叉歌，狮子舞。瓒明日设，烹一奴子十余岁，呈其头颅手足，座客皆攫喉而吐之。昂后日报设，先令爱妾行酒，妾无故笑，昂叱下，须臾蒸此妾坐银盘，仍饰以脂粉，衣以绫罗，遂擘腿肉以啖瓒诸人，皆掩目。昂于奶房间撮肥肉食之，尽饱而止。瓒羞之，夜遁而去。①

唐代传奇中，侠客杀人食人者并不罕见。《虬髯客传》中的虬髯客，以匕首切仇人心肝而食；《酉阳杂俎》中李廓俘获的大盗，"前后杀人，必食其肉"。这些与《世说新语》中《汰侈》两篇的描写，似乎有承续之处。

综上所述，以《世说新语》为代表的魏晋志人小说中，侠文学的存在感较弱，仅有《任诞·三十》《仇隙·二》等数篇，但与《史记》《汉书》中的侠文学有明显的区别。而令人欣慰的是，侠的精神内核没有消亡，而是被分离出来，并融入主流价值观中，成为魏晋风度中较为刚健的一面。从这个意义上来讲，侠的精神并没有消亡，而是得到了重建。它的受众扩大了，与时代精神合二为一。

学界谈及这一时期侠文学对后世的影响时，常提及《搜神记》等志怪小说，而对《世说新语》等志人小说则少有论及。其实志人小说所体现出的名士气度与侠风的合流、斗富模式及其中蕴藏的残酷描写，都对后世侠文学有一定的开启意义。

2. 从实录到虚构：《搜神记》中侠的异能化

志怪小说代表《搜神记》中《三王墓》《李寄斩蛇》等篇，

---

① （唐）张鷟撰，赵守俨点校：《朝野佥载》，中华书局1979年整理本，第175页。

具有侠文学的鲜明特征，但又不同于《史记》《汉书》，融入了新的元素，直接启迪了唐传奇的诞生。

志怪小说中侠的重建体现得更为明显。它不但没有志人小说中"去武"的倾向，反而将武更进一步发扬光大，完成了从实录到虚构的转变。其中最典型的特征有三。

（1）神怪角色的出现：从人到非人

《史记》《汉书》因为是史书，史书重实，所以其中记述的游侠、刺客事迹都是真实存在的；《世说新语》等志人之书，虽为小说，但终究以记人记言为主。而《搜神记》等志怪小说，其目的就是"明神道之不诬也"[①]，因而有更多玄虚幻诞的情节也就不足为奇了。

落实到作品中，侠客们对抗的反派，从荆轲、聂政、豫让所面对的王侯公卿，转变为非人之怪。如李寄斩蛇中"长七八丈，大十余围"的大蛇，或者《古冶子杀鼋》中兴风作浪的大鼋。侠客所面对的大都不是强权，而是非人之怪。这也是魏晋时期侠文学的一个重要特征。到后世唐传奇中，如《补江总白猿传》等篇中非人之怪就更加多了起来。

除了反派外，协助侠客们的帮手，也少不了仙怪精灵们，如《蒋侯助杀虎》：

> 陈郡谢玉为琅邪内史，在京城，所在虎暴，杀人甚众。有一人，以小船载年少妇，以大刀插着船，挟暮来至逻所，将出语云："此间顷来甚多草秽，君载细小，作此轻行，大为不易。可止逻宿也。"相问讯既毕，逻将适还去。其妇上岸，便为虎将去；其夫拔刀大唤，欲逐之。先奉事蒋侯，

[①] （唐）房玄龄等：《晋书》卷八十二《干宝传》，第2151页。

乃唤求助。如此当行十里，忽如有一黑衣为之导，其人随之，当复二十里，见大树，既至一穴，虎子闻行声，谓其母至，皆走出，其人即其所杀之。便拔刀隐树侧，住良久，虎方至，便下妇着地，倒牵入穴。其人以刀当腰斫断之。虎既死，其妇故活。向晓，能语。问之，云："虎初取，便负着背上，临至而后下之。四体无他，止为草木伤耳。"扶归还船，明夜，梦一人语之曰："蒋侯使助汝，知否？"至家，杀猪祠焉。①

京城出现了一只杀人甚众的恶虎，一对夫妇经过时，妇人刚上岸，就被恶虎掠走，这是士或民之陷困。但这时出现赴士之陷困的，不是侠客，而是蒋侯，是一位神灵。从文中描述可知，妇人之夫是有武艺在身的。行船时还带着大刀傍身。当恶虎出现，掠走妻子时，丈夫还拔出刀来，大声呼喝，以图赶走恶虎。到达虎穴后，此人表现也很冷静。小虎听到声响，以为母虎回来，就出来迎接，此人抓住机会，斩杀了小虎，然后拔刀藏在大树后，等母虎驮着妇人回巢时，当机立断，将母虎拦腰斩杀。能做到这些事的在《水浒》中都是武松、李逵这样的人物，说明其武艺高强；但真正解决问题的不是他，而是蒋侯。这在文末点出："蒋侯使助汝，知否？"是神灵的庇佑，让他能成功地找到虎穴、杀死虎。可以看出，在魏晋志怪小说中，当陷困出现时，诉求的对象发生了转变，赴士之陷困的不仅是侠客，还有神灵。

《邛都老姥》：

---

① 马银琴译注：《搜神记》，中华书局2012年版，第102—103页。

第二章 乱世风流：魏晋六朝时期的侠文学

> 邛都县下有一老姥，家贫，孤独，每食，辄有小蛇，头上戴角，在床间，姥怜而饴之食。后稍长大，遂长丈余。令有骏马，蛇遂吸杀之，令因大忿恨，责姥出蛇。姥云："在床下。"令即掘地，愈深愈大，而无所见。令又迁怒，杀姥。蛇乃感人以灵言，瞋令"何杀我母？当为母报雠。"此后每夜辄闻若雷若风，四十许日，百姓相见，咸惊语："汝头那忽戴鱼？"是夜，方四十里，与城一时俱陷为湖，土人谓之为陷湖，唯姥宅无恙，至今犹存。渔人采捕，必依止宿，每有风浪，辄居宅侧，恬静无他。风静水清，犹见城郭楼橹晏然。今水浅时，彼土人没水，取得旧木，坚贞光黑如漆。今好事人以为枕，相赠。①

邛都老姥因为一匹马就被县令杀了，令人扼叹。此时出来伸张正义的，并非侠客或某人，而是老姥养的一条"头上戴角"的蛇。这条蛇无疑已超出了常蛇的范畴，能质问县令："为什么杀了我母亲？我要为母亲报仇。"而且能发出风雷般的响声，让方圆四十里之地全部塌陷成湖泊。表现出了极大的神力。而且它还佑护一方百姓，"渔人捕鱼时若遇到风浪，只要到老姥旧宅旁去寻找保护，便可安然无恙。"她与蒋侯一样，几乎是被当成神灵看待的。

《王道平妻》：

> 秦始皇时，有王道平，长安人也。少时，与同村人唐叔偕女，小名父喻，容色俱美，誓为夫妇。寻王道平被差征伐，落堕南国，九年不归。父母见女长成，即聘与刘祥

---

① 马银琴译注：《搜神记》，第447—448页。

为妻。女与道平，言誓甚重，不肯改事。父母逼迫，不免，出嫁刘祥。经三年，忽忽不乐，常思道平，忿怨之深，悒悒而死。死经三年，平还家，乃诘邻人："此女安在？"邻人云："此女意在于君，被父母凌逼，嫁与刘祥，今已死矣。"平问："墓在何处？"邻人引往墓所，平悲号哽咽，三呼女名，绕墓悲苦，不能自止。平乃祝曰："我与汝立誓天地，保其终身，岂料官有牵缠，致令乖隔，使汝父母与刘祥。既不契于初心，生死永诀。然汝有灵圣，使我见汝生平之面。若无神灵，从兹而别。"言讫，又复哀泣。逡巡，其女魂自墓出，问平："何处而来？良久契阔。与君誓为夫妇，以结终身。父母强逼，乃出聘刘祥。已经三年，日夕忆君，结恨致死，乖隔幽途。然念君宿念不忘，再求相慰，妾身未损，可以再生，还为夫妇。且速开冢破棺，出我，即活。"平审言，乃启墓门，扪看其女，果活。乃结束随平还家。其夫刘祥闻之，惊怪，申诉于州县。检律断之，无条，乃录状奏王。王断归道平为妻。寿一百三十岁。实谓精诚贯于天地，而获感应如此。①

王道平恋人被逼再嫁，深怀忿怨，最终抑郁而死，此所谓不平事。王道平回来后，在恋人坟前祷告："如果你泉下有知，让我见到你生前的样子。如果没有，我们就此永别。"祈求的对象转向神灵，然后恋人灵魂从坟墓中显现。作者认为，这是王道平的精诚感动了天地，才获得了神明的"感应"。遭遇"不平事"者，从寄望于侠转变为祈求于神。

还有一类"义犬"型的故事。如《义犬救主》：

---

① 马银琴译注：《搜神记》，第326—327页。

第二章 乱世风流：魏晋六朝时期的侠文学

> 孙权时李信纯，襄阳纪南人也。家养一狗，字曰黑龙，爱之尤甚，行坐相随，饮馔之间，皆分与食。忽一日，于城外饮酒，大醉。归家不及，卧于草中。遇太守郑瑕出猎，见田草深，遣人纵火爇之。信纯卧处，恰当顺风，犬见火来，乃以口拽纯衣，纯亦不动。卧处比有一溪，相去三五十步，犬即奔往入水，湿身走来卧处，周回以身洒之，获免主人大难。犬运水困乏，致毙于侧。俄尔信纯醒来，见犬已死，遍身毛湿，甚讶其事。睹火踪迹，因尔恸哭。闻于太守。太守悯之曰："犬之报恩，甚于人，人不知恩，岂如犬乎！"即命具棺椁衣衾葬之。今纪南有义犬冢，高十余丈。①

主人受到厄困，救他的是犬。犬为了救主人，"运水困乏，致毙于侧"。这是不是"国士遇我，我故国士报之"？是不是"舍生取义"？取名为"义犬"，"犬之报恩，甚于人，人不知恩，岂如犬乎"说明当时人是认可的。志怪小说中不仅出现了诉求对象的转变，虚构主体也得到了拓展，由人而拓展到非人。这在《狗祖盘瓠》《马皮蚕女》等文中也有体现。

（2）侠客力量的强化：从武力到异能

《史记》《汉书》中的侠未必需要超出常人的武功。豫让两次刺杀都失败，荆轲刺秦最终也没有成功。专诸是藏匕于鱼才刺杀成功的，并没有突出剑术的高明，因此不需要交代异能出现的逻辑。魏晋志怪中，侠客的能力得到了普遍提升。《古冶子杀鼋》中，对古冶子能力的描写，已超越了一般人范畴：

---

① 马银琴译注：《搜神记》，第442—443页。

> 齐景公渡于江、沅之河，鼋衔左骖，没之。众皆惊惕。古冶子于是拔剑从之，邪行五里，逆行三里，至于砥柱之下，杀之，乃鼋也，左手持鼋头，右手扶左骖，燕跃鹄踊而出，仰天大呼，水为逆流三百步。观者皆以为河伯也。①

"拔剑从之，邪行五里，逆行三里，至于砥柱之下，杀之"，还可以说是文学的夸张手法，其后"左手持鼋头，右手拔左骖，燕跃鹄踊而出，仰天大呼，水为逆流三百步"，就完全是人力所不能为，而到了神异的范畴了。

《三王墓》也是如此。楚王要干将作剑，剑三年而成后楚王杀掉了干将。干将的儿子赤比长大后，母亲告诉他杀父仇人是楚王。赤比立誓复仇，遇到一位侠客答应帮助他，但需要赤比的头。赤比就将自己的头砍下，侠客拿着他的头觐见楚王。"煮头，三日三夕不烂。头踔出汤中，瞋目大怒"，而楚王头落进去后就立刻"三首俱烂，不可识别"②。这显然也超出常情，只能归于神异。

除了异能外，《三王墓》中的侠客还有一大异处——动机之异，倏忽而来，倏忽而去，不可捉摸。《史记》中的布衣之侠多是权贵延揽的客卿或者部属，而《三王墓》中的侠客跟赤比是陌路相逢，没有谁主谁从的关系。他更像是唐传奇中的"异人"，出现的契机是"路遇"而非"延揽"，这一点是新颖的。

可以说《三王墓》体现了《史记》中的侠到唐传奇中的侠的转变，它继承了《史记》中侠的精神，又受到猎奇志怪的时代风气影响，为侠客加入了"异能"的新元素，启发了唐传奇中的类似作品。

---

① 马银琴译注：《搜神记》，第239—240页。
② 马银琴译注：《搜神记》，第241页。

第二章　乱世风流：魏晋六朝时期的侠文学

当然，这一时期志怪小说，对侠客异能的来历，交代并不周全。有时让人难以信服。如《安阳亭三怪》：

> 安阳城南有一亭，夜不可宿，宿辄杀人。书生明术数，乃过宿之。亭民曰："此不可宿。前后宿此，未有活者。"书生曰："无苦也。吾自能谐。"遂住廨舍。乃端坐诵书，良久乃休。夜半后，有一人，着皂单衣，来往户外，呼亭主。亭主应诺。"见亭中有人耶？"答曰："向者有一书生在此读书。适休，似未寝。"乃喑嗟而去，须臾，复有一人，冠赤帻者，呼亭主。问答如前。复喑嗟而去。既去，寂然。书生知无来者，即起，诣向者呼处，效呼亭主。亭主亦应诺。复云："亭中有人耶？"亭主答如前。乃问曰："向黑衣来者谁？"曰："北舍母猪也。"又曰："冠赤帻来者谁？"曰："西舍老雄鸡父也。"曰："汝复谁耶？"曰："我是老蝎也。"于是书生密便诵书至明，不敢寐。天明，亭民来视，惊曰："君何得独活？"书生曰："促索剑来，吾与卿取魅。"乃握剑至昨夜应处，果得老蝎，大如琵琶，毒长数尺。西舍得老雄鸡父，北舍得老母猪。凡杀三物，亭毒遂静，永无灾横。①

书生的动机是为民除害，他亦胆识过人，最终"凡杀三物，亭毒遂静，永无灾横"。但对抗妖邪的过程中，亭主将自己与其他二妖的底细和盘托出，让书生得以"杀三物"。作为妖物的亭主为何如此愚蠢，为包括自己在内的"三物"招来杀身之祸？细究也有逻辑漏洞。同样的问题在《何文除宅妖》《秦公斗树

---

① 马银琴译注：《搜神记》，第420—421页。

神》等篇中也存在。可以说，这一时期侠客形象的塑造，更在于其超越常人及常理的"奇"处，而并不强调其逻辑合理性。

（3）女侠形象的出现

魏晋志怪中虚构性增强的又一表现，就是以李寄为代表的女侠形象增多。魏晋之前，女侠形象较为少见。《史记》中虽然也出现了聂政姐的形象，评者认为也可称之为侠，但毕竟是为了烘托聂政之义而出现，且着墨不多，缺乏完整性。这与李寄首尾完整、成长清晰的女侠形象还有所区别。联系到同时期出现的《秦女休行》及《木兰辞》，女性形象突破了闺门之秀的局限，向勇武、果断发展。

这种变化，一是由魏晋时期女性地位变化造成的。豪门大族间的联姻，使家族较为重视女性教育，谢道韫等才女诞生，便与这种风气有关。二是由于战乱频发，男性长期宦游在外等原因，导致"主母"角色日益重要，在相夫教子之外，也会发挥一定的管理职能。这些都造成了贵族女性地位的提升。之前提到，《世说新语》中王夷甫不满妻子的作为，但也只能借用京都大侠李阳的名号来吓唬她，而非直接禁止，可见其家庭地位。而郭氏的另一则记载更为直接，《规箴·十》：

> 王平子年十四五，见王夷甫妻郭氏贪，欲令婢路上儋粪。平子谏之，并言不可。郭大怒，谓平子曰："昔夫人临终，以小郎嘱新妇，不以新妇嘱小郎。"急捉衣裾，将与杖。平子饶力，争得脱，逾窗而走。①

郭氏一言不合就要杖打小叔，王平子不敢还手，只能"逾

---

① 朱碧莲、沈海波译注：《世说新语》，第552页。

第二章　乱世风流：魏晋六朝时期的侠文学

窗而走",《世说新语》中少有的"武斗"场面居然出现在此，也足以说明当时部分女性的强势。

值得指出的是，《李寄斩蛇》中李寄的形象，并不简单是男性侠客的"性转"，而是具有鲜明的女性特征。首先，她行侠的目的，有对父母的孝，也有对无辜女性的同情。

故事中，闽中有大蛇吃人，"都尉令长"都没有办法，已经吃了九个少女。李寄年仅"十二三"，就自请前去充当祭品，理由很充分："父母无相，惟生六女，无有一男，虽有如无。女无缇萦济父母之功，既不能供养，徒费衣食，生无所益，不如早死。卖寄之身，可得少钱，以供父母，岂不善耶！"如果将孝也视为一种义，李寄这一行为就是舍生取义。她杀蛇后，面对女孩骸骨感慨："汝曹怯弱，为蛇所食，甚可哀愍。"[①] 说明她还有第二个动机"哀愍"，这是"赴士之阨困"的拓展，继承了古老的侠客信条，又融入了善于共情的女性特质。

此外，李寄在斩蛇行动中，并非全靠莽力行事，而是准备了"好剑及咋蛇犬"，"先将数石米糍，用蜜麨灌之，以置穴口"，说明李寄的目标很明确：不是送死而是杀蛇。为此她做了充分的准备：好剑、咋蛇犬、数石米糍、蜜麨，这些物资很多，不是短时间就能准备好的，而且要想知道需要哪些物资必须先熟知蛇性，说明李寄前去杀蛇并非临时起意，而是早有准备。这些细节描写，也体现出女侠心思细腻的特质。

然而，《李寄斩蛇》作为描写女侠形象的早期作品，对人物的塑造，是不完善的，因此也会造成一定的逻辑缺失。如李寄斩蛇的年龄应该是十二三岁，因为蛇"欲得啖童女年十二三者"，如此小的年龄如何能"从后斫得数。创痛急，蛇因踊出，

[①] 马银琴译注：《搜神记》，第 424 页。

至庭而死"？干净利落地完成斩蛇举动，实非常人所能。我们之前提到，异能的出现是魏晋到唐代侠文学的特色，但较为完善的侠文学，会对侠客异能的获得做出逻辑自洽的说明。如红线、聂隐娘都身怀异能，但红线"善弹阮咸，又通经史，嵩召遣掌表笺，号曰内记室"，"梳乌蛮髻，攒金凤钗，衣紫绣短袍，系青丝轻履，胸前佩龙文匕首，额上书太乙神名"，又通过薛嵩之口交代其为异人，临别之时更自述前生因果，所以她能"再拜而倏忽不见"，"夜漏三时，往返七百里"①，盗取金盒，是有逻辑的。聂隐娘被尼姑盗去五年，"教已成矣"，其后来的神异也是有逻辑的。但在异能出现的初期，超过常人的异能往往并没有逻辑的支撑。如该篇中的李寄，仅仅只是个十二三岁的小姑娘，成长的过程中也并没有接触任何异能者，从人物成长而言，就缺失了一定逻辑性。这也是魏晋志怪相对于唐传奇而言"初陈梗概"的一面。

3. 从神异再归日常：侠的生活化

上一节讲到魏晋志人小说的一大特点是"去武"，这一特点在志怪小说中则恰恰相反，得到了强化。李寄能斩杀吃了九人、令"东冶都尉及属城长吏，多有死者"的大蛇，古冶子"左手持鼋头，右手拔左骖，燕跃鹄踊而出，仰天大呼，水为逆流三百步"，武不仅被继承下来，而且得到了进一步的强化而成为异能。出现这一区别的原因之一，是因为在魏晋志怪小说中，侠客所对抗的主体，已由强权转变为了非人之怪。

李寄所斩的大蛇，古冶子所杀的鼋，宗定伯所唾的鬼，书生所除的三物，秦公所斗的树神，何文所除的宅妖，都是非人

---

① 本社编：《唐五代笔记小说大观》，上海古籍出版社2000年版，第544页。

第二章　乱世风流：魏晋六朝时期的侠文学

之怪，不是人力所能抗的。对付它们的方法之一是异能，这导致了武在侠文学中向异能的转变。异能的发展及对后世的影响论述者较多，在此不多述，这里主要探讨非人之怪的出现导致的另一个变化：由神异复归日常。

《李寄斩蛇》中的李寄，《三王墓》中的客，都是典型的侠客，能人之所不能。但《安阳书生》中的书生，虽称"明术数"，但除三物的手法，既非术数，也非异能，更像是一个普通人。宗定伯、秦公、宋大贤、何文等人，对抗神怪的手段是"智"。以《宗定伯捉鬼》为例：

> 南阳宗定伯年少时，夜行逢鬼。问之，鬼言："我是鬼。"鬼问："汝复谁？"定伯诳之，言："我亦鬼。"鬼问："欲至何所？"答曰："欲至宛市。"鬼言："我亦欲至宛市。"遂行。数里，鬼言："步行太迟，可共递相担，何如？"定伯曰："大善。"鬼便先担定伯数里。鬼言："卿太重，将非鬼也。"定伯言："我新鬼，故身重耳。"定伯因复担鬼，鬼略无重。如是再三，定伯复言："我新鬼，不知有何所畏忌？"鬼答言："惟不喜人唾。"于是共行。道遇水，定伯令鬼先渡，听之，了然无声音。定伯自渡，漕漼作声。鬼复言："何以有声？"定伯曰："新死，不习渡水故耳。勿怪吾也。"行欲至宛市，定伯便担鬼，着肩上，急执之。鬼大呼，声咋咋然，索下，不复听之。径至宛市中，下着地，化为一羊，便卖之。恐其变化，唾之。得钱千五百乃去。当时石崇有言："定伯卖鬼，得钱千五。"[①]

---

① 马银琴译注：《搜神记》，第363页。

宗定伯用智谋诓得鬼说出畏忌，然后再以畏忌制服鬼，并将它化成的羊卖了一千五百钱，可谓是以智胜敌的典范。《安阳亭三怪》中的书生也是如此，书生诓骗亭主说出三物的本体，才能成功除妖。由武斗转为智斗是魏晋志怪小说中的侠文学的一个重要特征，而其原因是行侠的主体由专职的侠客转为非专职的普通人。对抗的双方不再是侠客与强权，而是人与怪。没有异能的常人代替侠客成为故事的主角，为民除害、赴士之陀困等行侠的意义被消解，变成了简单的"除妖"，并增强了人与怪的对立。常人之所以能除怪，依赖的不是异能而是智慧。

《搜神记》中还有一个常人除怪的故事《宋大贤杀狐》：

> 南阳西郊有一亭，人不可止，止则有祸。邑人宋大贤以正道自处，尝宿亭楼，夜坐鼓琴，不设兵仗。至夜半时，忽有鬼来登梯，与大贤语，瞋目磋齿，形貌可恶。大贤鼓琴如故。鬼乃去。于市中取死人头来，还语大贤曰："宁可少睡耶？"因以死人头投大贤前。大贤曰："甚佳！我暮卧无枕，正欲得此。"鬼复去。良久乃还，曰："宁可共手搏耶？"大贤曰："善！"语未竟，鬼在前，大贤便逆捉其腰。鬼但急言死，大贤遂杀之。明日视之，乃老狐也。自是亭舍更无妖怪。①

宋大贤之所以能除怪，依赖的并不是智慧或者异能，文中的鬼或者老狐也没有李寄所斩的大蛇或者古冶子所杀的鼋那么厉害，手段仅止于"瞋目磋齿，形貌可恶"以及"以死人头投大贤前"等吓唬人的手段，大贤"逆捉其腰"便"但急言死"，

---

① 马银琴译注：《搜神记》，第409页。

几乎毫无反抗之力。所以这一时期不但侠转变为"常人",怪也有转变为"常怪"的倾向。

因此,魏晋志怪小说走向两个方向,一方面夸大异能,发展成唐传奇那样以奇制胜的故事;一方面则发展成"常人""常怪"的故事。二者看似有矛盾之处,其内在逻辑则是统一的。因为怪、异随处可见,因此便逐步融入日常生活。剧中人见怪不怪,而神怪也由于频繁出没市井,沾上了人间烟火。

《安阳亭三怪》中的怪便是如此,被识破本体后就毫无还手之力。宗定伯知道鬼之畏忌后,鬼也只能乖乖地被当羊卖掉。从这些常人的故事中竟能品味到英雄的乐观主义及对神异怪谲的蔑视。

在这一时期作品中,侠客们"智"的元素与"武"的元素,得到协同发展。《李寄斩蛇》《三王墓》主人公都有极高的武力值,但他们仰仗的也不全是武力。李寄事先做好准备,以米糍蜜麨诱蛇,以咋蛇犬吸引蛇的注意,才能成功斩蛇,其中智慧发挥了很大的作用。《三王墓》中的侠客之所以能刺王成功,是因为他用赤比的头迷惑了王,然后又以头不能煮烂引诱王前来观看,乘机斩下王头。这都是智慧的体现。而最能体现其智慧的是他将三头煮在一起不分彼此,使得他们虽然犯下大逆不道之罪,但王宫还不得不以王之礼厚葬他们,可谓从智慧上碾压了对方。智斗型的故事是这一时期志怪小说开创的新模式,对宋元笔记有较大影响。

最后,《搜神记》等志怪小说中的记录在现代人看来是荒诞不经的,是虚假的,但当时人并不这样认为。志怪小说的创作目的是记录休咎谶纬、博物述异,这两个目的都依托于真实,否则就失去了意义。这一点还可以从《世说新语》的一则记载得到佐证:

《排调·一九》：干宝向刘真长叙其《搜神记》，刘曰："卿可谓鬼之董狐"。[1]

董狐是著名的史官，说明当时人认为《搜神记》是近于史的。所以虽然这时期的侠文学有着从实录到虚构的转变，但从创作目的等主观因素来讲，志怪仍然是实录。而多数唐代传奇的创作目的乃是虚构，如《补江总白猿传》，"假小说以施诬蔑之风"，即为了达到某种目的而编造了这个故事，二者有着本质的不同。

虚构一方面让侠文学获得了发展，异能的出现弥补了志人小说"去武"的不足；另一方面又限制了侠文学的发展，虚构主体也由人到了非人，渐渐偏离于"侠"。此二者在魏晋时期是分离的，但到了唐传奇的阶段又结合起来。侠文学在魏晋阶段背负着沉重的包袱，既寓托了教化之义，又受着实录这个创作目的的限制，这是它没有发展至高峰的原因。但它进行了很多有益的探讨，比如异能的引入，诉求对象的转变，虚构主体的非人化，乃至智斗与常人、常妖的新模式，这些都给唐传奇以有益的启迪。它既现身说法展示了不足，又指明了道路。当唐传奇摆脱了教化的包袱、彻底放弃实录而转为虚构——即胡应麟所谓"至唐人乃作意好奇，假小说以寄笔端"[2] 时，一个真正的高峰到来了。

---

[1] 朱碧莲、沈海波译注：《世说新语》，第787页。
[2] （明）胡应麟：《少室山房笔丛·己部》卷三六，上海书店出版社2009年整理本，第371页。

第三章
盛世剑歌：唐代侠文学

侠文学盛行有两个必备的元素：尚武之风与文学家的创作。尚武之风为侠文学提供内容及精神内核。杰出文学家的创作实践，又将尚武风气落实于文学，使之成为中国文学苑囿中的一枝奇芳。

秦汉时期三次迁豪强实京畿的举措，使得关中一带侠风盛行。汇聚在京城的史学家、辞赋家关注到这一群体，将之写入笔下，促成了侠文学发展史上的第一座高峰。建安时期，三曹七子为代表的邺下文学集团，成为侠文学的主要创作者，并将慷慨悲凉的时代风气注入其中，提升了侠文学的品质。魏晋衣冠南渡，侠文学的创作中心也随之迁移。北朝的尚武之风虽仍浓烈，但由于一流文学家的匮乏，侠文学中佳作仍不多见。反而是长期生活在桃花渌水间的南朝文人，将当时绮靡华美的文风，引入了侠文学，使其呈现出新的面貌。

589年，隋文帝统一南北，再度建立起大一统帝国。隋唐定都长安，大量文人再度回到长安地区。此外，多民族的交汇，关陇集团的兴起，唐前期因扩张而带来的尚武重战的社会风气，都使得长安再度成为侠文学的蕃盛之地。

一　大唐游侠的养成

唐王朝的建立，离不开关陇集团的大力支持。所谓关陇，即陕西关中与甘肃陇山一带。这里长期胡汉杂处，游牧民族高度汉化，而汉民族也在一定程度上"胡化"。关陇贵族正是游牧文化与农耕文化融合的产物。陈寅恪称之为"盖取塞外野蛮精悍之血，注入中原文化颓废之躯，旧染既除，新机重启，扩大恢张，遂能别创空前之世局"[1]。

与峨冠博带、弱不胜衣的南朝贵族不同，关陇子弟则是"未遑文德，实尚武功"[2]。他们不重读书，而希望以武功取得功名。北周许国公宇文贵少年时曾言："男儿当提剑汗马以取公侯，何能为博士也。"[3]事实也的确如此，这一时期，公卿勋贵"类多武将"[4]。经过西魏、北周、隋数朝经营，关陇集团逐渐兴盛，并向都城汇聚，尤其以五陵地区最为集中。这群人即唐诗中所云"五陵少年""五陵儿""五陵子""五陵豪""五陵少""五陵公子""五陵英少"。他们多家世豪富，尚武轻文，结交闾阎豪杰，培养自己的武装部曲。在隋末动乱中，这些关中豪侠大多成为啸聚一方的武装势力，其中一部分被李渊父子笼络，成为其扫平天下的武力依仗。

为了笼络豪侠阶层，李渊起兵之际曾颁布《授三秦豪杰等官教》："义旗济河，关中响应。辕门辐凑，赴者如归。五陵豪

---

[1] 陈寅恪：《李唐氏族之推测后记》，《金明馆丛稿二编》，生活·读书·新知三联书店2015年版，第344页。
[2] 《田行达墓志》，载罗新、叶炜《新出魏晋南北朝墓志疏证》，中华书局2005年版，第625页。
[3] （唐）李延寿：《北史》卷六十《宇文贵传》，中华书局1974年标点本，第2138页。
[4] （唐）魏徵等：《隋书》卷四十六《张奫传》，中华书局1973年标点本，第1261页。

第三章 盛世剑歌：唐代侠文学

杰，三辅冠盖，公卿将相之绪余，侠少良家之子弟，从吾投刺，咸畏后时。扼腕连镳，争求立效，縻之好爵，以永今朝。"① 召集关中侠少子弟，建功立业。

唐太宗沿袭了高祖拉拢关中豪侠的策略。《旧唐书·太宗本纪》云："时隋祚已终，太宗潜图义举，每折节下士，推财养客，群盗大侠，莫不愿效死力。"② 太宗门下召纳的"大侠"中，有一位公孙武达，《旧唐书》称其"少有膂力，称为豪侠"③。豪侠阶层为唐王朝的建立立下了汗马功劳。帝国建立后，他们作为开国功臣，身居高位，并获得大量庄园、财富、奴仆等封赏。在很长一段时间内，这些功臣都保持了任侠的风气，广蓄宾客、狩猎驰马。这样豪阔的行为势必引起贵族阶层效仿，又进一步促进了京都一带侠风的发展。

关中侠风炽烈，连王室成员也浸润其中。在建国初期，唐高祖李渊堂弟、淮安靖王李神通"少轻侠。隋大业末在长安。会高祖兵兴，吏逮捕，亡命入鄠南山，与豪英史万宝、裴勔、柳崇礼等举兵应太原"④。唐玄宗在登基之前，也做出过为后人称道的豪侠之举。

> 玄宗为潞州别驾，入觐京师，尤自卑损，暮春，豪家子数辈游昆明池。方饮次，上（玄宗）戎服臂鹰，疾驱至前，诸人不悦，忽一少年持酒船唱曰："今日宜以门族官品

---

① （唐）牛希济：《荐士论》，（清）董诰等编：《全唐文》卷八百六十四《牛希济二》，中华书局1983年标点本，第17页。
② （后晋）刘昫等：《旧唐书》卷二《太宗本纪》，中华书局1975年标点本，第22页。
③ （后晋）刘昫等：《旧唐书》卷五十七《刘文静传附公孙武达传》，第2300页。
④ （宋）欧阳修、（宋）宋祁：《新唐书》卷七十八《淮安王神通传》，中华书局1975年整理本，第3527页。

自言。"酒至，上大声曰："曾祖天子，祖天子，父相王，临淄王李某。"诸少年惊走，不敢复视，上乃连饮三银船，尽一巨觥，乘马而去。①

潇洒豪迈之气，颇具唐传奇中侠客之神韵。

其他王室成员，如太平公主、韦皇后等，也都有结交豪侠之举。在这种风气下，任侠成为一种干谒的手段，不少人都想获取"侠名"以引起王侯们的注意。"初盛唐社会任侠活动的另一种，是勇决任气，轻财好施，结纳豪侠，以博取声誉，为晋身之阶。这多是权贵子弟与士族中人。这样的任侠，与初盛唐社会的'终南捷径'实具同等意义。"② 任侠之风顺理成章地由上层扩大到了整个社会。

为了更好地理解唐代尚武任侠之风的盛行，我们必须考虑到陇西李氏的血统结构。李唐王室为关陇贵族的一员，本就有着少数民族的血统。朱熹曾言："唐源流出于夷狄。"③ 20 世纪 30 年代刘盼遂、王桐龄等人力主"李唐为蕃姓"。陈寅恪也承认其血统中的胡化成分，"李唐皇室之女系母统杂有胡族血胤"。可以想见，李氏血统既然为胡汉融合的产物，其文化制度上，也势必受两种文化共同影响。

自关陇集团兴起到唐建立，长安地区一直是胡汉杂处的前沿，民族交融的桥头堡。隋唐所建基的长安，一方面从精神上接续了汉之长安，另一方面也在政治、经济等制度上延承了北朝之长安。其重武轻文、希望马上得功名的风气，也必然一脉相承。

---

① （宋）王谠撰，周勋初校证：《唐语林校证》卷四，中华书局 2008 年标点本，第 323 页。
② 罗宗强：《李杜论略》，内蒙古人民出版社 1980 年版，第 69 页。
③ （宋）黎靖德编：《朱子语类》卷第一百三六《历代》，中华书局 1986 年整理本，第 3245 页。

此外，唐每当取得对周边游牧部落的胜利后，都会迁徙大量胡人到京洛二地。东突厥灭亡后，唐太宗对颉利可汗的处理方法是："悉还其家属，馆于太仆"①，安置突厥贵族万家于长安。贞观十四年（640）灭高昌，"徙高昌豪桀于中国"②，大大促进了各民族之间的交融。总而言之，唐代前期的长安地区，实则是各民族交融的前沿阵地，为中原注入了"塞外野蛮精悍之血"。

唐王朝也有意引导任侠尚武之风向报效国家、建功立业上发展。除了战争时期征召侠少年入伍外，还有武举与禁军两条制度作为保证。

武举是考试，通过者可直接选授官职。"长安二年正月十七日敕：天下诸州宜教武艺，每年准明经进士贡举例送。"③ 武举考试隶属于兵部，考生为六品以下文武官，三品以下五品以上勋官子弟，年满十八岁并已交纳十三年"品子课钱"者，考课内容为举重、骑射、步射、马枪等技术。和开科取士一样，设立武举同样是为了网罗人才，是太宗皇帝"天下英雄入吾彀中"④的帝王术的另一方面。

禁军制度则历史悠久。《后汉书·孝顺帝本纪》注云："武帝太初元年初置建章营骑，后更名羽林。以天有羽林之星，故取名焉。又取从军死事之子孙，养羽林官，教以五兵，号曰羽林孤儿。光武中兴，以征伐之士劳苦者为之。"⑤《后汉书·百官

---

① （宋）欧阳修、（宋）宋祁：《新唐书》卷二百一十四五《突厥传》，第6036页。
② （宋）欧阳修、（宋）宋祁：《新唐书》卷二百二十一《西域传》，第6223页。
③ （宋）王溥：《唐会要》卷五十九《尚书省诸司下》，中华书局1960年标点本，第1030页。
④ （五代）王定保撰，陶绍清校证：《唐摭言校证》卷十五《述进士上篇》，中华书局2021年版，第9页。
⑤ （南朝宋）范晔：《后汉书》卷六《孝顺孝冲孝质帝纪》，第250页。

志二》："羽林郎，比二百石。"其注云："掌宿卫、侍从。常选汉阳、陇西、安定、北地、上郡、西河凡六郡良家补。"① 可见汉代的禁军多为战死将士的子孙及六郡良家。唐代禁军也基本依从此例。唐高祖的"元从禁军"就是从跟随他太原起义的亲信部队中选拔的。唐太宗时，有人建言用秦府旧兵来充当禁卫，唐太宗虽未采纳，但禁卫的标准可见一斑。玄宗时禁军进一步扩大到四支，号北门四军，后又扩大到左右羽林、左右龙武、左右神武、左右神策、左右神威等十军，其中神策军逐渐演变为唐中后期的中坚力量，兵员高达十数万人。

武举与禁军使得尚武之人有了两个稳定的上升通道。武，从汉代的"犯禁"，演变成了唐代的正式晋身之阶。这从制度上保证了侠客的出路，从而促使任侠之风的兴盛。

五陵少年显然是这两项制度的受益者。武举并非只考技艺，对相貌亦有要求。要选拔"躯干雄伟，可以为将帅者"。正好与五陵英少相吻合。考生不但要习练武艺精熟，还要自己采购马匹、兵器、铠甲等，这已非贫穷之人所能负担的了。官胄子弟的资格要求，也让五陵少年免除了很多潜在对手。当然武举亦有外地士子考取，但他们也很快便融入五陵少年之中，成为他们的一分子。

唐前期禁军地位尊崇，选拔标准严格，侠客群体中也只有少部分能够进入。王翰《饮马长城窟行》"长安少年无远图，一生惟羡执金吾"②，可见金吾卫是普通侠客们羡慕的对象。《唐会要·京城诸军》："先取元扈从官子弟充，如不足，任于诸色中简取二千人为定额。"③"先取长六尺。不足，即选取五尺九寸已

---

① （南朝宋）范晔：《后汉书》卷二十五《百官志二》，第3576页。
② （清）彭定求等编：《全唐诗》卷二十《相和歌辞》，第241页。
③ （宋）王溥：《唐会要》卷七十二《京城诸军》，第1293页。

上，灼然阔壮，膂力过人者。"到了天宝末年，"六军诸卫之士，皆市人白徒。富者贩缯彩，食粱肉，壮者角抵拔河，翘木扛铁，日以寝斗"。① 武举和禁军制度的推行，给这些"五陵少年"们创造了更多的机会。他们可以设法通过武举步入官场、成为羽林军的一员，或是投靠王室成员成为门下之士。他们中大多数脱离了生产，在都城中四处游走，一掷千金。这种豪阔的生活方式，必须依附于权贵势力才能长久维持。

与汉代的郡国制不同，唐代招纳游侠的王公权贵大多聚集在长安。因此，也形成了以公主、诸王、驸马等为核心的京城游侠团体。他们出入高门甲第，驰马通衢大道，身份既是门客，又是将领的储备人选。武举和都城禁军制度，为这些游侠提供了正式晋升机会。一旦战争来临，他们立即能完成都城游侠与从军将士的身份转换。

支撑这种转换的，是初盛唐时期强大的国力以及相对宽松的上升渠道。唐高祖直至玄宗皆"志在四夷"，重视军功，对建立功勋的将士赏赐丰厚。这使得从"任侠"到"出将入相"的通天之路，不仅仅是文人的幻想，而且具备了实现的可能。两唐书中不乏从少年豪侠到名将良相的实例。如开国功臣柴绍"趫捷有勇力，任侠闻于关中"②、丘和"少便弓马，重气任侠"③、哥舒翰"家富于财，任侠重然诺，纵蒲酒长安市"④、郭元振"任侠使气，拨去小节"⑤、李君球"少任侠，颇涉书籍"⑥等。可见任侠尚武、桀骜不羁已成为初盛唐人普遍的性格特征。

---

① （宋）王溥：《唐会要》卷七十二《京城诸军》，第1300页。
② （后晋）刘昫等：《旧唐书》卷五十八《柴绍传》，第2314页。
③ （后晋）刘昫等：《旧唐书》卷五十九《丘和传》，第2324页。
④ （宋）欧阳修、（宋）宋祁：《新唐书》卷一百三十五《哥舒翰传》，第4566页。
⑤ （宋）欧阳修、（宋）宋祁：《新唐书》卷一百二十二《郭元振传》，第4361页。
⑥ （后晋）刘昫等：《旧唐书》卷一百八十五《良吏传上·李君球传》，第4789页。

诗剑 相逢即成歌

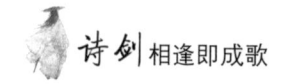

正如罗宗强所言：

> 处于历史上又一个繁荣时期的地主阶级，精力充沛，充满自信。它的一部分成员，须要借助各种方式表现自己的英雄气概，建功立业是一种适宜的方式，任侠也是一种适宜的方式，而且是一种更容易做到的方式。诚然，勇决任气、挥金如土、扬眉吐纳、激昂青云的非同凡响的行为与气概，在初盛唐之前和之后都有，但被当作高尚行为、光荣标志、时髦生活方式而受到皇室、将相、权贵、士族、豪富子弟如此普遍的崇尚，则是罕见的。它是处于繁荣时期的地主阶级的理想主义的一种表现方式。[1]

受时代风气的感召，无论赳赳武夫还是柔弱书生，都将目光投向大漠边塞。正如杨炯《从军行》所言："宁为百夫长，胜作一书生"，唐代侠风兴盛由此可见一斑。

除了时代风气外，地域特性也是影响唐代侠风的重要因素。这里的地域，主要指唐代两京都城一带。正如《资治通鉴》中所言"天下称富庶者无如陇右"[2]。随着经济的发展，两京都城持续繁荣，逐步形成了九族争聚、五方杂厝的局面。奇人异事、殊方物产，汇集于京城。这为游侠阶层的活动提供了舞台。正如《隋书·地理志》所言：

> 京兆王都所在，俗具五方，人物混淆，华戎杂错。去农从商，争朝夕之利，游手为事，竞锥刀之末。贵者崇侈

---

[1] 罗宗强：《李杜论略》，内蒙古人民出版社1980年版，第70页。
[2] （宋）司马光编著：《资治通鉴》卷二一六《唐纪三十二》，第6919页。

第三章 盛世剑歌：唐代侠文学

靡，贱者薄仁义，豪强者纵横，贫窭者窘蹙。桴鼓屡惊，盗贼不禁，此乃古今之所同焉。自京城至于外郡，得冯翊、扶风，是汉之三辅。其风大抵与京师不异。①

"俗具五方，人物混淆""游手为事"，意味着人员流动频繁。相对于被束缚于土地的农民阶层而言，游侠的一大特点就是"游"。他们居无定所，在城市中四处游走，这样的行为方式本就意味着对束缚的突破。长安城是百万人聚集的大都市，除了居民区外，还有繁荣的市集、便利的客栈以及发达的传驿系统。而客栈、驿站、市集本就是游侠汇聚之地。两京地区虽然施行宵禁制度，但坊墙之内不禁。因此也有大量能在夜间营业的青楼、酒肆、客栈等。这些也为游侠饮酒、赌博、比斗、报仇等行为提供了场地。

此外，随着商品经济发达，两京地区还有着轻视道德、重视享乐的风气。如白居易就曾感慨"长安古来名利地，空手无金行路难"②，而"豪强者纵横，贫窭者窘蹙""盗贼不禁"的情况，也意味着对于一个人口高达百万、各民族聚集的超级都市而言，官方必有实际控制力不能罩及细微之地。在狭斜里巷中，存在着皇权无法或无意涉及的灰色地带，即所谓"权力的真空"。实际上，这种"真空"中的相当一部分，是由游侠阶层来填补的。他们行走于都城各大空间，接触不同阶层，排忧解难，劫富济贫。此类行为符合中下层民众对公平的渴望，也在灰色空间中建立了一定的秩序，因而无法被禁绝，甚至在一定范围内得到官方的默许，这也是任侠之风在唐代能持续兴盛的

---

① （唐）魏徵等：《隋书》卷二十九《地理志上》，第817页。
② （唐）白居易撰，谢思炜校注：《白居易诗集校注》卷十二《感伤四》，中华书局2006年整理本，第907页。

原因。

总之，时代与地域因素共同作用，使得继汉之后，唐代再次出现"长安炽盛，街闾各有豪侠"①的盛况。而文人们的积极参与，让侠客形象更加生动丰满，侠文学的形态也更加丰富。无论是诗歌还是传奇小说，都到达了前所未有的高度。

二 诗与剑的盛会

唐代任侠诗歌有了长足的发展。三种侠客类型都有大量的吟咏诗篇。以任侠少年为吟咏对象的就有数百首之多。这些诗歌内容上主要延续了前代"都城游冶"与"边塞从军"的主题而有所开拓；风格上则整体由六朝乐府的绮靡转为昂扬向上；体裁上则歌行体异军突起，因其自由奔放、善于叙事的文体优势以及骏发鹰扬、慷慨激越的美学特征，逐渐超越了旧体乐府，成为任侠主题的主要载体。诸如《侠客行》《公子行》《少年行》等旧题乐府被改造为长篇歌行，催发出全新的内涵与艺术魅力，使咏侠诗完成了"六朝体—唐体"的转变。

1. 可践行的任侠之路：想象与现实的合一

曹植《白马篇》中"游冶长安—受诏从军—边塞建功"的书写模式，在六朝时期得到了继承。之前提到的《长安少年行》《从军行》《陇头歌》等作品，基本遵循了这一模式。然而遗憾的是，何逊等南朝诗人，一生足迹不出山软水侬的江南。连他们笔下的长安，也多是文学想象的产物，他们并未真正踏足，更不用说大漠飞雪的边塞了。因此，这些诗人的咏侠乐府中，关于"游冶长安"或"建功边塞"的描写，亦多出自对前代作

---

① （汉）班固：《汉书》卷九十二《游侠传》，第3705页。

品的模仿，缺少细节及真情实感，因而流于模式化。

唐代诗人则不同，他们游踪广泛，不少曾亲至边塞。陈子昂曾随军到幽州一带，王维曾出使塞上。高适、岑参等更是多年扎根边关，目睹了"虏塞兵气连云屯，战场白骨缠草根"①"军容带甲三十万，国步连营一千里"②的景象，这使得他们笔下的侠客形象呈现出六朝不具备的真实感。

事实上，即便那些暂时还未踏足塞外的诗人，对西北、东北边陲的了解也远远超过六朝时期的诗人。这是因为唐帝国疆域广阔、交通发达，商队只需要一个月就能从敦煌走到长安。如果遇到军情紧急，"十里一走马，五里一扬鞭"③，则只需要八天，就能将战报传到京城，信息交流十分便利。此外，京洛一带人员流动大，朝觐的边将、回京的军人、四方的游侠汇集于京师。受唐代尚武重侠风气的影响，这批人成为唐代士人竞相结交的对象。这种风气下，即便未至边塞的唐代诗人，也或多或少对塞外风物及军中生活有所知闻。他们笔下边塞摆脱了六朝的程式化描写，具备了更多细节。其中不少人提到了"从军侠少"这一特殊群体。如王维《燕支行》：

> 汉家天将才且雄，来时谒帝明光宫。万乘亲推双阙下，千官出饯五陵东。
>
> 誓辞甲第金门里，身作长城玉塞中。卫霍才堪一骑将，朝廷不数贰师功。
>
> 赵魏燕韩多劲卒，关西侠少何咆勃。报雠只是闻尝胆，

---

① （唐）岑参：《轮台歌奉送封大夫出师西征》，见廖立笺注《岑嘉州诗笺注》卷二，中华书局 2004 年整理本，第 339 页。

② （唐）高适：《古大梁行》，见刘开扬笺注《高适诗集编年笺注》，中华书局1981 年整理本，第 128 页。

③ （唐）王维：《陇西行》，见《王维集校注》，第 144 页。

饮酒不曾妨刮骨。

画戟雕戈白日寒，连旗大旆黄尘没。叠鼓遥翻瀚海波，鸣笳乱动天山月。

麒麟锦带佩吴钩，飒沓青骊跃紫骝。拔剑已断天骄臂，归鞍共饮月支头。

汉兵大呼一当百，虏骑相看哭且愁。教战虽令赴汤火，终知上将先伐谋。①

诗作突出了"关西侠少"们与普通士兵的不同，"麒麟锦带佩吴钩"，状其器用非凡；"拔剑已断天骄臂"，言其武艺超群；"报雠只是闻尝胆，饮酒不曾妨刮骨"，赞其于行伍中仍保持着侠客做派。又如韩翃《寄哥舒仆射》对从军侠少的描写："帐下亲兵皆少年，锦衣承日绣行缠。辘轳宝剑初出鞘，宛转角弓初上弦。步义抽箭大如笛，前把两矛后双戟。左盘右射红尘中，鹘入鸦群有谁敌。杀将破军白日余，回旌舞旆北风初。"② 可见这些出身优渥、武艺高强的侠少在从军后，仍保留着器用精良、衣饰华美的特征。而军中存在大量不同于普通士兵的"侠少"，也显示出主将不同寻常的号召力及驾驭力，值得夸耀。此诗虽有一定美化，但大致根据哥舒翰军中真实情况予以发挥，切实反映出军中侠少们的特殊地位。

唐代诗人对侠客精神的认同，还源自其性格上的契合与理想上的共鸣。在唐王朝上升期，高扬奋发的时代风气，催发了唐代诗人建功立业、"屈指取公卿"③ 的激情。他们桀骜不驯，

---

① 《王维集校注》，第29页。
② （清）彭定求等编：《全唐诗》卷二百四十三，第2734页。
③ （唐）高适：《别韦参军》，见刘开扬笺注《高适诗集编年笺注》，第10页。

动辄"发言立意，自比王侯"①，这样的性格特点，让他们与"侠"的精神产生了共鸣，因而在生活中模仿侠的行为。比如孟浩然"少好节义，喜振人患难"②。王之涣"少有侠气，所从游皆五陵少年。击剑悲歌，从禽纵酒"③。李白"喜纵横术，击剑，为任侠，轻财重施"④。韦应物少年"尚侠"，自陈"身作里中横，家藏亡命儿"⑤。甚至有一些诗人具备诗人与游侠的双重身份，其一生履历，就是六朝—唐代咏侠诗中"少年时任侠使气，青年时折节读书，中年时从军边塞"经典模式的现实写照。

陈子昂就是其中代表。据卢藏用《陈氏别传》记载，陈子昂少年时"奇杰过人，姿状岳立，始以豪家子，驰侠使气，至年十七八未知书"⑥。有传言说，他曾因为和别人比试剑法，失手伤人，被有司问罪，最后还是家人设法营救才得以脱罪。一次陈子昂与友人斗鸡走马归来，误入了当地的乡学，听到里边传来读书声，从此醒悟，折节读书。仅仅几年间，已是经史子集无所不晓。当时人将他比作西汉时期著名文学家司马相如、扬雄。

虽然浪子回头，完成了从游侠到书生的转变，但陈子昂身上的游侠底色却并未褪去，而是贯穿了他的一生。《独异志》载，陈子昂第二次入京落第，遇一人卖胡琴，索价百万，豪贵围观，莫敢问津。陈子昂出千缗购之。次日于长安宣阳里宴会

---

① （后晋）刘昫：《旧唐书》卷一百九十《文苑传》，第 5039 页。
② （宋）欧阳修、（宋）宋祁：《新唐书》卷一二八《孟浩然传》，第 5779 页。
③ （元）辛文房著，傅璇琮主编：《唐才子传校笺》卷三，中华书局 1995 年标点本，第 446 页。
④ （宋）欧阳修、（宋）宋祁：《新唐书》卷二百二《李白传》，第 5759 页。
⑤ （唐）韦应物：《逢杨开府》，（清）彭定求等编：《全唐诗》卷一百九十，第 1956 页。
⑥ （唐）卢藏用：《陈氏别传》，（唐）陈子昂著，徐鹏校点：《陈子昂集》（修订本）附录，上海古籍出版社 2013 年版，第 252 页。

豪贵，捧琴感叹："蜀人陈子昂，有文百轴，驰走京毂，碌碌尘土，不为人知！此乐贱工之役，岂宜留心。"① 然后摔琴，遍发诗文给与会者。这样的做派，非豪侠不能。《独异志》乃小说家言，未必属实，但也反映出时人对陈子昂的看法。

不仅旁人如此评价，陈子昂也始终将自己看作侠客与文人的结合体。他曾写下过一组有自传性质的组诗《感遇》三十八首。其中第三十五首，写出了自己的心声。"本为贵公子，平生实爱才。感时思报国，拔剑起蒿莱。西驰丁零塞，北上单于台。登山见千里，怀古心悠哉。谁言未亡祸，磨灭成尘埃。"②

自身的任侠经历让陈子昂对游侠不受法度制约的隐患有着深入的了解，但又对游侠群体报国与扬名的渴望感同身受，因此才能在《上军国机要事》中提出"悉募从军""以礼发遣"的两全其美的解决方案。

陈子昂拔剑报国，并非纸上谈兵，而是躬身践行。垂拱元年（685），陈子昂曾随左补阙乔知之北征。万岁通天元年（696），北方契丹叛乱，攻陷了唐王朝东北的屏障营州。武则天派自己的侄子、建安王武攸宜率军征讨。得知这一消息，陈子昂立即上奏《谢免罪表》，请求随军出征，"效一卒之力，答再生之施"③。这篇《谢免罪表》并不长，却有一种"虽千万人吾往矣"之感。当时已是武周王朝的末期，各权力集团争斗不断，罗织罪名，构陷忠良。陈子昂也受"逆党"牵连，蒙冤入狱，在监狱里待了一年多才被赦免，此时此刻，仍有重入罗网的风险。而陈子昂却不顾自身安危，要求从军远征。就在这场远征中，他写下了《上军国机要事》，建议政府以怀柔手段改造游

---

① （宋）计有功：《唐诗纪事》卷八，中华书局1965年版，第103页。
② （清）彭定求等编：《全唐诗》卷八十三，第894页。
③ （清）董诰等编：《全唐文》卷二一百十，中华书局1983年标点本，第2129页。

第三章 盛世剑歌：唐代侠文学

侠，引导其从军边塞，为国效力：

> 山东愚人有亡命不事产业者，有游侠聚盗者，有奸豪强宗者，有交通州县造罪过者，如此等色，皆是奸雄。国家又不以法制役之，臣恐无赖子弟暴横日广，上不为国法所制，下不为州县所羁。又不从军，又不守业，坐观成败，养其奸心，在于国家甚非长计。以臣愚见，望降墨敕，使臣与州县相知，子细采访，有粗豪游侠、亡命奸盗、失业浮浪、富族强宗者，并稍优与赐物，悉募从军，仍宣恩旨慰劳，以礼发遣。若如此，则山东浮人，安于太山。①

这个两全其美的解决方案，既是在维护国家利益，也是为游侠阶层谋求一个出路。

陈子昂提出，自己可以当这群游侠的领袖，带领他们直入敌营："臣欲募死士三万人，长驱贼庭，一战扫定。"他要募集三万死士，一战破敌。这样的壮举，若真能施行，当成为一段传奇，为豪侠传增光添彩。然而当时负责征讨契丹的武攸宜并未听从，还借故将陈子昂贬为军曹。陈子昂满腔豪情错付，万分愤懑，又无人能够倾诉。他在大军驻扎地孤独徘徊，直到日暮时分，登临幽州台，写下了流传千古的名篇《登幽州台歌》。

> 前不见古人，后不见来者。念天地之悠悠，独怆然而涕下。

和杜甫等文人不同，陈子昂有一条退路。仕途不通也可以

---
① 《陈子昂集》卷八，第182页。

选择回乡归隐，继续做家财万贯的贵公子。可陈子昂没有这样做。因为他既是儒生，也是侠客。儒家说，忠君报国；侠客说"为知己者死"。两种信念同时在支持着他，让他完成了少年时的诺言："感时思报国，拔剑起蒿莱。"可以说，侠的热血与孤勇，成就了陈子昂生命的底色，成就了这位诗人得风气之先的独特光芒。

另一个典型的例子是高适。高适是著名的边塞诗人，其名作《燕歌行》，将思妇闺怨的传统主题改造为慷慨之音，"战士军前半死生，美人帐下犹歌舞""杀气三时作阵云，寒声一夜传刁斗"[1]等句，非久在行伍间不得。高适的人生，正好约略可用"都城游侠—从军边塞—封侯拜相"来概括。

其《别韦参军》自述少年任侠经历："二十解书剑，西游长安城。"[2]杜甫在《送高三十五书记十五韵》中，比之为《白马篇》里的边城侠少："高生跨鞍马，有似幽并儿。"期许其"十年出幕府，自可持旌麾"[3]。十年之后，高适成为剑南西川节度使，封渤海侯，实现了任侠少年到建功封侯的转变。他的一生，就是游侠—军功之路的真实书写。

《旧唐书》云："有唐以来，诗人之达者，唯适而已。"[4] 和宋代文人仕途通达不同，唐代虽然号称以诗赋取士，但著名诗人中做到高官的屈指可数。与此相反，唐人以军功封侯拜相者，不胜枚举。李靖、李勣以灭东突厥、吐谷浑、薛延陀等国而名传天下，侯君集、刘仁轨，以及玄宗朝薛讷、郭元振、张嘉贞、王晙、张说、萧嵩、牛仙客、李适之等皆以军功入相。为了激

---

[1]《高适诗集编年笺注》，第97页。
[2]《高适诗集编年笺注》，第10页。
[3]（唐）杜甫著，（清）仇兆鳌注：《杜诗详注》卷二，中华书局1979年整理本，第128页。
[4]（后晋）刘昫等：《旧唐书》卷一百一十一《高适传》，第3331页。

励将士，朝廷对军功的勋赏也格外丰厚。太宗《赏渡辽战功诏》："授以勋级，本据有功。若不优异，无繇劝奖。今讨高丽，其从驾爱及水陆诸军战阵有功者，并听从高品上累加。"① 咸亨五年（674）以后，"战士授勋者动盈万计"②。开元时，幽州节度使张守珪斩契丹王。"上美张守珪之功，欲以为相"③，这种情况下，文人对于能随时转化为军人的少年侠客，自然而生羡慕之情。在他们看来，这种转换是有着传奇与浪漫性的，是实现个人价值的理想化途径。因此他们在书写"游侠从军"主题时，突出表现了其"少年封侯"的情结。平虏破敌的过程，往往被一笔带过，而强调侠少年们谈笑破敌的轻易与洒脱。似乎他们"弯弓辞汉月"的下一个瞬间，就能"插羽破天骄"。这种浪漫化的书写，体现出唐人希望相时而动、及早实现自我价值的迫切心理。

以张祜《从军行》为例：

> 少年金紫就光辉，直指边城虎翼飞。一卷旌收千骑虏，万全身出百重围。黄云断塞寻鹰去，白草连天射雁归。白首汉廷刀笔吏，丈夫功业本相依。④

比较六朝同类诗作，颓气尽扫，意气昂扬。"一卷旌收千骑虏，万全身出百重围"，可称英武快意之极。诗人的想象让建功立业充满了浪漫。任侠的张扬与建功立业的愿景相结合，正是唐人昂扬心态的体现。

---

① （清）董诰等编：《全唐文》卷七《太宗四》，第91页。
② （后晋）刘昫等：《旧唐书》卷四十二《职官志一》，第1808页。
③ （宋）司马光编著：《资治通鉴》卷二一四《唐纪三十》，第6811页。
④ （清）彭定求等编：《全唐诗》卷十九，第231页。

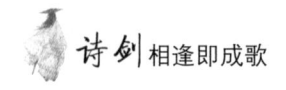

再如张籍《少年行》：

少年从出猎长杨，禁中新拜羽林郎。独到辇前射双虎，君王手赐黄金铛。日日斗鸡都市里，赢得宝刀重刻字。百里报雠夜出城，平明还在娼楼醉。遥闻虏到平陵下，不待诏书行上马。斩得名王献桂宫，封侯起第一日中。不为六郡良家子，百战始取边城功。①

此诗延续了"游冶长安—受诏从军—边塞建功"的传统模式。少年出身于禁卫，因为高超的武艺而受帝王的眷宠。猎长杨，射双虎，赢宝刀，醉娼楼，斗鸡都市，报仇百里。长安的生活优渥而快意，张扬恣肆。而当烽烟起、羽檄来，他不待诏书就出征，一战功成，如张守珪一般斩获敌酋，马上就封侯晋爵，盖起了高楼大宅。在诗人看来，六郡良家子那样循序渐进地累积战功也太慢了，唯有出身显贵、武艺高强的游侠少年，最能符合诗人"封侯起第一日中"的期许。

总之，相对于六朝乐府而言，唐代咏侠诗中从"游侠都城"到"从军边塞"的行动轨迹更加清晰而完整，并融入了时代理想主义色彩，因而更加富有真实性与情感深度。六朝乐府中的程式化写作，转为个性化写作。侠客驰骋边塞的身影中，也打上了诗人鲜明的自我烙印。任侠，并非只是诗篇中的想象，而成为切实可行的人生之路。

2. 诗意化的侠客形象：道德与审美的和解

唐代咏侠诗整体上承袭六朝而来，除了延续从军边塞主题，

---

① （清）彭定求等编：《全唐诗》卷二十四，第324页。

第三章　盛世剑歌：唐代侠文学

同时也沿袭了"都城游冶"的主题。如张祜《公子行》，即言贵胄公子游冶于京师之事：

> 锦堂昼永绣帘垂，立却花骢待出时。红粉美人擎酒劝，青衣年少臂鹰随。轻将玉杖敲花片，旋把金鞭约柳枝。近地独游三五骑，等闲行傍曲江池。①

美人擎酒相劝，侠少携鹰伴随，三五成群，在曲江附近游荡。这是唐代长安侠少的典型形象。与六朝此类乐府近似，诗作并未有明显的价值判断，而是客观展示其行径。与此类似的还有崔颢《渭城少年行》"长安道上春可怜，摇风荡日曲江边"②，交代出游侠少年活动的背景，正是繁华鼎盛的帝都长安。金鞭白马的少年白日里斗鸡下杜、走马章台、金市弹丸、渭桥鸣鞭，夜间则流连倡家，享受京城中的无边声色。此类歌行继承六朝乐府传统，主旨不在于褒贬美刺，而是将侠少本身及其游冶行为当作审美对象，铺叙其华服美饰及人物风流。这样一幅侠少行乐图中，早春长安及城中各种风景名物都成为背景，强化、烘托了人物形象。任侠行为无关褒贬，只作为一种京都流行文化而存在。长安城中的十丈软红衬托了少年的风流俊赏，侠少纵马驰骋的英姿又成为京都风景之一，为盛世长安增辉添彩。文人将之呈现于作品，正如描摹曲江春色、渭桥柳色，将之视为客观的审美对象。

另一类作品则明确表达了对这一群体的价值认同。与游侠从军类题材有别，此类作品中表达出的艳羡，并不因侠少超出

---

① （清）彭定求等编：《全唐诗》卷五百一十，第5828页。
② （清）彭定求等编：《全唐诗》卷一百三，第1324页。

常人的个人素质，也不在其"建功立业"的速度，而纯粹针对"肆意陈欲"的生活方式。

雍陶《少年行》："不倚军功有侠名，可怜球猎少年情。戴铃健鹘随声下，撼珮骄骢弄影行。觅匠重装燕客剑，对人新按越姬筝。岂知儒者心偏苦，吟向秋风白发生。"① 少年并无军功，整日只是蹴球行猎，玩健鹘、弄骄骢，可是却广有侠名，无论是对燕客索剑，还是命越姬弹筝，都是随兴之所至，肆意为之。这种生活方式，与皓首穷经的儒生们形成了鲜明的对比。诗人虽有不甘，更多却是羡慕之情。诗中的少年并非真正的侠客，任侠式的生活如骄骢、名剑一样，只是他时尚、富足生活的炫耀与点缀；侠客高超的武艺、重诺轻身的精神信念，都被他抛弃，保留的仅是浮于表面的自由与肆意。这类诗歌中吟咏的并非"侠少"，而仅仅是京城中的"轻薄子"。描摹其"肆意陈欲"的生活方式，亦成为任侠诗歌的一种主题。然而，相对声色荼靡的六朝乐府而言，唐人咏侠诗始终气骨尚存，保持着积极向上的因素。

如高适《行路难二首》其一：

> 长安少年不少钱，能骑骏马鸣金鞭。五侯相逢大道边，美人弦管争留连。黄金如斗不敢惜，片言如山莫弃捐。②

既写到了长安少年们优渥豪阔的生活，也强调了他们行为中一诺千金、仗义疏财的正面意义。

又如李白《少年行》：

---

① （清）彭定求等编：《全唐诗》卷五百一十八，第 5914 页。
② （清）彭定求等编：《全唐诗》卷二五，第 345 页。

第三章 盛世剑歌：唐代侠文学

> 君不见淮南少年游侠客，白日球猎夜拥掷。呼卢百万终不惜，报雠千里如咫尺。少年游侠好经过，浑身装束皆绮罗。兰蕙相随喧妓女，风光去处满笙歌。骄矜自言不可有，侠士堂中养来久。好鞍好马乞与人，十千五千旋沽酒。赤心用尽为知己，黄金不惜栽桃李。桃李栽来几度春，一回花落一回新。府县尽为门下客，王侯皆是平交人。男儿百年且乐命，何须徇书受贫病。男儿百年且荣身，何须徇节甘风尘。衣冠半是征战士，穷儒浪作林泉民。遮莫枝根长百丈，不如当代多还往。遮莫姻亲连帝城，不如当身自簪缨。看取富贵眼前者，何用悠悠身后名。①

汪涌豪在《中国游侠史》中称："游侠的日常娱乐活动，才经由历代史家的实录，开始被人认识。综其活动的大概，大抵有斗鸡飞鹰、走马纵犬、击剑骑射、搏拽饮宴和冶游宿娼数事。"② 诗中侠少的行为，可作为这段话的完美注脚。在表现侠少年豪阔生活这一面，该诗的手法与雍陶之作相似，颂扬之余略有讽刺。用少年游侠轻取易得的现世富贵，来映衬求取百年身的读书人的不平。结尾处曲终奏雅，点到为止。而展示侠少年肆意陈欲生活的同时，李白仍不忘书写侠客身上崇高化的一面。这包括了"呼卢百万终不惜"——贱视金钱；"报雠千里如咫尺"——快意恩仇；"赤心用尽为知己"——急人所难；"王侯皆是平交人"——人格独立等特点。高适、李白的咏侠诗，较为全面地展现了唐代文人对游侠群体的看法。既包括了对生活方式的艳羡，也包括了对其精神内核的认可。

---

① 《李太白全集》，第357页。此诗有人疑为伪作。
② 汪涌豪：《中国游侠史》，复旦大学出版社2001年版，第195页。

3. 半醉半醒的侠客梦：对任侠风气的反思

"千古文人侠客梦"，而这梦境也在随着时代而改变。当国家处于上升时期，社会环境相对宽松、上升通道较为顺畅时，文人对侠客的态度则较为正面。他们认同其扶危济困的道德理念，羡慕其豪掷千金的生活方式，于是常通过对侠客形象及行为的书写，来投射自己的理想。他们甚至会在一定程度上，模仿侠客行为。这时候，诗化的侠客形象，便成为不受现实秩序约束的理想化自我之投射。相反，当社会不公加剧，个人发展受限时，文人对侠客群体的观感便会倾向负面。那些轻取功名的侠客，成为自己的对立面，提醒着他们社会的不公。尤其那些缺乏真才实学，整日在京城游荡，违反法纪的"恶少"，往往会成为他们讽刺的对象。

如顾况《公子行》：

> 轻薄儿，面如玉，紫陌春风缠马足。双镫悬金缕鹘飞，长衫刺雪生犀束。绿槐夹道阴初成，珊瑚几节敌流星。红肌拂拂酒光狞，当街背拉金吾行。朝游冬冬鼓声发，暮游冬冬鼓声绝。入门不肯自升堂，美人扶踏金阶月。[1]

开篇称其为"轻薄儿"，可见诗人态度。随后的篇章里虽延续了传统《少年行》中常见的辞藻，如"面如玉""紫陌""金缕""马""鹘""珊瑚""红肌""金吾""酒""美人""金阶月"等，但这些华贵的词语表现的，不再是少年丰神俊朗之美，而是蛮横做作之貌。本"面如玉"的少年，却喝得满面通红：

---

[1] （清）彭定求等编：《全唐诗》卷二六五，第2940页。

"红肌拂拂酒光狞"。一个"狞"字,精准描写其丑态。此人晨鼓敲响就出去游玩,直到暮鼓响尽才肯回家。而回到家中,却不肯自己走上台阶,还要等美人来搀扶:"入门不肯自升堂,美人扶踏金阶月",完全没有侠少年的英武,忸怩作态。

任侠行为一旦成为某种流行风尚,必然会引来无数的效仿者。尤其是那些不学无术的贵胄子弟,他们将侠的内核完全剥除,却打着侠的名号,招摇过市,享受自由的同时,还占据了朝廷为"武人"开设的晋身之阶。他们违法乱纪的行为,其实是对侠的污名化,文人对其反感也就是自然而然了。

齐己《轻薄行》就是一例:

> 玉鞭金镫骅骝蹄,横眉吐气如虹霓。五陵春暖芳草齐,笙歌到处花成泥。日沉月上且斗鸡,醉来莫问天高低。伯阳道德何涕唾,仲尼礼乐徒卑栖。[①]

与上首诗相似,诗中亦写五陵少年们斗鸡走马的生活,只是少年的形象已完全归于反面。诗作以"横眉吐气",形容其目中无人;用"到处花成泥",写其蛮横粗俗。这一类人于国家社会毫无用处,每日做的事情不过是斗鸡买醉而已。他们不仅对圣贤之道毫无敬畏,甚至连天之高低也不管不问,是一群纯粹的"无知而无畏者"。

戴叔伦在《行路难》中,则将他们放到了"英雄"的对立面:

> 出门行路难,富贵安可期。淮阴不免恶少辱,阮生亦作

---

① (清)彭定求等编:《全唐诗》卷二五,第331页。

穷途悲。颠倒英雄古来有，封侯却属屠沽儿。长安车马随轻肥，青云宾从纷交驰。白眼向人多意气，宰牛烹羊如折葵。宴乐宁知白日短，时时醉拥双蛾眉。扬雄闭门空读书，门前碧草春离离。不如拂衣且归去，世上浮名徒尔为。①

"宰牛烹羊"是用了李白"烹牛宰羊且为乐"的典故，来表现宴饮的奢华。然而又不止于用典。羊肉在唐代，是较为高级的食材。《唐六典》："凡亲王已下常食料各有差……每月给羊二十口……三品已上常食料九盘……羊肉四分……四品、五品常食料七盘……羊肉三分。"②唐人曹邺有一首《贵宅》诗，就曾用富贵家烹羊、自己吃菜来表达贫富差异："此地日烹羊，无异我食菜。自是愁人眼，见之若奢泰。"③贫贱之家只能折葵。"烹谷持作饭，采葵持作羹。"④"宰牛烹羊"与"折葵"，是两个迥然不同的世界。其中一个属于白眼向人的"屠沽儿"；另一个却属于英雄与圣贤。韩信有济世之才而受恶少之辱；阮籍为一代名士，却只能穷途悲哭；扬雄皓首穷经，却抱负难施。他们遭受的，正是行路之难。而轻易封侯的屠沽儿，正是"难"的原因之一。诗作中的五陵少年群体，不再是文人的自我投射，而是英雄贤人的反面，成为有才能者追求理想道路上的阻碍。

戴叔伦主要生活在唐中期，士人上升通道已比较狭窄，即使考中进士也必须得再经吏部铨选才能任官，韩愈、白居易等高才也只得长期沉沦下僚。武举禁卫的上升通道也几乎完全被

---

① （清）彭定求等编：《全唐诗》卷二七三，第3072页。
② （唐）李林甫等撰，陈仲夫点校：《唐六典》，中华书局1992年标点本，第128—129页。
③ （清）彭定求等编：《全唐诗》卷五九二，第6868页。
④ 汉乐府《十五从军征》，逯钦立辑校：《先秦汉魏晋南北朝诗·汉诗卷十二》，第336页。

第三章 盛世剑歌：唐代侠文学

贵胄子弟把持，神策军使白志贞竟将禁军名额卖给富家子吃空饷，导致叛军作乱时召集禁军竟"无一人至者"①，长安陷落，德宗逃亡奉天。而同时，封赏泛滥，勋官被随意赐赠，军队腐败现象严重，宦官开始越来越多地掌握兵权。战事虽多，但败多胜少，不论林立的藩镇还是不断入侵的吐蕃、回纥等强族，都让中原帝国的信心遭受打击。通过军功封侯拜相已较为虚无，士人们对"从军"生涯近乎浪漫主义的幻想逐渐破灭。士风从高昂张扬转为低沉。文人对侠客群体的看法也自然会转向负面。

到了王建《羽林行》中，长安恶少的言行已完全与匪徒无异：

> 长安恶少出名字，楼下劫商楼上醉。天明下直明光宫，散入五陵松柏中。百回杀人身合死，赦书尚有收城功。九衢一日消息定，乡吏籍中重改姓。出来依旧属羽林，立在殿前射飞禽。②

王建生活在中晚唐，所见到的长安少年，行为比戴叔伦诗中更加无法无天。在酒楼下打劫客商后，竟继续回到酒楼上醉饮。从明光宫中结束值夜出来，便躲回了五陵松柏中。这里的五陵松柏，意有所指。汉以来迁豪强于五陵，长安恶少的家族多在此地。因此所谓"散入五陵松柏中"即寻求家族庇护。他们犯下累累罪行，早该处以极刑，但偏偏能拿出战功来抵罪。而这所谓战功，也来历可疑，可能是出钱捐买，可能承袭自父

---

① 《资治通鉴》："初，神策军使白志贞掌召募禁兵，东征死亡者志贞皆隐不以闻，但受市井富儿赂而补之，名在军籍受给赐，而身居市鄽为贩鬻。司农卿段秀实上言：'禁兵不精，其数全少，卒有患难，将何待之！'不听。至是，上召禁兵以御贼，竟无一人至者。"（宋）司马光编著：《资治通鉴》卷二二八，第7353页。

② （清）彭定求等编：《全唐诗》卷二九八，第3386页。

辈。总之有了这样的免死金牌，他们只用改名换姓，便可将之前血债一笔勾销，仍然风光无限地做皇室禁卫。

该诗中的长安少年，乃游侠群体中最恶劣的一群。他们类似于汉代《长安为尹赏歌》中恶贯满盈的桓东场少年，以武犯禁，无法无天。只是这次有了皇权的庇护，对社会的危害更大。这类人物出现在咏侠诗中，是中唐以后国力衰弱、法治废弛的表现。随着盛世不再，侠文学中的理想化光芒也在逐渐减退，透露出黑暗而现实的底色。

李益《汉宫少年行》则从更高的层面，审视了这一变化：

> 君不见上宫警夜营八屯，冬冬街鼓朝朱轩。玉阶霜仗拥未合，少年排入铜龙门。暗闻弦管九天上，宫漏沉沉清吹繁。平明走马绝驰道，呼鹰挟弹通缭垣。玉笼金琐养黄口，探雏取卵伴王孙。分曹六博快一掷，迎欢先意笑语喧。巧为柔媚学优孟，儒衣嬉戏冠沐猿。晚来香街经柳市，行过倡舍宿桃根。相逢杯酒一言失，回朱点白闻至尊。金张许史伺颜色，王侯将相莫敢论。岂知人事无定势，朝欢暮戚如掌翻。椒房宠移子爱夺，一夕秋风生庋园。徒用黄金将买赋，宁知白玉暗成痕。持杯收水水已覆，徙薪避火火更燔。欲求四老张丞相，南山如天不可上。①

诗中主人公是位典型的长安少年，出身显赫，是皇家禁卫军。值夜归来后，他便开始在京城中游冶玩乐："走马驰道""呼鹰挟弹""玉笼金琐""分曹六博""行过倡舍"。少年能出入宫禁，陪伴王孙游猎，可见身份显赫。然而只因靠山倒台，

---

① （清）彭定求等编：《全唐诗》卷二八二，第3213页。

第三章　盛世剑歌：唐代侠文学

富贵烟消云散。此诗说出了此类贵胄少年的本质——不过是依仗椒房之恩而得显贵而已，富贵来得快，去得也快，如沙上之塔，水中之月。诗人用今昔对比的手法，以荣衬哀，将对某一群体的讽刺，扩大到对世事无常的感慨上来。

类似还有李贺《嘲少年》：

> 青骢马肥金鞍光，龙脑入缕罗衫香。美人狭坐飞琼觞，贫人唤云天上郎。别起高楼临碧筱，丝曳红鳞出深沼。有时半醉百花前，背把金丸落飞鸟。自说生来未为客，一身美妾过三百。岂知劚地种苗家，官税频催勿人织。长金积玉夸豪毅，每揎闲人多意气。生来不读半行书，只把黄金买身贵。少年安得长少年，海波尚变为桑田。荣枯递传急如箭，天公不肯于公偏。莫道韶华镇长在，发白面皱专相待。①

此诗前半段与雍陶、高适之诗相类似，都是正面夸说少年的生活之豪。少年胯下名马，衣染天香，是不食人间烟火、不知稼穑艰难的"天上郎"。但在诗人眼中，这些却不足珍贵，都是过眼云烟。须知沧海桑田、荣枯相继乃是天道，正如年华终会老去，富贵又岂能常在？少年对诗人所夸说的俗世富贵，并未得到诗人的羡慕，反而被嘲弄了一顿。驰马斗鸡的豪阔生活，在诗人眼中，只是鼠目寸光的苟且。世事变幻，沧海桑田，鲜衣怒马的少年，亦将成为"发白面皱"的老朽。侠少年的形象，在此成为表达诸行无常、盛极必衰之叹的载体。从而将咏侠诗主题提升到生命观的层面上。

此外，刘希夷《公子行》、崔颢《代闺人答轻薄少年》等歌

---

① （清）彭定求等编：《全唐诗》卷一百三十，第1326页。

行作品，从"误嫁长安游侠儿"的妇女的角度，侧面展示了长安少侠的日常生活。对于任侠夫婿，女子的心态较为复杂，既有骄傲炫耀的一面，亦有怨恨的一面。"平明挟弹入新丰，日晚挥鞭出长乐。青丝白马冶游园，能使行人驻马看"①，夫婿洒脱英姿引得行人驻马，让女子深感自豪。但其斗鸡走马、夜不归宿的荡子做派，也让女子颇怀怨言："自矜陌上繁华盛，不念闺中花鸟阑。花间陌上春将晚，走马斗鸡犹未返。三时出望无消息，一去那知行近远？"②将闺怨春思的题材与游侠题材相结合，扩大了此类作品的表现范围。

值得指出的是，唐诗歌行作品中，对于游侠的第三类行为，即杀人报仇等传统侠客行为，较少专篇表现。如司空图的歌行长篇《冯燕行》写侠客冯燕杀掉劝自己杀妇的情妇，元稹《侠客行》吟咏侠客白日杀人的故事，一则发生于滑台，一则难以确定所在地。杀人闹市、千里报仇、劫富济贫等侠客们的传统行为，往往作为侠文化的元素，被分散于边塞从军或京城游冶的作品里表现。这些《史记·游侠列传》中游侠最根本、最重要的行为，其代表的精神力量曾构成了侠客文化的基石，反而成了可有可无的点缀。

总之，由于地缘、历史等诸多方面的原因，秦汉以来，长安及附近五陵一带便成为侠客云集之地，唐王朝的建立多倚重豪强，其核心成员起自关陇，多受北方尚武之风的影响，他们不仅广交豪侠，自身也呈现出与南方王朝不同的勇健之风。整个社会弥漫着任侠风气。定都长安后，京畿一带侠风更为炽烈，成为侠客阶层的大本营，即所谓"秦京游侠窟"。这样的地域文

---

① （清）彭定求等编：《全唐诗》卷一百三十，第1326页。
② （清）彭定求等编：《全唐诗》卷一百三十，第1326页。

化推动了唐代咏侠诗的繁荣。而随着唐代政治经济的发展，咏侠诗里的"长安少年"形象也呈现出不同的面貌。初盛唐时期，诗人延续并发展了"建功立业—从军边塞"的模式，并注入了大一统王朝上升期的激昂士风，呈现出理想化、浪漫化的趋势。中晚唐时期，随着社会不公的加剧，文人对侠客的态度也从颂扬转入对"乱法恶少"的批判与反思。

三　传奇里的侠踪

唐传奇中的侠文学，主要见于《太平广记》第一百九十三卷至第一百九十六卷，共四卷二十四章，皆以"豪侠"为类目。此外，还有一部分以侠客形象及游侠经历为主要描写对象的作品，如《吴保安》《谢小娥传》等则散见于"气义""杂传"等类目。

就侠文学的发展而言，唐传奇无疑具有里程碑的意义。其篇目之多，人物塑造之生动，视野之开阔，都是之前所不及的。尤其在叙事及人物塑造上，唐传奇摆脱了魏晋志怪"粗陈梗概"的局限，塑造出大量栩栩如生的侠客形象。侠文学的创作者，更是涵盖了各个阶层，创作整体呈现出繁荣的趋势。

《史记》《汉书》均为游侠立传，其中故事曲折，侠客形象生动，具备极高的文学价值。但这两部书的作者，本意仍为记录史实，并非纯粹文学创作。

到了魏晋时期，侠文学依旧算不上主流，但参与创作者开始多起来。侠客形象在志人、志怪小说中都时有出现。侠客的胆气、义行更是出现了与魏晋风度融合的趋向。但作者的目的仍然是志人、志怪，并非有意识地去创造侠客形象。

到了唐代，传奇作者们开始以侠客为主人公，讲述故事，塑造人物。唐传奇中的名篇，《聂隐娘》《红线传》《虬髯客传》

《昆仑奴》《柳毅传》《南柯太守传》《谢小娥传》等，都有大量关于侠客的描写。可以说豪侠、爱情已成为唐传奇的两大主题，"侠"及相关文学元素，首次在小说文体中占据了重要地位。

此外，这一时期，侠文学呈现出诗文合流的特点。这与唐代文学体制发展的趋势是一致的。唐代很多诗人同时也是传奇作者，创作过脍炙人口的传奇篇目，如元稹的《莺莺传》、柳宗元的《李赤传》、白行简的《三梦记》等。而传奇文体的一大功能是行卷。因此，需要在小说中缀附诗歌，全面展现个人才华。如宋人赵彦卫《云麓漫钞》中所云："唐之举人，先藉当世显人，以姓名达之主司，然后以所业投献，逾数日又投，谓之'温卷'，如《幽怪录》《传奇》等皆是也。盖此等文备众体，可以见史才，诗笔，议论。"[1] 受这种大趋势的影响，不少以"侠"为主题的传奇中，也呈现出"文备众体"的面貌。为侠客立传的做法，近于史传，而行文中间又穿插着诗歌骈文，最后则以议论收尾。这从体制上丰富了侠文学的表现形式。

1. 侠客类型的多样化

汉人将侠客分为三类：卿相之侠、闾巷之侠、布衣之侠。卿相之侠以战国四公子为首，"由是列国公子，魏有信陵、赵有平原、齐有孟尝、楚有春申，皆借王公之势，竞为游侠，鸡鸣狗盗，无不宾礼。而赵相虞卿弃国捐君，以周穷交魏齐之厄；信陵无忌窃符矫命，戮将专师，以赴平原之急；皆以取重诸侯，显名天下，扼腕而游谈者，以四豪为称首"[2]；闾巷之侠则是陈遵、楼护之流，"列侯近臣贵戚皆贵重之……及郡国豪桀至京师

---

[1] （宋）赵彦卫撰，朱旭强整理：《云麓漫钞》，《全宋笔记》第六〇，大象出版社2019年版，第110页。

[2] （汉）班固：《汉书》卷九十二《游侠传》，第3697页。

第三章 盛世剑歌：唐代侠文学

者，莫不相因到遵门"①，"天下无贤与不肖，知与不知，皆慕其声，言侠者皆引以为名"②；布衣之侠以荆轲、豫让等为首，身非显贵，推崇的是"国士遇我，我故国士报之"。三类侠客中卿相之侠与布衣之侠结成一对共生体，卿相之侠延揽布衣之侠为宾客，负责"国士遇我"；而布衣之侠受其延揽，"国士报之"。二者是互相成全的关系，缺一不可。到唐代已无法再沿用卿相之侠、豪强之侠、布衣之侠这一分类了。李剑国在《唐五代志怪传奇叙录》中依作品的题材及所表现的侠义行为将其分成八类。

① 贾人妻型

以复仇为主题，描写女侠潜伏寻仇的故事。代表篇目是《蜀妇人传》《集异记·贾人妻》《原化记·崔慎思》。

② 冯燕型

传承自游侠诗里的幽并少年型侠客，褒贬共存，有"白不辜"的美德与"杀不谊"的残忍。其杀人自首行为是豪与义的完美统一。

③ 红线型

类似于《刺客列传》中的刺客，代表人物是红线与聂隐娘。

④ 义侠型

将义看得比任务更重要，因行刺对象是贤士而不执行任务，反而杀掉忘恩负义的雇主。如《原化记·义侠》中的剑客。

⑤ 古押衙型

恪守"士为知己者死"或"路见不平拔刀相助"的观念，显示着侠肝义胆和勇力智慧。《无双传》《昆仑奴》《柳氏传》、

---

① （汉）班固：《汉书》卷九十二《游侠传》，第3709页。
② （汉）司马迁：《史记》卷一百二十四《游侠列传》，第3189页。

宋代《灯下闲谈》中的《虬须叟》和《行者》都是代表。

⑥田膨郎型

盗之为侠，盗取富豪权贵的珍宝，彰显出对王法的蔑视和对信义的尊崇。代表作《剧谈录·潘将军失珠》《剧谈录·田膨郎》《原化记·车中女子》，盗侠类型。

⑦虬髯客型

怀有问鼎之志的大侠。代表人物是《虬髯客传》中的虬髯客。

⑧侯彝型

从小义出发终于陷自己于不义的豪侠。《独异志》中的侯彝因"好侠尚义"而藏匿国贼，《酉阳杂俎》中的张和因豪家子相求就把他引到秘窟中眠花宿柳，都是此类。

李剑国的分类极为详尽而权威，但也应该看到，其侠客的分类较为复杂，第一是冯燕和虬髯客都是孤例，难以形成一个独立的类型；第二就是很难将一个人物只归结到一个类型中，人物普遍存在跨类型的情况。比如《原化记》中的义侠，他既是刺客，受一人之命前去刺杀另一人，又是义侠，其"义"与冯燕之"义"、韦自东之"义"并无区别。聂隐娘既是刺客，又和昆仑奴一样报效主人。三鬟女子既是侠盗，偷走了潘将军的念珠，又因对王超"每感重恩，恨无所答"而将念珠送还，和聂隐娘、红线的报效相似。

因此本书试将唐代的侠客分为如下三类。分类秉承两个原则：其一，不必囊括所有侠客，能够涵盖绝大部分即可。其二，一人可被划归多个类型，只要符合其特征。

①报效型侠客

该类型侠客延续了汉代的卿相—国士的延揽—报效模式。如前所述，唐代的延揽已大为弱化，取而代之的是上下级、主仆等从属关系，此类型的延揽情节被大幅弱化，国士的精神内核几乎不存，更为突出的是下对上的报效。主要特点是有明确的报效对象，侠客处于客位，先建立报效关系，再由侠客报效。

古押衙、聂隐娘、红线、昆仑奴都属于这种侠客。对王超而言，三鬟女子也是这样的侠客。

官员豢养或雇用的刺客，也可归于这一类型。如《聂隐娘》中的聂隐娘受雇于魏博大将和仆射刘昌裔，《上清传》中刺杀窦公的树上君子受命于官兵部侍郎的陆贽。《朝野佥载》中刺杀谢都督的刺客受雇于曹王之子等。

《史记·刺客列传》中塑造了豫让、聂政、荆轲等刺客，取得了极高的文学成就。但从《汉书》开始，就再未有正史单独为刺客立传。魏晋诗歌及志怪小说中，虽有刺客形象，但整体较为零星。到了唐代，刺客又重新回到了侠文学中，且形象丰满，篇目众多。刺客形象的衰落与重新兴起，也是由汉至唐侠文学发展的一个特点。

② 义侠

因"为民除害""路见不平拔刀相助"而行侠仗义的侠客，特点是没有明确的报效对象，侠客处于主位。虽然也会有某些人的嘱托，但侠客与嘱托者之间并不会建立从属关系，起决定作用的是侠客本身遵从的"义"而非对方的请求。

郭元振、朱觐、冯燕、《传奇》中杀雷神的陈鸾凤、受猩猩与白象所托杀巴蛇的蒋武、《柳氏传》中的许俊都是这类侠客。许俊与古押衙的情节类似，都是痴男怨女遭逢不幸仗得侠客之力方得团圆。《无双传》中王仙客有明确的营救无双的目的，还为达此目的倾尽所有，结交了古押衙一年多才让古押衙答应帮助，"营救"是王仙客的目的而非古押衙的目的，有明确的先建立报效关系的过程。而《柳氏传》中韩翊并没有营救柳氏的强烈愿望，是在许俊的一再逼问下才"不得已，具以告之"，此时仍没有请求许俊的意思，只是告诉他不能参加宴饮的原因，而许俊立即就出发前去营救柳氏。"营救"这一动机出自许俊而非韩翊，促使许俊行动的并不是韩翊的嘱托，而是自身的"义"。许俊与韩翊之间没有建立报效关系的过程。这是将许俊划归义侠而将古押衙划归报效型侠客的原因。

陈鸾凤也是如此，他虽为民除害斩伤雷物，但没有一个明确的报效对象。"民"更像是虚设，是"义"之所托而非真实的对象。蒋武虽然是受猩猩白象所托，但他无求于此二物，驱使他的仍然是"象有难""汝有何苦""感其言"。后来虽然得到了象牙的报酬，但更像是好人好报的必然结果，并非先承受了主人的恩遇才做此选择，在行侠仗义前并没有与猩猩白象建立报效关系。当然蒋武篇在此点上稍弱，介乎二者之间。但从倡义的普遍创作目标来看，将其划归义侠类更合适。

③ 不法之侠

该类型侠客所行所为可用"侠以武犯禁"来概括，游离于律法与制度之外，所为侠行都非法律所允许。

此类侠客中，不少人就是盗贼。如《剧谈录》中的田膨郎、三鬟女子，《原化记》中的车中女子，《朝野佥载》中的柴绍弟都是职业盗贼。严格来讲，《甘泽谣》中的红线、《昆仑奴》中的昆仑奴也是盗，二人平时的身份都是奴仆，但关键时候，却能以"盗"的技巧，为主人分忧。在这些侠盗的故事里，最吸引人的部分，往往是他们来去无踪的特殊能力。入王侯之宅若无人之境，取连城之宝如探囊取物，并且能以超出常人的技能逃脱惩罚。当然，有时候侠盗也会投案自首。如王仁裕《玉堂闲话》中记载了一位盗墓贼：

第三章　盛世剑歌：唐代侠文学

> 光启大顺之际，襄中有盗发冢墓者，经时搜索不获。长吏督之甚严。忽一日擒获，置于所司。淹延经岁，不得其情。拷掠楚毒，无所不至。款古既具，连及数人，皆以为得之不谬矣。及临刑，旁有一人攘袂大呼曰："王法岂容枉杀平人者乎！发冢者我也。我日在稠人之中，不为获擒，而斯人何罪，欲杀之？速请释放。"旋出丘中所获之赃，验之，略无差异。具狱者亦出其赃，验之无差。及藩帅躬自诱而问之，曰："虽自知非罪，而受棰楚不禁，遂令骨肉伪造此赃，希其一死。"藩帅大骇，具以闻于朝廷。坐其狱吏，枉陷者获免，自言者补衙职而赏之。①

此人的行为与冯燕很相似，盗墓固然不对，但当别人被屈打成招时，他自承"发冢者我也"，不愿别人因自己而承过。他既是不法之盗，又是义侠。

除了行"不法之事"外，此类人物的行为往往出人意料，难以捉摸。例如段成式《酉阳杂俎》中的京西店老人。

> 韦行规自言少时游京西，暮止店中，更欲前进。店前老人方工作，谓曰："客勿夜行，此中多盗。"韦曰："某留心弧矢，无所患也。"因进发。行数十里，天黑，有人起草中尾之，韦叱不应，连发矢中之，复不退。矢尽，韦惧，奔马。有顷，风雷忽至，韦下马负一树。见空中有电光相逐如鞠杖，势渐逼树杪，觉物纷纷坠其前，韦视之，乃木札也。须臾，积札埋至膝，韦惊惧，投弓矢，仰空乞命，拜数十，电光渐高而灭，风雷亦息。韦顾大树，枝干童矣。

---

① 汪聚应辑校：《唐人豪侠小说集》，中华书局2011年整理本，第470页。

诗剑 相逢即成歌

鞍驮已失,遂返前店。见老人方箍桶,韦意其异人,拜之,且谢有误也。老人笑曰:"客勿恃弓矢,须知剑术。"引韦入后院,指鞍驮,言:"却须取相试耳。"又出桶板一片,昨夜之箭,悉中其上。韦请役力汲汤,不许,微露击剑事,韦亦得其一二焉。[1]

老人警告韦行规不要夜行,因为此地多盗贼。韦行规自恃箭法了得,不听劝告出发。老人则躲在草中,用剑术教训了韦行规一顿,逼得他扔下弓箭,跪求饶命。老人甚至还取走了韦行规的行李,虽然后来还给了他,但这也暗示了,老人很可能就是他口中说的盗贼,干拦路抢劫的勾当。可能是见韦行规身手了得,又诚心学习,才将部分剑术传给了他。另有一篇《僧侠》[2]中的僧人,言行更加离奇,突破了固有社会伦理。士人韦生路遇一僧,邀请他去寺里,走了十几里地,还没有见到寺庙,韦生心中有了怀疑,认为他是一个盗贼,于是用弓弹打他。"正中其脑。僧初若不觉。凡五发中之,僧始扪中处,徐曰:'郎君莫恶作剧。'"韦生到了寺中发现妻女已被劫持了,僧人才告诉他,自己做这一切的目的,就是要他帮自己杀了自己的儿子飞飞。这样的动机,不要说韦生感到震惊,今天看来仍是"震碎三观"。结局是,韦生跟飞飞缠斗很久,因飞飞武功高强未能成功。僧人还因未能杀子而怅然良久。

值得指出的是,这些侠客虽然行为不法、行为怪诞,但多数仍保留着"义"这一基本底线。比如僧侠之所以劫持韦生一家,是因为自己年老后,想痛改前非。而飞飞武功极高,超过

---

[1] 本社编:《唐五代笔记小说大观》,第622—623页。
[2] 本社编:《唐五代笔记小说大观》,第624页。

了老僧，又不愿弃恶从善，未来恐成为大盗，为祸人间。因此，才逼迫韦生，替自己"大义灭亲"。离奇行为背后，仍然有为民除害的动机。

之前说过，受雇用的刺客，可归于"报效型侠客"。而主动成为刺客的那一类，则可归于不法之侠。如崔慎思妻、贾人妻等。她们并非受雇于人，而是为亲人复仇，堕身黑暗，行不法之事。此类故事里，往往充斥着杀戮、血腥等暴力元素。比如贾人妻皮囊中装着仇人头颅、离去前斩断亲生儿子首级。整体而言，"不法之侠"的故事中，暴力元素也较为明显。抢劫、械斗、杀人甚至食人等情节，都屡见不鲜。这和"不法之侠"们盗贼、匪徒、刺客的身份是相关的。

总之，"不法之侠"将"以武犯禁"的特质体现到了极致。他们行走于黑暗之中，言行无视国家法度、超出传统伦理，充分迎合了读者搜怪猎奇的需求。又因其始终保留着"为民除害""急人所难"的道德底线，不至于彻底沦为"盗贼"，而保留在"侠"的范畴内。

值得单独一提的是虬髯客。

虬髯客与唐传奇中的任何一位侠客都不同，他有清晰的诉求，但这诉求既非报效型侠客的报效某人，也非义侠的激于义而行，更非不法之侠的侠以武犯禁。他把家财全部赠送给李靖与红拂女，也非为了延揽他们，而是要他们去效命于别人。"持余之赠，以奉真主。"与卿相之侠也是截然不同的。

虬髯客的诉求是什么？"某本欲于此世界求事，或当龙战三二十载，建少功业。"是要问九鼎之大小轻重，思践大宝。这个志向在唐传奇乃至之前的侠文学中都是绝无仅有的，只于历代史书的帝王传记中出现。但虬髯客又与正史中的帝王不同，他欲染指的手法是侠客式的。无论他于灵石旅舍中看红拂女梳头，还是与李靖饮酒吃肉，从革囊中拿出人头心肝，在京中将家财全部赠予李靖，甚至最后夺取扶余国的政权，"有海贼以千艘，积甲十万人，入扶余国，杀其主自立"，都是侠客式的，甚至异人式的，盗式的，不法式的，因此也应将其归于不法之侠。

但他并非盗、匪、异人、刺客中的任何一类；如果将李世民称为"圣人"，则虬髯客近似于庄子所说的"圣人不死，大盗不止"的大盗，与圣人对称。一人一篇而独为一类。

报效型侠客、义侠、不法之侠几乎涵盖了唐传奇中所有的侠客。从此分类可以约略看出唐人在创作此类传奇时的动机。报效型侠客及部分义侠故事的创作动机与太史公类似，"赴士之阸困"，报效型侠客故事弱化延揽而强化报效是封建秩序逐渐完善的必然结果，义侠故事则体现了对义行义举的赞美。不法之侠的记载中有明显的猎奇述异的成分，是对魏晋侠文学传统的传承。

还有一类较奇特的侠文学，其目的并非赞美，而是讽喻。最具代表性的是《桂苑丛谈》中的张祜篇。

> 进士崔涯、张祜下第后，多游江淮。常嗜酒，侮谑时辈。或乘其饮兴，即自称豪侠。二子好尚既同，相与甚洽。崔尝作侠士诗云："太行岭上三尺雪，崔涯袖中三尺铁。一朝若遇有心人，出门便与妻儿别。"由是往往传于人口曰："崔张真侠士也。"是此人多设酒馔待之，得以互相推许。后张以诗上盐铁使，授其子漕渠小职，得堰名冬瓜。或戏之曰："贤郎不宜作此职。"张曰："冬瓜合出祜子。"戏者相与大哂。岁余，薄有资力。一夕，有非常人妆束甚武，腰剑手囊。囊中贮一物，流血殷于外。入门谓曰："此非张侠士居也？"曰："然。"揖客甚谨。既坐，客曰："有一仇

人之恨，十年矣，今夜获之。"喜不能已，因指囊曰："此其首也。"问张曰："有酒店否？命酒饮之。"饮讫曰："去此三四里有一义士，予欲报之。若济此夕，则平生恩仇毕矣。闻公气义，能假予十万缗否？立欲酬之。是予愿毕，此后赴蹈汤火，誓无所惮。"张深喜其说，且不吝啬。即倾囊烛下，筹其缣素中品之物，量而与焉。客曰："快哉，无所恨也！"遂留囊首而去，期以却回。既去，及期不至。五鼓绝声，杳无踪迹。又虑囊首彰露，以为己累。客且不来，计无所出，乃遣家人开囊视之，乃豕首也。由是豪侠之气顿衰矣。[①]

该文借崔涯、张祜的被骗经历，明显是在讽刺某些"嗜酒，侮谑时辈""自称豪侠"之人。"囊中之物"从人头到"豕首"的戏剧性变化，被吴敬梓《儒林外史》沿用，其十二回"侠客虚设人头会"中，娄公子被假侠客张铁臂欺骗，大张旗鼓设立人头会，宴请宾客，"硬着胆开了革囊，一看，那里是甚么人头！只有六七斤一个猪头在里面"[②]等情节受该篇启发明显。可见，该篇是侠文学中较早涉及讽刺者，对后世颇有影响。

还有《原化记》中的京都儒士。一儒士称自己有胆气，要夜宿凶宅，却"了不敢睡。唯灭灯抱剑而坐，惊怖不已"。三更时发现有怪鸟入侵，此人拔剑斩鸟后"恐惧既甚，亦不敢寻究"。五更又来了个怪物，"于狗窦中出头，气休休然"。"此人大怕，把剑前斫，不觉自倒，剑失手抛落，又不敢觅剑，恐此物入来，床下跧伏，更不敢动。"天明后"开门尚自战栗"。后

---

① （宋）李昉编：《太平广记》卷二百三十八《诡诈》，中华书局1961年标点本，第1834—1835页。

② （清）吴敬梓：《儒林外史》，中华书局2013年整理本，第84页。

来发现所谓怪鸟是个帽子，"故帽破弊，为风所吹，如鸟动翼耳"。而狗窦之怪是他的驴子。驴子想念主人了，探头来看，把他吓了个半死。"众大笑绝倒，扶持而归，士人惊悸，旬日方愈。"① 李剑国分类中的侯彝型豪侠似也可归于此类。创作目的最难考证，很难说李亢创作侯彝篇就是为了讽喻其过，但从流传的角度来看，这些篇目客观上让读者看到了假行侠义的错误，反向衬托了郭元振、陈鸾凤这些真侠客，这是将其归于讽喻类的原因。

2. 侠客行为模式的丰富

如前所论，卿相—布衣的延揽—报效模式，是汉代侠客的主流。可以说汉代侠文学几乎所有脍炙人口的篇章，如荆轲、豫让、要离、魏公子、孟尝等，都出自此。而这一模式到魏晋就已趋于瓦解。《世说新语·豪爽》：

> 晋明帝欲起池台，元帝不许。帝时为太子，好养武士。一夕中作池，比晓便成。今太子西池是也。②

说明到晋仍有养士的传统。《德行》篇里也有几则类似于孟尝、信陵礼贤下士的记载：

> 陈仲举言为士则，行为世范，登车揽辔，有澄清天下之志。为豫章太守，至，便问徐孺子所在，欲先看之。主簿白："群情欲府君先入廨。"陈曰："武王式商容之闾，席

---

① （宋）李昉编：《太平广记》卷五百《京都儒士》，第4101页。
② 朱碧莲、沈海波译注：《世说新语》，第587页。

不暇暖。吾之礼贤，有何不可！"①

郭林宗至汝南，造袁奉高，车不停轨，鸾不辍轭。诣黄叔度，乃弥日信宿。人问其故，林宗曰："叔度汪汪如万顷之陂。澄之不清，扰之不浊，其器深广，难测量也。"②

李元礼风格秀整，高自标持，欲以天下名教是非为己任。后进之士有升其堂者，皆以为登龙门。③

但已不足以构成延揽—报效模式。魏晋的志人志怪小说中虽仍有几则类似的记载，如第二章中提到的诸葛靓、李势妹、古冶子等，也体现了"国士遇我，我故国士报之"的精神，但已去主流甚远。此时的侠客，较为主流的是《李寄斩蛇》《宗定伯捉鬼》《安阳亭三怪》等篇所表现出的"为民除害"的模式。

到了唐代，随着唐传奇的兴起，侠客模式又有了新的变化。延揽—报效模式在唐传奇中几乎已不复存在，能约略呈现者仅有《无双传》一篇。王仙客为求古押衙帮助自己，"生所愿，必力致之，缯彩宝玉之赠，不可胜纪。一年未开口"，颇有严仲子延揽聂政之风范。而古押衙"老夫乃一片有心人也，感郎君之深恩，愿粉身以答效"，④ 延揽—报效模式成立。后来古押衙为了报答王仙客，将无双假死救出，并自刎而死，其行为亦与荆轲、侯嬴、田光之属一般无二。虽然王仙客并非卿相，仅是"富平县尹，知长乐驿"，但他与古押衙的故事，继承了"国士遇我，我故国士报之"的延揽—报效模式。

但除此之外，几乎所有的唐传奇都弱化了"延揽"环节，

---

① 朱碧莲、沈海波译注：《世说新语》，第1页。
② 朱碧莲、沈海波译注：《世说新语》，第3页。
③ 朱碧莲、沈海波译注：《世说新语》，第4页。
④ （宋）李昉编：《太平广记》卷四百八十六《无双传》，第4004页。

侠客与恩主的关系转化为雇用关系，较为典型的是《聂隐娘》。

聂隐娘类似于荆轲、豫让，是个刺客，前期为魏博帅刺杀刘昌裔，后期虽是保护刘昌裔，但也与同为刺客的精精儿、空空儿对抗。无论是她前期所效力的魏博帅，还是后期所效力的刘昌裔，都没有对她"国士遇我"。聂隐娘投靠刘昌裔的原因是"愿舍彼而就此，服公神明也""知魏帅不及刘"，是因为他的"神明"而非国士之遇；刘昌裔的态度是"问其所须"，只是口头上的询问，并没有主动且实际地提供国士之遇，最后付出的代价也只是"每日……钱二百文"。故事模式由"国士遇我"，转到明码标价的雇用关系。

其他如《红线》《昆仑奴》二篇。红线是薛嵩家青衣，昆仑奴是崔生家奴仆，薛嵩、崔生对红线、昆仑奴都没有"国士遇我"，红线、昆仑奴却倾身以报。《潘将军失珠》中王超受命调查潘将军失珠一案，见到三鬟女子"蹴鞠，接而送之，直高数丈"的异处，觉得她可能与失珠有关，便想结纳。这与王仙客古押衙类似，王超有求于三鬟女子，但王超并没有像王仙客对古押衙那样对三鬟女子以国士遇之，二人的交往过程如下："超时因以他事熟之，遂为舅甥。居室甚贫，与母同卧土榻，烟爨不动者，往往经于累日。或设肴羞，时有水陆珍异。吴中初进洞庭橘，恩赐宰臣外，京辇未有此物。密以一枚赠超云：'有人于内中将出。'"① 三鬟女子"居室甚贫"，王超并没有接济她，反倒是她"密以一枚（洞庭橘）赠超"。虽然后文三鬟女子说"每感重恩，恨无所答"，但这只是一句客套话，王超实际上并没有对她有什么恩情。

先秦两汉"国士遇我，我故国士报之"的延揽—报效模式

---

① （宋）李昉编：《太平广记》卷一百九十六《潘将军》，第1470页。

体现了一种平等观念，侠客在精神上并不低于卿相，他需要卿相先表现出足够的对"我"的尊重，然后才会倾身相报。侠客并不从属于卿相，士与主的关系是松散的，这时的侠客在人格上较为独立。但从魏晋到唐，这类侠客的独立性就逐渐减弱了。红线、昆仑奴是奴婢，聂隐娘是下属，他们报效都不再是因为被尊重了、被恩遇了，而是职责，是其奴仆、部属的身份。维系二者的"国士"这一汉代之前侠客的主要精神，已少有留存。

这些侠客普遍缺乏自我诉求。昆仑奴、红线所要完成的，都是主家交予自己的任务，除此之外，他们在故事中几乎没有体现出源于自身的需求或行为动机。

除了延揽—报效模式及雇用模式外，还有"路见不平拔刀相助"的模式。这类模式中，侠客行侠的动力，并非报恩，而是对弱小的同情，如《原化记·义侠》：

> 顷有仕人为畿尉，常任贼曹。有一贼系械，狱未具。此官独坐厅上，忽告曰："某非贼，颇非常辈。公若脱我之罪，奉报有日。"此公视状貌不群，词采挺拔。意已许之，佯为不诺。夜后，密呼狱吏放之，仍令狱吏逃窜。既明，狱中失囚，狱吏又走，府司谴罚而已。后官满，数年客游，亦甚羁旅。至一县，忽闻县令与所放囚姓名同。往谒之，令通姓字。此宰惊惧，遂出迎拜，即所放者也。因留厅中，与对榻而寝。欢洽旬余，其宰不入宅。忽一日归宅。此客遂如厕。厕与令宅，唯隔一墙。客于厕室，闻宰妻问曰："公有何客，经于十日不入？"宰曰："某得此人大恩，性命昔在他手，乃至今日，未知何报？"妻曰："公岂不闻，大恩不报，何不看时机为？"令不语。久之乃曰："君言是矣。"此客闻已，归告奴仆，乘马便走，衣服悉弃于厅中。

至夜，已行五六十里，出县界，止宿村店。仆从但怪奔走，不知何故。此人歇定，乃言此贼负心之状。言讫吁嗟。奴仆悉涕泣之次，忽床下一人，持匕首出立。此客大惧。乃曰："我义士也，宰使我来取君头，适闻说，方知此宰负心。不然，枉杀贤士。吾义不舍此人也。公且勿睡，少顷，与君取此宰头，以雪公冤。"此人怕惧愧谢，此客持剑出门如飞。二更已至，呼曰："贼首至。"命火观之，乃令头也。剑客辞诀，不知所之。①

县令听信了妻子谗言，准备杀自己的恩人，派遣去的刺客没有执行任务反而回去将县令杀了，其动机并非因为此人对自己有什么恩遇，两人只是萍水相逢；促使他这样做的，是不平事，他这种行为即"路见不平拔刀相助"。

唐传奇中这样的故事很多，很多侠客之所以做出义举，其动机都很简单。卿相—国士之间的那种动辄经年、耗费不赀的结交，被简化成一次路见不平。侠客的行动原因由"我故国士报之"转为救济弱小，似乎更接近于魏晋时期"为民除害"型的侠客。

《传奇》中韦自东听说山中有二夜叉食人，就怒曰："予操心在平侵暴，夜叉何类，而敢噬人？今夕必挈夜叉首，至于门下"；道士请其为自己守药，他说"某一生济人之急，何为不可"，② 完全不求回报。《玄怪录·郭代公》中郭元振见到以女子祭祀乌将军就"大愤"，"吾忝为大丈夫也，必力救之。如不得，当杀身以徇汝，终不使汝枉死于淫鬼之手也"③；《集异记》里朱

---

① （宋）李昉编：《太平广记》卷一九三《豪侠三》，第1466页。
② 本社编：《唐五代笔记小说大观》，第1130页。
③ 本社编：《唐五代笔记小说大观》，第355页。

觐杀死幻惑邓女的妖蛇，也并非邓家对他有何恩义。冯燕与张婴的妻子私通，张婴妻死后，张婴被误判为凶手，冯燕主动投案自首，不让无辜者代自己受罚。

这类侠客有些类似于汉时的朱家、郭解等闾巷布衣之侠。朱家、郭解"专趋人之急，甚己之私"，"以德报怨，厚施而薄望"，行为上都是抑己助人，但二者还是有本质的不同，即动机不同。朱家、郭解的动机是结交，在助人时甚至不问贤愚不肖；而唐时的这类侠客则是出于"不平"，以义为先，更多是对弱小无助者的私力救助。

这一区别增加了唐时侠客的主动性与独立性，而剥离掉卿相—国士的恩遇后，侠客有了清晰的主动诉求，故事发展也围绕着侠客的主动诉求而非卿相的委托，这更利于塑造侠客的形象。

最后，自我驱动的模式。

除了为民除害外，侠客行为模式中亦有"自我驱动"一类，这与"路见不平拔刀相助"模式类似，体现了唐传奇中侠客的主动性以及自我意识。如《崔慎思》中崔慎思的妻子、《贾人妻》中贾人妻这类型的侠客，她们不从属于谁，不依附于卿相，虽然也会嫁人，建立正常的社会关系，但独立性较强，有清晰的人生目标，专注于自我，而把其余一切都置于次要位置。《车中女子》《虬髯客传》等都类似于此。

基于这点再去看聂隐娘、红线、昆仑奴、贾人妻、车中女子等篇目，其中出现的一个共同的情节，即这些侠客最终都离开了"主人"而远遁江湖，重新获得了自由之身。这似乎也是作者有意强化侠客的独立性。

3. 侠客文学形象的成熟——女侠，盗侠，王者之侠

《唐人百家小说序》："唐三百年，文章鼎盛。独诗律与小

说，称绝代之奇。"① 唐代传奇小说，可与光芒万丈的唐诗并提，成就有唐一代之文学。它的出现，也标志着中国古代短篇小说的成熟。鲁迅在《中国小说史略》中也曾有过这样的评价："叙述宛转，文辞华艳，与六朝之粗陈梗概者较，演进之迹甚明。"② 相对于六朝小说，唐传奇"演进之迹"，在叙事、辞藻之外，更多体现于人物塑造的成熟。唐代传奇小说，吸收了之前乐府诗、辞赋、志怪笔记等艺术经验，综合运用烘托、对比、夸张等多种手法，刻画了各种生动鲜活、栩栩如生的人物形象。从唐传奇发展史来看，唐人小说人物形象描写的飞跃，是古典小说发展史上的一次飞跃。

而唐传奇诸多人物中，侠客又是其中最典型的代表之一。这些栩栩如生的侠客形象，不仅是侠文学从汉—唐一路发展、呈现的华彩篇章，也承载了唐代兼容并蓄的时代风气及骏发鹰扬的人文精神。

第一节中，本文将唐传奇中侠客分为报效型侠客、义侠、不法之侠。这是从行侠动机及行侠模式进行的分类。接下来，我们将专注于文学本身，对三类侠客形象进行具体分析。即女侠、侠盗、王者之侠。如果将唐传奇的成就，比作中国小说史上的一顶桂冠，那么这三类侠客形象，则是桂冠上的三颗明珠。集前代之大成，开后世之先声。下一节，我们将通过梳理这三类文学形象发展演变的轨迹，探究其文学史意义以及反映的时代文化。

（1）御风而行，浴血而生：**女侠群像**

魏晋小说中虽然也有女侠的形象，但数量很少，较著名的

---

① 见（唐）陈翰编，李小龙校证《异闻集校证》，中华书局2019年整理本，第1页。陈世熙：《唐人说荟》例言引洪迈语："唐人小说，不可不熟，小小情事，凄惋欲绝，洵有神遇而不自知者，与诗律可称一代之奇。"据李小龙考证，"洵有神遇"以下为编者囊括《唐人百家小说序》而补，非洪迈语。

② 鲁迅：《中国小说史略》，上海古籍出版社2004年版，第58页。

只有《李寄斩蛇》《越处女》等篇目。到了唐代，女侠则成为一大宗。根据学者统计，唐代传奇中涉及女侠形象并较为出彩的，就有十数篇。比如《虬髯客》中有识人之能的红拂，《潘将军失珠》中"语讫而去，疾若飞鸟"的三鬟女子，都可归于其中。

此类传奇作品中，以侠女为主角的篇目，主要有如下八篇：
① 柳珵《上清传》（《太平广记》卷二百七十五）
② 李公佐《谢小娥传》（《太平广记》卷四百九十一）
③ 薛用弱《集异记·贾人妻》（《太平广记》卷一百九十六）
④ 皇甫氏《源化记·车中女子》（《太平广记》卷一百九十三）
⑤ 皇甫氏《源化记·崔慎思》（《太平广记》卷一百九十四）
⑥ 裴铏《传奇·聂隐娘》（《太平广记》卷一百九十四）
⑦ 袁郊《甘泽谣·红线》（《太平广记》卷一百九十五）
⑧ 孙光宪《北梦琐言·荆十三娘》（《太平广记》卷一百九十六）

这些作品大多成书于中晚唐时期，其中不少反映了藩镇割据等社会现实内容。所叙女侠来自社会各阶层。谢小娥是商贾之女，聂隐娘是将门之后，红线则是青衣婢女，各不相同。

唐代是侠文学发展的高峰时期，政治上也是女性的活跃期，女侠随之乘势而起，有其必然性。

第一，女性社会空间的扩大。

唐代受胡风影响，社会风气较为开明，女性地位也得到了一定的提升。朱熹指出："唐源流出于夷狄，故闺门失礼之事，不以为异。"① 较为开放包容的风气，给予了唐代女性一定的人生自由。这种自由首先体现在政治方面，上层妇女较多地参政

---

① （宋）黎靖德编：《朱子语类》卷一百三十六，第3245页。

议政。长孙皇后、太平公主、上官婉儿等女性政治家，都在政局中起到了举足轻重的作用。而作为中国封建历史上唯一一位女皇，武则天诞生于此时期也绝非偶然。

其次是相对公平的受教育的机会。

高世瑜在《唐代妇女》中认为："唐代自后宫妃嫔，到高门贵妇、闺阁千金、书香仕女、小家碧玉，延及尼姑女冠、倡优姬妾，甚至青衣婢女，多有读书识字、能诗善文者，女子习文赋诗蔚然成为一代世风。"① 著名的才女徐贤妃、宋氏五姐妹都受到良好的家庭教育。

此外，还有官方教育。初唐时期，官方在宫内增设有内文学馆，备有经、史、子、集四部书籍，并令宫中有文学才能者任学士，教习宫人学习书算众艺。

《新唐书·百官志》记载：

> 初，内文学馆隶中书省，以儒学者一人为学士，掌教宫人。武后如意元年，改曰习艺馆，又改曰万林内教坊，寻复旧。
>
> （习艺馆）有内教博士十八人，经学五人，史、子、集缀文三人，楷书二人，《庄》《老》、太一、篆书、律令、吟咏、飞白书、算、棋各一人。②

襁褓中就被罚没掖庭的上官婉儿，能成长为"称量天下"的才女，便是受益于这样的官方教育。

最后是相对开化的婚恋观。

---

① 高世瑜：《唐代妇女》，三秦出版社1988年版，第95页。
② （宋）欧阳修、（宋）宋祁：《新唐书·百官志》，第1222页。

第三章　盛世剑歌：唐代侠文学

《唐律疏议》："诸卑幼在外，尊长后为定婚，而卑幼自娶妻，已成者婚如法。"① 在一定程度上，给了男女自动缔结婚姻的自由。在这样的官方倡导下，民间对于男女私订终身也较为宽容。如代宗时期，女子晁采与文茂寄诗通情、私订终身，母亲得知后，不仅不阻拦，还赞叹说："才子佳人，自应如此。"

唐代男女不仅结合可以自主，离婚亦有一定自由。

《唐律疏议》规定："若夫妻不相安谐而和离者，不坐。"同时规定："谓彼此情不相得，两愿离者，不坐。"②

敦煌出土的唐朝人"放妻书"：

> 凡为夫妇之因，前世三生结缘，始配今生为夫妇。若结缘不合，比是冤家，故来相对；即以二心不同，难归一意，快会及诸亲，各还本道。愿妻娘子相离之后，重梳婵鬓，美扫娥眉，巧呈窈窕之姿，选聘高官之主。解怨释结，更莫相憎。一别两宽，各生欢喜。③

豁达通透，今天读来仍十分动人。事实上唐代女性，因各种原因，改嫁者不在少数。杨玉环就从寿王改嫁给唐玄宗。太平公主也曾三次改嫁。正如高世瑜《唐代妇女》中言："最无顾忌的还是唐代的公主们，唐朝前中期自高祖之女到肃宗之女共有公主九十八人，改嫁者竟有二十七人，其中还有四人三嫁。"④ 社会上贞洁观念的相对淡漠，也让侠女故事中，舍身复仇等行为具备了更强的正当性。

---

① 刘俊文撰：《唐律疏议笺解》卷第十四，中华书局1996年版，第1054页。
② 刘俊文撰：《唐律疏议笺解》卷第十四，第1060页。
③ 中国科学院历史研究所资料室编：《敦煌资料》第一辑《某专甲谨立放妻书》，中华书局1961年版，第443页。
④ 高世瑜：《唐代妇女》，第154页。

此外，女性在对配偶的选择上，也有一定的自主权。《开元天宝遗事》卷上《选婿窗》载，唐代宰相"李林甫有女六人……常日使六女戏于窗下，每有贵族子弟入谒，林甫即使女于窗中自选，可意者事之"[1]。这样开明的社会风气，为传奇小说中聂隐娘等侠女自主选夫择婿提供了现实基础。

第二，传奇的需要。

侠本身就是具有传奇色彩的人物，生而为女，却行侠义之事，这是少见且反常的。因而女侠既有侠的飘逸神秘，又具备女性独特的吸引力。女侠形象适应了中唐士人搜怪猎奇的心理，也满足了传奇这种文体的需求。

第三，政局与文人心态。

唐代这些女侠的创作者无一例外都是男性，这会对女侠形象的塑造产生一定的影响。还应注意到除前述诸原因外，女性读者的存在及取悦她们的需要也会对创作产生影响，创作与流传相互作用最终塑造出了我们现在看到的女侠形象。本书以此作为切入点来对其做些剖析。

唐传奇中的女侠大多有明确的个人诉求，不依附于男性。《谢小娥传》里的谢小娥一心要为父夫复仇，复仇也全由自己完成，不假手他人；复仇过程中几乎跟男性没有任何瓜葛。《贾人妻》里的贾人妻虽然嫁给王立，但也是为了"伺便复仇"，而且复仇后"便须离京"，个人诉求明确，对男性毫不留恋，王立只是被她当成了掩藏自身行迹的工具人。《车中女子》则更为传奇，女子乃啸聚侠众的魁首，小说的第一主角——也就是男性——只是她延揽的一名"士"。荆十三娘与贾人妻类似，自己

---

[1] （五代）王仁裕撰，曾贻芬点校：《开元天宝遗事》卷上，中华书局2006年整理本，第28页。

便可"为郎仇之",根本不需要赵中立的帮忙。

这明显有别于唐传奇中的其他女性形象。《任氏传》里的任氏乃是狐妖,她几乎没有独立性,更没有任何个人诉求,她生活的目的就是嫁给郑六,为其守贞,但在遇到韦崟的逼迫时不仅不能反抗,反而沦为其帮凶,帮他引诱刁将军宠奴,"引崟以通之"①,手段算不上光彩。霍小玉也是如此,被李益抛弃后,抑郁而终,死后化为厉鬼,却不夺李益性命,而是"使君妻妾,终日不安"②,报仇于无辜者。虽然唐传奇中,女性角色普遍性格决绝果断、富于神采,但在个人诉求与独立性上,女侠与其他女子仍有明显的区别。

任氏初次露面,便写她"容色姝丽","妍姿美质,歌笑态度,举措皆艳,殆非人世所有"③,后文又有大量篇幅渲染她的美引人惊叹。霍小玉"资质秾艳,一生未见,高情逸态,事事过人,音乐诗书,无不通解"④,"但觉一室之中,若琼林玉树,互相照曜,转盼精彩射人"⑤,开篇即以较长的篇幅为其美做张目。但对于女侠,几乎没有关于其美貌的描写。《贾人妻》仅"美妇人"三字,《崔慎思》中的少妇"年三十余,窥之亦有容色"⑥,《车中女子》"年可十七八,容色甚佳",⑦ 随意一写,近乎白描,与《任氏传》中大量的情挑、《霍小玉传》中的幽会形成鲜明的对比。其他如上清、谢小娥、聂隐娘几乎没有任何容貌衣饰的描写,红拂"有殊色","肌肤仪状、言词气性,真天

---

① (宋)李昉编:《太平广记》卷四百五十二,第3696页。
② (宋)李昉编:《太平广记》卷一百八十七,第4010页。
③ (宋)李昉编:《太平广记》卷四百五十二,第3692页。
④ (宋)李昉编:《太平广记》卷一百八十七,第4006页。
⑤ (宋)李昉编:《太平广记》卷一百八十七,第4006页。
⑥ (宋)李昉编:《太平广记》卷一百九十四,第1456页。
⑦ (宋)李昉编:《太平广记》卷一百九十三,第1450页。

人也"①，重点在言谈举止、精神面貌上；《红线》里虽有，但是"梳乌蛮髻，攒金凤钗，衣紫绣短袍，系青丝轻履，胸前佩龙文匕首，额上书太乙神名"②，跟艳情没有任何关系。这一细节说明在女侠的创作中，作者是有意识地减少了对女性形体之美的描述。

另外，唐传奇表达了对女侠"富有"的赞赏。《车中女子》自不待言，描写几乎等同于虬髯客。贾人妻"尚有旧业，朝肆暮家，日赢钱三百"，后面的描述中王立经济上几乎完全依赖于妻子，荆十三娘也是如此，任凭"赵以气义耗荆之财"③，她本身还是女商，富有自不待言。这样的描写，在有意无意中，突出了侠女们经济独立的一面。

作者还往往将女性置于故事的核心位置。聂隐娘、红线、荆十三娘、三鬟女子都是以拯救者的姿态出现的；车中女子是领袖一方的黑道魁首；谢小娥则是忍人所不能忍的烈女。她们身上体现的毅力与能力，不仅超越了普通女子，也超越了同时期的男性，是真正意义上的强者。这些特质，令男性创作者在书写她们时，有意识地剥离了对她们形体之美的渲染，增加了对其能力的欣赏。

总之，唐传奇中女侠普遍具有明确的个人诉求，相对独立的人格与经济地位，而作者在刻画女侠时也更重于才能而非美色。这是男性视角下的女侠形象的第一个特点，即一定程度上，体现出超越性别的尊重。

另一方面，唐传奇中的女侠塑造也体现出男性作者对女性了解的缺失。

---

① （宋）李昉编：《太平广记》卷一百九十三，第1446页。
② 本社编：《唐五代笔记小说大观》，第544页。
③ （宋）李昉编：《太平广记》卷一百九十六，第1472页。

第三章 盛世剑歌：唐代侠文学

《聂隐娘》中在书写聂隐娘的技艺之高时，用了很多神异的例证。如她住在"数十步寂无居人"的石穴中，用"锋利吹毛"的宝剑练习剑术，先刺猿狖后刺虎豹，乃至凌空刺杀鹰隼。最后为了说明其剑术之神，说其"白日刺其人于都市，人莫能见"。尼让聂隐娘去刺杀大僚，她回来晚了，原因是见大僚"戏弄一儿，可爱，未忍便下手"，"尼叱曰：'已后遇此辈，先断其所爱，然后决之。'某拜谢"。前面极言其剑术之神，但到了最后，这种夸张却变成不辨是非、杀人如麻了。女侠必须得性情残忍，这体现了男性作者对女性了解的缺失。

性情残忍在其他篇目中体现得更甚。贾人妻在离开时残忍地杀死了自己的孩子，荆十三娘"以囊盛妓"帮助李三十九完成心愿的同时，"兼致妓之父母首"。其残忍之处令人毛骨悚然。应该说这些情节不仅仅是为了猎奇，而是作者想写出女性侠客与男性侠客的区别。尤其是贾人妻杀子，正是因为母子相连更深，所以用此情节更能凸显出女侠的"绝情"。但这些残忍描写明显是偏离于女性的本性的，以这些女侠的高明剑术来看，她们不必用这种手法来保障自身的安全。这样的情节缺乏必然逻辑。

轻别离是另一个被男性创作者赋予女侠的特征，也体现了其对于女性了解的缺失。聂隐娘在到达刘仆射处时，刘仆射略一延揽就投靠了。刘仆射入京后，聂隐娘就孤身一人离开，"但乞一虚给与其夫"，说明她没带丈夫离开。她对父母也是如此，相对于当年她丢失时"父母每思之，相对涕泣""大惊骇，令人搜寻"而言，情感明显较为疏离。贾人妻、崔慎思妻也是如此，报完仇就马上离开，避世而居。

"绝情断亲"成为女侠的一个共同特点，或许是作者为了强化她们超凡出尘的异人形象，又或者是作者缺乏解决"侠女在

125

世俗中该如何生活"的经验,因而以断绝来简单处理。笔者之所以将其原因归结为对女性了解的缺失,是因为从后世的小说来看,树立女性侠客有别于男性侠客的独特性,本可以有更高明的做法。

不得不提出的是,在此类作品的人物关系设置中,仍然处处可见对女性的限制。红线身负异能,却要辅佐并无才能的薛嵩;聂隐娘投靠刘昌裔,找了一个能力远不如自己的丈夫;贾人妻和崔慎思妻嫁给几乎对她们毫无用处的男子并为其生子;荆十三娘嫁给毫无侠行却"以气义"的名义消耗自己财富的丈夫,并为其友人复仇。大部分女侠,都需要在与男性的亲密关系中,才能找到凡世中的立身之地。哪怕这种"立身"是暂时的。或有意或无意,男性创作者都仍然将女侠绑在他们的认知上。

在小说传播过程中,创作者的动机有时会让位于客观的流传过程。《补江总白猿传》就是个很好的例子。《中国小说史略》称其"纥后为陈武帝所杀,子询以江总收养成人,入唐有盛名,而貌类猕猴,忌者因此作传,云以补江总,是知假小说以施诬蔑之风,其由来亦颇古矣",[①] 是说作者的本意,是为了诋毁欧阳询乃是白猿所生,以打击其声望。但在实际创作中,作者的篇幅几乎用来绘声绘色地讲一个跌宕起伏的故事,将精力全都放在了如何引人入胜上,骂人的主诉求反而被挤到了次要位置。这就是流传对创作的影响。《虬髯客传》也是如此。作者将太宗置于衬托链的最顶端,联系到当时的局限性,显然褒扬太宗是其创作目的。但他为了流传也不得不构建了数个脍炙人口的故事,让红拂女、虬髯客的形象跃然纸上。最后导致太宗扁平化,

---

① 鲁迅:《中国小说史略》,第59页。

而红拂女、虬髯客却得到了成全，恐怕非作者的本意。

又如《谢小娥传》，本意是"善娥节行，为具其事上旌表"①，实际上，却因梦中字谜的悬疑情节、孤女手刃凶顽的传奇故事而得到读者青睐。《红线》中借对话写了大量因果报应的道理，《莺莺传》中元稹在篇末更几乎是赤裸裸地为自己曲词辩解，显然这才是他们的创作目的。但同上述一样，他们的创作目的都不得不让位于流传。创作目的与主要故事是割裂的，创作目的被压缩，甚至不能起到指导故事的作用。不再是用某一故事来讲某一道理，因此读者在阅读故事时会忽略掉创作目的，这是女侠篇目乃至唐传奇的一大特点，也是艺术作品的特点：一旦被创作出来，就会脱离作者意志，具备独立的生命力。

最后以《红线》为例讲一下男性视角对女侠形象塑造的最后一个特点：对女性特质的凸显及对女性主导地位的强调。

红线"梳乌蛮髻，攒金凤钗，衣紫绣短袍，系青丝轻履，胸前佩龙文匕首，额上书太乙神名"②，这段描写给人的冲击感极强，是唐传奇中少有的塑造极好的区别于男性的女侠形象的典范。红线的身份是青衣，青衣是地位低下之人，但她又通经史，号内记室。她一身绝艺但没人能识，当遭逢大难时才崭露头角，让薛嵩惊呼"不知汝是异人，我之暗也"。它并未如之前侠文学一样强调薛嵩作为"主人"的"识人之明"，客观上削弱了男性在女侠故事中的地位。红线女侠形象的塑造也偏重于柔婉，是少有的不杀人的侠客，她的目的在于"两地保其城池，万人全其性命，使乱臣知惧，烈士安谋"，跟前述残忍性情形成鲜明对比。她与薛嵩离别时也情真意切，"嵩不胜悲。红线反袂

---

① 汪聚应辑校：《唐人豪侠小说集》，第58页。
② 本社编：《唐五代笔记小说大观》，第544页。

且泣"。"伪醉离席"的细节也极为细腻，不同于其他女侠的轻别离。作为男主的薛嵩形象也与其他传奇不同，《上清传》中窦公虽然嘱托上清为其申冤，但与薛嵩之于红线区别明显。薛嵩对红线有明显的依赖，而且不仅仅是对其武的依赖。红线是青衣，又是内记室，还助薛嵩压服田承嗣，两人的关系要全面且亲密得多。通篇薛嵩的对话以问句为主："然事若不济，反速其祸，奈何？""无伤杀否？""汝生我家，而今欲安往？又方赖汝，岂可议行？"临别时"不胜悲"，依依不舍，都可看出他"遇事不决问红线"的习惯。比起唐传奇中的其他女性，红线不仅展示出异能，也在与"主人"的关系中占据了主导地位。

总之，唐传奇中的女侠形象，寄托了人们对于个体自由的渴望。她们张扬的行为、敢爱敢恨的个性，是时代精神的折射，也是人性最真实的表达。惊才绝艳的异能以及行侠仗义的信念，正如两道羽翼，助她们越过时代与命运的波诡云谲，追风而行。她们代表的，不仅是女性的觉醒，也是那一时期人性的觉醒。她们身上闪烁的，不仅是女性的辉光，也是人性的辉光。

（2）踏月而来，乘风而去：侠盗与暗夜长安

唐代传奇的另一文学成就，是塑造了一批形象鲜明、传诵千年的侠盗，对后代戏曲、小说等诸多文学样式造成了深远的影响。

《朝野佥载·柴绍弟》中刻画了一个技巧超群的侠盗的形象：

> 柴绍之弟某，有材力，轻矫迅捷，踊身而上，挺然若飞，十余步乃止。太宗令取赵公长孙无忌鞍辔，仍先报无忌，令其守备。其夜，见一物如鸟飞入宅内，割双镫而去，追之不及。又遣取丹阳公主镂金函枕，飞入房内，以手揿

第三章 盛世剑歌：唐代侠文学

土公主面上，举头，即以他枕易之而去。至晓乃觉。尝着吉莫靴走上砖城，直至女墙，手无攀引。又以足踏佛殿柱，至檐头，捻椽覆上，越百尺楼阁，了无障碍。太宗奇之，曰："此人不可处京邑。"出为外官。时人号为壁龙。①

文中先渲染了柴绍弟的轻功高妙，能够纵身跃起，像飞鸟一样轻捷矫健地迈出十余步才停下。太宗给了他两个难题挑战，第一个是"令取赵公长孙无忌鞍鞯"，还人为地增加了难度，先通知了长孙无忌，让他加强戒备。然而到了夜晚，众人只看见一个影子像大鸟一样飞入宅子，割下一双马镫而去，追的人望尘莫及。柴绍弟用高绝的轻功完成了挑战。第二次挑战时又针对性地增加了难度，让他偷丹阳公主的金丹。金枕被公主枕在头下，轻功再高飞得再快都没有用处。显而易见这里还有一个限制就是不能让丹阳公主发觉。这是个几乎不可能完成的任务，而柴绍弟捻起尘土，撒在公主面上。公主梦中觉得痒，便下意识抬起头。柴绍弟趁此机会，将枕头换掉。手段轻灵高妙，神鬼不觉，丹阳公主一直睡到早上才发现。该条目中还有另一则轶闻：

太宗尝赐长孙无忌七宝带，直千金。时有大盗段师子从屋上椽孔间而下，露拔刀谓曰："公动即死。"遂于函中取带去，以刀拄地，踊身椽孔间出。②

大盗段师子的手法粗鄙，比起柴绍弟就差得远了。

---

① （唐）张鷟：《朝野佥载》卷六，第138页。
② （唐）张鷟：《朝野佥载》卷六，第138页。

柴绍弟可以说是后世以盗著称的那些文学形象的鼻祖。沈俶《谐史》①中描绘了一个闻名京城的盗贼"我来也"，其"每于人家作窃，必以粉书我来也三字于门壁，虽缉捕甚严，久而不获"。盗窃前先书三字告诉主人，亟言其艺高人胆大的自信，与柴绍弟盗物前先告诉主人有一脉相承之妙。他因此成为贼的代表，"不曰捉贼，但云捉我来也"。后来他被捕入狱，按说已陷入死地，但他两次贿赂狱卒，之后拿捏住狱卒的贪婪之心，让狱卒放自己出去。出去后他作了一次案，然后返回狱中。这使得官员相信误抓了人，因为他被关在狱中，但我来也还在外面作案，显然他不是我来也，就将他放了。他把盗来的财物送给狱卒，让狱卒成为共犯不敢声张，脱身计策天衣无缝。"虽以赵尹之明特，而莫测其奸，可谓黠矣。"②"我来也"两次以计让狱卒取得"人迹往来之冲""彼处人闹"处藏着的赃物，又以此设下连环计让自己洗罪脱身，不仅技艺高超且心思慧黠，与柴绍弟类似。

《三侠五义》第二十二回《金銮殿包相参太师，耀武楼南侠封护卫》：

> 单说展爷到了阁下，转身又向耀武楼上叩拜。立起来，他便在平地上鹭伏鹤行，徘徊了几步。忽见他身体一缩，腰背一躬，嗖的一声，犹如云中飞燕一般，早已轻轻落在高阁之上。这边天子惊喜非常，道："卿等看他，如何一转

---

① 《四库提要》：《谐史》一卷，旧本题宋沈俶撰。俶始末未详。书中载有赵师罿为临安尹时事，则嘉定以后人矣。所录皆汴京旧闻，以多诙嘲之语，故名曰《谐史》。其载吴兴项羽庙事，谓鬼神之于人，但侮其命之当死及衰者，又谓魑魅魍魉假羽名以兴祸福，所论颇正，然与书名殊不相应，疑亦后人杂抄成编也。

② （宋）沈俶撰，胡绍文整理：《谐史》，《全宋笔记》第九五册，大象出版社2019年版，第58页。

第三章 盛世剑歌：唐代侠文学

眼间就上了高阁呢？"众臣宰齐声夸赞。此时展爷显弄本领，走到高阁柱下，双手将柱一搂，身体一飘，两腿一飞，嗖、嗖、嗖、嗖顺柱倒爬而上。到了檩头，用左手把住，左腿盘在柱上，将虎体一挺，右手一扬，作了个探海势。天子看了，连声赞"好"。群臣以及楼下人等无不喝采。又见他右手抓住椽头，滴溜溜身体一转，把众人吓了一跳。他却转过左手，找着椽头，脚尖儿登定檀方，上面两手倒把，下面两脚拢步，由东边串到西边，由西边又串到东边。串来串去，串到中间，忽然把双脚一拳，用了个卷身势往上一翻，脚跟登定瓦陇，平平的将身子翻上房去。天子看至此，不由失声道："奇哉！奇哉！这那里是个人，分明是朕的御猫一般。"①

此段与柴绍弟"又以足踏佛殿柱，至檐头，捻椽覆上。越百尺楼阁，了无障碍。太宗奇之曰：'此人不可处京邑。'"几乎如出一辙，只是多了些细节描写。

《水浒传》中的鼓上蚤时迁也类似于此。《水浒传》第四十五回中扬雄与石秀杀了人准备去投奔水泊梁山，时迁在旁边听到了也要一同去："小人近日没甚道路，在这山里掘些古坟，觅两分东西。因见哥哥在此行事，不敢出来冲撞。听说去投梁山泊入夥，小人如今在此，只做得些偷鸡盗狗的勾当，几时是了？跟随得二位哥哥上山去，却不好？"② 途经祝家庄时三人偷鸡被捉，引发三打祝家庄，救出时迁。之后呼延灼征讨梁山，连环甲马所向无敌，唯有徐宁的钩镰枪可破，在招降徐宁时，时迁

---

① （清）石玉昆编：《三侠五义》，齐鲁书社2008年整理本，第87页。
② （明）施耐庵：《水浒传》，中华书局2009年版，第402页。

131

起到了决定性的作用：盗甲。《水浒传》里用大篇幅详细描写其如何偷入徐宁宅邸，如何骗得丫鬟开门，又如何在被听到动静时伪装老鼠过关，最后将甲盗到手。其盗术也颇有我来也、柴绍弟神不知鬼不觉的境界。王望如《评论出像水浒传》："欲破连环马，须用钩镰枪，欲用钩镰枪，先偷雁翎甲。有知藏甲之汤隆，又有善偷甲之时迁，梁山泊人才如狄公之笼，参术挑李，无不辐凑。"[①] 说出了时迁鸡鸣狗盗之计所起的大用。袁无涯评"军中得时迁辈数人为间谍侦探，何患不得敌情"[②]，将盗上升到"间谍侦探""得敌情"的高度，与红线差相仿佛了。

这些典型的亦侠亦盗的形象，都可看到与《柴绍弟》的联系。不仅如此，《柴绍弟》一篇开启了"赌斗"这一后世风行的侠文学典型情节。宋代话本、《水浒传》乃至更晚的《七侠五义》《十二金钱镖》等后世作品中，都可以看到赌斗情节，可见其影响深远。

而《田膨郎》《潘将军失珠》这类侠盗小说，在情节上可视为公案小说甚至后代侦探小说的肇始。它们有明确的"案件发生—主角受命侦破案件—案件调查—锁定嫌疑人—与嫌疑人斗智斗勇—破解案件"的情节链。如在《田膨郎》中，文宗皇帝丢了白玉枕，王敬弘受命调查，发现小仆的奇特之处，动了疑心，小仆告诉他偷枕人是田膨郎。两人设下计策，乘着蹴鞠之机，小仆"执球杖击之，歘然已折左足"，田膨郎受伤被俘，形成完整的侦破情节。

《潘将军失珠》更为明显。潘将军丢失念珠，王超"试为寻

[①] （明）王望如：《评论出像水浒传》，见陈曦钟等辑校《水浒传会评本》，北京大学出版社1981年整理本，第862页。

[②] （明）袁无涯刊刻：《水浒全传》，见陈曦钟等辑校《水浒传会评本》，第1035页。

第三章 盛世剑歌：唐代侠文学

之"。最早期的侦探登场。"超他日因过胜业坊北街，时春雨初霁，有三鬟女子，年可十七八。衣装蓝缕，穿木屐，立于道侧槐树下。值军中少年蹴踘，接而送之，直高数丈。于是观者渐众，超独异焉。"①虽然文中没有明说，但王超必然是四处查访，到了胜业坊北街见到三鬟女子，方才锁定目标。然后王超开始了长时间跟嫌疑对象的接触，最终以情动人，让三鬟女子献出了念珠，了结此案。

值得注意的是，三鬟女子盗念珠不是为了财，只是跟"朋侪"打了个赌而已。盗了之后她就放到了慈恩寺塔上，根本没把它当成什么珍贵之物。柴绍弟盗取长孙无忌鞍鞯和丹阳公主镂金函枕也是如此，为的是赌斗而不是其本身的价值。红线盗取的金盒也是一样，其本身价值对于侠客而言不值分文。当回顾完这三篇后再去看《楚留香传奇》最为人称道的段落：

> 闻君有白玉美人，妙手雕成，极尽妍态，不胜心向往之。今夜子正，当踏月来取，君素雅达，必不致令我徒劳往返也。②

楚留香偷盗前，先送了一封信笺过来。信笺中用极为雅致之词将偷盗说得风雅无比，先将目的告诉对方，随便对方准备，然后将其偷走。偷走后也仅仅是赏玩而已。这与柴绍弟的赌斗、三鬟女子的取念珠为戏、红线盗盒后又附书一封将金盒归还，都有一脉相承之义。

一个有意思的细节是，盗贼为什么都喜欢事先通知被盗之

---

① 本社编：《唐五代笔记小说大观》，第1464页。
② 古龙：《楚留香传奇·血海飘香》，云南人民出版社1994年版，第8页。

人?楚留香"闻君有白玉美人……当踏月来取……"我来也"每于人家作窃,必以粉书我来也三字于门壁",柴绍弟"先报无忌,令其守备",越是技艺高超的盗贼,越喜欢给自己增加难度,他们追求的不再仅仅是将东西偷到手,而是将偷盗这一行为上升至义、至道、至个人的标榜,甚至传名于世的式范。这封书信的先期送达,似乎让他们的行为超出了偷盗财物本身,而变成某种挑战。

侠盗类唐传奇中,具有开创意义的,还有反差鲜明的"双面大盗"设计。最典型的就是红线。

红线号"内记室""通经史""善弹阮咸"。一次军中大宴,红线听到羯鼓的声音非常悲戚,就提醒薛嵩说,击鼓者可能是遭遇了什么不好的事,才会敲出这样的悲音。薛嵩召而问之,果如其言。这里的红线颇有周瑜"曲有误,周郎顾"的风范,更接近才女的形象,跟侠跟盗扯不上关系。所以,当红线提出要为他解忧时,薛嵩才"大惊曰:'不知汝是异人,我之暗也。'"而后红线"梳乌蛮髻,攒金凤钗,衣紫绣短袍,系青丝轻履,胸前佩龙文匕首,额上书太乙神名。再拜而倏忽不见",与之前形成了鲜明对比。

这种反差极大的"双面侠盗"形象在后世颇为流行。比如阿兰·德龙饰演的佐罗,既是贵族、总督,在灯红酒绿中歌舞翩翩,又是夜色中的黑侠,戴着面具除暴安良。法国侠盗亚瑟·罗宾也是如此,既是绅士又是大盗,虽是平民出身但对贵族心怀向往,在高级社交场合中应对自如却又同时移珠纳翠窃玉偷香。一段著名的台词是他双面的佐证,也树立了他最打动人的形象:

我一生劳碌,什么苦都吃过,什么福也享过,论富吧,富得过吕底亚国王克雷絮斯，因为世上的财富都为我所有；论穷吧，穷得过约伯，因为我把钱财都散给了别人。我的什么愿望都满足了，我固然不愿做个不幸的人，可是更厌倦当个幸运的人。

当然，红线与西方侠盗们时代相隔悬远，不大可能存在源流关系，但这种跨越文化与时代的暗合与呼应，更说明了其契合了人性中的共性，因而具有长久的魅力。

如果我们关注唐传奇中侠盗的相关情节，会发现一个有意思的规律——他们的行为大多发生在夜间。

《聂隐娘》如此，聂隐娘与精精儿、空空儿的两次对决，是在夜间；《红线》如此，红线盗盒这一主要情节发生在夜间；《车中女子》无论宫廷失盗还是士人获救都发生在夜间；《谢小娥传》中报仇的主要情节也是如此。《昆仑奴》中崔生夜会红绡，昆仑奴将二人夜负而出；《僧侠》中韦生夜斗僧侠及飞飞；《京西店老人》韦行规"暮止店中"遇到老人后又遇盗；《义侠》中义侠两次刺杀都在夜间。《冯燕》《张祜》《兰陵老人》《北梦琐言·丁秀才》《柴绍弟》《田膨郎》《上清传》《酉阳杂俎·卢生》《郭代公》《朱覩》《韦自东》等篇目中夜间情节都占主要篇幅。《贾人妻》《崔慎思》等以复仇为主题的篇目也是如此。

其中最为典型的要数《无双传》，这篇传奇中的重要情节点都发生在夜晚：

> 遂乘骢，秉烛绕城，至启夏门，门亦锁。守门者不一，持白梃，或立或坐。仙客下马徐问曰："城中有何事如此？"又问"今日有何人出此？"门者曰："朱太尉已作天子。午

后有一人重戴,领妇人四五辈,欲出此门。街中人皆识,云是租庸使刘尚书。门司不敢放出。近夜追骑至,一时驱向北去矣。"仙客失声恸哭,却归店。三更向尽,城门忽开,见火炬如昼,兵士皆持兵挺刃,传呼斩斫使出城,搜城外朝官。

……至昏黑,乃闻报曰:"尚书受伪命官,与夫人皆处极刑,无双已入掖庭矣。"仙客哀冤号绝,感动邻里。

……至夜深,群动皆息,塞鸿涤器构火,不敢辄寐,忽闻帘下语曰:"塞鸿塞鸿,汝争得知我在此耶?郎健否?"言讫呜咽。塞鸿曰:"郎君见知此驿,今日疑娘子在此,令塞鸿问候。"又曰:"我不久语,明日我去后,汝于东北舍阁子中紫褥下,取书送郎君。"言讫便去。忽闻帘下极闹,云:"内家中恶,中使索汤药甚急。"乃无双也。

……夜深,谓仙客曰:"宅中有女家人识无双否?"仙客以采苹对,仙客立取而至。古生端相,且笑且喜云:"借留三五日,郎君且归。"

……是夕更深,闻叩门甚急,及开门,乃古生也,领一箯子入,谓仙客曰:"此无双也,今死矣,心头微暖,后日当活。微灌汤药,切须静密。"言讫,仙客抱入阁子中,独守之。

……救疗至夜方愈。古生又曰:"暂借塞鸿,于舍后掘一坑。"坑稍深,抽刀断塞鸿头于坑中。仙客惊怕。古生曰:"郎君莫怕,今日报郎君恩足矣。比闻茅山道士有药术,其药服之者立死,三日却活。某使人专求得一丸,昨令采苹假作中使,以无双逆党,赐此药令自尽。至陵下,托以亲故,百缣赎其尸。凡道路邮传,皆厚赂矣,必免漏泄。茅山使者及舁箯人,在野外处置讫。老夫为郎君,亦自刎。君不得更居此，门外有檐子一十人，马五匹，绢二百匹，五更挈无双便发，变姓名浪迹以避祸。"言讫，举刀，仙客救之，头已落矣，遂并尸盖覆讫。①

王仙客到启夏门，听闻朱泚叛乱，是入夜秉烛之时；士兵向城外搜索朝官，也是在三更将尽之时。王仙客听闻无双被罚没掖庭的噩耗，天色正好"昏黑"；塞鸿假扮长乐驿吏，在帘外与无双交谈，乃趁"夜深，群动皆息"之机。古生将无双救出带回，已是"更深"；无双最终苏醒，又是夜间。而后便是古生派塞鸿挖坑、古生杀塞鸿灭口并自杀等情节。可以说，《无双传》中的重要情节几乎全都发生在夜间。

与此对应的是，《无双传》相比于唐传奇中其他篇目，无论背景设置、人物塑造、细节描摹似乎更加暗黑。故事以王仙客与刘无双的爱情为线索，关键转折点则是泾原兵变。朱泚称帝，德宗出逃，大唐天子的威严完全扫地。朱泚称帝后，大肆搜捕屠杀官员，可谓腥风血雨。这样的氛围，当然不同于其他传奇小说。作者选用了大量夜景，来呈现这一段上下颠倒、秩序崩坏的历史，可以说是恰到好处。故事中无尽夜色带来的混乱、迷茫、黑暗的感受，正与当时风雨飘摇、朝不保夕的时局一致。

此外，大量夜景的设置，也与《无双传》中较为暗黑的人物形象一致。这篇传奇中，几乎人人都有鲜明缺点。刘震夫妇先是言而无信，意图悔婚，后来又失节做了伪官，导致双双被杀。女主无双着墨较少，基本只是被动应对。而男主王仙客在对爱情忠贞不已、锲而不舍的同时，也表现出世俗圆滑的一面。与舅舅刘震相处的过程中，他明知对方有悔婚之心，却依旧

---

① （宋）李昉编：《太平广记》卷四百八十六，第4003—4005页。

"奉事不敢懈怠"。兵变爆发时，刘震以"嫁与尔无双"为条件，让他代自己转移财产，王仙客也欣然应允。古生需要一个对无双知根知底的人时，王仙客又买来了仕女采苹，交给古生。当古生杀掉他忠心耿耿的仆人塞鸿时，王仙客的反应只是"又惊又怕"，没有哀伤之意，更谈不上阻止了。可以说，除了无双之外，其他人在他眼中，更多类似于可以"买卖"的工具。相对于《柳毅传》中光风霁月的男主形象，我们不难看出王仙客身上的庸俗性。

至于该篇中的侠客古生，局限性就更加明显。一方面，他重义轻生，机智果敢，颇有古侠之风；另一方面，他为达目的不择手段。为了让事情不至于泄露，他先后杀掉了来邀请他的茅山使者、舁筴人、塞鸿等无辜者。就连作者薛调也忍不住感慨，这次营救无双的行动"冤死者十余人"，可见哪怕在故事中、哪怕面对皇权压力，也没有杀掉这些人灭口的必要性。可见古生冷血绝情、滥杀无辜的一面。可以说，相对于其他传奇而言，《王仙客》对人性的刻画是更为复杂的，既歌颂了对爱的坚持，也体现了人性中冷漠沉沦的一面。这一切，在全篇无处不在的夜掩映下，显得更加和谐而自洽。

放眼唐传奇中关于侠客的篇目，主要情节发生在夜间的不在少数。不仅侠盗们翻墙入户、盗取宝物的行为多发生在夜间，刺客行刺、侠女复仇多需要夜色作为掩护。而那些斩妖除魔的义侠们，往往也在夜间展开行动。此类情节可称为"夜战"。如《传奇·韦自东》中，韦自东为了斩杀夜叉，独自夜宿古寺："是夜，月白如昼。夜未分，夜叉挈鹿而至，怒其扃镝，大叫，以首触户，折其石佛而踣于地。"[①] "月白如昼"颇有点《水浒》

---

① 本社编：《唐五代笔记小说大观》，第1131页。

中"回头看这日色时,渐渐地坠下去了"的意思。金圣叹批云:"骇人之景。我当此时,便没虎来,也要大哭。"① 何况来的是夜叉。本就描写的是恐怖妖物,放诸夜间,更增加了其恐怖氛围,也就更彰显出了韦自东的义勇胆色。

又如《郭元振》中救被祭之女、斗乌将军的情节也发生在夜间。郭元振夜行迷路,走了很久才看到遥远处有隐约的灯光。这种情况下见到"灯烛荧煌,牢馔罗列,若嫁女之家,而悄无人",极其像电影《倩女幽魂》中的鬼娶亲。不久后,东阁还有女子的哭声传来,各种阴森恐怖的场景堆砌,共同营造出毛骨悚然的氛围。而将侠客置于其中,可达到"孤身走暗巷"的效果,即以夜色增加所遇之境、所遇之怪的恐怖,反向衬托侠客的义勇。

前述《原化记·京都儒士》则反向用此,儒生称自己颇有胆识,夜宿凶宅,却因驴子闹出的动静,惊怖不已,用儒士前后生态反差,以达到讽喻的效果。

夜色可烘托恐怖气氛,凸显"夜战"之侠的非凡勇气。夜色也可以用来渲染神秘氛围,造成侠客离世出世的氛围。《京西店老人》《僧侠》《许寂》就是此类,可概括为"夜遇"。

还有一类"夜入"情节。与不怕对方发现的"夜战",偶然相逢的"夜遇"不同,"夜入"是侠客有准备地潜入,且力求不为人所知。这其实是一种以弱胜强取巧之法。比如《红线》中,魏博节度田承嗣谋夺薛嵩治下的潞州,"募军中武勇十倍者,得三千人",薛嵩听闻后"日夜忧闷,咄咄自语,计无所出"。田承嗣兵强马壮,连薛嵩这位潞州节度使都没办法,红线如何能对抗?必然无法正面突入,只能"子夜前三刻"效盗贼之法潜

---

① 陈曦钟等辑校:《水浒传会评本》第二十二回《景阳冈武松打虎》,第423页。

入。乘夜而入成为侠客反抗强敌、完成报效或义行的必然选择。除乘夜而入外别无他法，这渲染了敌方的强大，也凸显了侠客向难而行的义勇。《无双传》《昆仑奴》《崔慎思》都有此类"夜入"情节。

夜间成为人间与另一个神秘妖异的世界的交接口，这里有夜叉、有猪妖、有雷、有蛇妖，光怪陆离。此外，夜间还为侠客们的活动提供了舞台，让他们能最大限度发挥自己的长处，潜行千里，来去无踪，或戏耍拥甲三千的节度使，或从深宅中救出弱质娇女。传奇小说中的夜间景观，人神共存，亦幻亦真，呈现出与日间景观不同的超凡脱俗、浪漫瑰奇的气质。

总之，大量的夜间情节的使用，丰富唐传奇中由侠盗形象的塑造。盗物（盗人）、刺杀、夜遇成为三类典型情节，夜间也成为侠客们行侠仗义、报效主人的舞台。出入夜色的侠盗们，为我们展开了一幅与白日不同的长安夜景画卷，为唐代文学留下了一抹独特色彩。

（3）逐鹿中原，龙战天下：王者之侠与盛世气象

《庄子·胠箧》："圣人不死，大盗不止。"大盗在历代侠文学及类似作品中并不鲜见。如《世说新语》中戴渊"尝在江淮间攻掠商旅"，"渊使少年掠劫。渊在岸上，据胡床指麾左右，皆得其宜。渊既神姿锋颖，虽处鄙事，神气犹异"。[1] 类似的还有唐传奇的车中女子，凌濛初的《初刻拍案惊奇》第八卷中的乌将军。陈大郎见乌将军"面庞大半被长须遮了"，奇怪"吃饭时如何处置这些胡须"，为解答疑惑，就请他吃了顿饭。后来陈大郎到了海上，遇到海盗，"那岛上有小喽啰数目……一见有海船飘到……便一伙的都抢下船来"。最后竟发现乌将军是海盗的

---

[1] 朱碧莲、沈海波译注：《世说新语·自新》，第 623 页。

大王,"众人推我为尊,权主此岛"。①

此等大盗与豪雄有相似的一面,如都有较多的部属,推崇"义"行。戴渊因陆机一言而改过自新,车中女子偷盗完后还将受其牵累的士人救出,乌将军更直承"士为知己者死",都说明了他们对"义"的推崇。但二者还是有区别的,豪雄谋求的是世俗的认同与名声,其存身之地在于世俗,而大盗存身世外草莽之中,并不谋求世俗的认同与名声。虬髯客便是如此。虬髯客虽然在京中富有资产,"延入重门,门益壮丽","厅之陈设,穷极珍异,箱中妆奁冠镜首饰之盛,非人间之物","家人自西堂舁出二十床,各以锦绣帕覆之。既陈,尽去其帕,乃文簿钥匙耳",豪奢之极,但他并不像豪强那样为世所知,也并不主动谋求融入世俗体制之内。此处豪宅更像是个仓库或者落脚之地。他将豪宅全部赠予李靖,固然是轻财重义,但"此后十余年"便能"海贼以千艘,积甲十万人,入扶余国",② 显然此宅并非其根基,其根基另有其处。这与戴渊、车中女子是一致的,是庄子所谓的与圣人对称的大盗。

虬髯客的行为也近于大盗。他与李靖、红拂女初遇时"投革囊于炉前,取枕敧卧,看张梳头",十分无礼,导致李靖"怒甚"。此后索食于李靖,让李靖"出市买胡饼"招待自己,是典型的反客为主。而他之后"取一人头并心肝……以匕首切心肝,共食之",更是标准的大盗行径。但本质上,虬髯客与这些作恶多端的大盗是不同的,不同之处在于他有理想:"某本欲于此世界求事,或当龙战三二十载,建少功业。"虬髯客的一切行为都围绕着这一理想。他于灵石旅舍中结交李靖,是因为"观李郎

---

① (明)凌濛初:《初刻拍案惊奇》,吉林文史出版社2017年版,第99页。
② (宋)李昉等编:《太平广记》卷一百九十三,第1448页。

仪形器宇,真丈夫",后来更吐露"李郎以英特之才,辅清平之主,竭心尽善,必极人臣",即因为李靖能"辅清平之主"。后来便一门心思与李世民相比较,显然是存着与当世最强者"龙战"之心。见到李世民真心折服后,他就将家财全部赠予李靖,退出此世界,专心去"东南数千里外","杀其主自立"。他的所有事迹都围绕着"龙战"这一宏伟事业,这是其根本不同于其他大盗的。其他大盗或"攻掠商旅",或盗取宫苑中物,或据海岛为寇,或隐迹于京西店及兰若中,所求无非为财,一生聚敛甚至不如虬髯客送出去的多,此外就没有更高的追求,格局上要小了许多。

《虬髯客传》篇末点出创作虬髯客这个人物的目的"乃知真人之兴,非英雄所冀。况非英雄乎!人臣之谬思乱,乃螳螂之拒走轮耳。我皇家垂福万叶,岂虚然哉",即借虬髯客这位"英雄",来警告"人臣之谬思乱"不要螳臂当车。"皇家垂福万叶"是注定的,连"英雄"都会"见之心死",何况你们。为达到此目的,作者既要将虬髯客塑造为超出人臣之上,又要跟李世民拉开距离。因此虬髯客就成了英雄与大盗的集合体。

虬髯客是唐传奇乃至侠文学中一个极为独特的存在,《虬髯客传》亦为孤篇,却历来都备受推崇。虬髯客的魅力是独特的,不仅仅在于其理想的独特,还在于其豪迈,其狂妄,其洒脱,其至情至性。而这独特不凡之处,又是以突兀之笔写出的,让人初读之下,觉得不合常理;细细品味,方能察觉其中深意。

《虬髯客传》中有几个看似不合理之处,一是对于李靖的塑造。李靖开篇着墨甚多,但虬髯客一出场,李靖就几乎没什么正面描写了,只有引路、接受馈赠、沥酒祝之等无关紧要的情节,似乎纯粹是作为虬髯客的衬托而存在的。二是虬髯客对李靖前倨后恭,一开始的无礼跟后来的赠送豪宅家财赞以"英特之才"差别极大,似乎转折得很生硬。三是虬髯客这样的人居然见了李世民两面就认输,面相真的那么重要吗?其实这些看似不合理之处都是合理的,其中起决定作用的,是对李靖的"隐藏式塑造"。

《虬髯客传》以李靖向杨素献奇策开篇,就算是"公卿入言,宾客上谒",杨素也"踞床而见",到了李靖献言,他才"敛容而起",这是在说明李靖有非凡之处。而红拂女识英雄于未遇,更是强化了这一点。作者借红拂女之口点出"天下……无有如公者",杨素"尸居余气"不如李靖。之后灵石旅舍中遇到虬髯客,虬髯客对红拂女无礼,李靖无甚应对,红拂女拜兄化解了双方矛盾,此时虬髯客对李靖的评价是:"观李郎之行,贫士也。何以致斯异人?"称呼红拂女为"异人",李靖仅仅是"贫士",话中之意非常明显:你配不上红拂女。这是虬髯客对李靖的第一印象,这一印象并不好。此后虬髯客饮酒吃肉,甚至把肉给驴吃,也不见礼让李靖。而李靖处之泰然,他"出市买胡饼",去西边酒肆"取酒一斗",虽为贫士,但为招待虬髯客倾囊相授。当虬髯客问起时,他说"靖虽贫,亦有心者焉。他人见问,固不言。兄之问,则不隐耳","具言其由"。从后面"将避地太原"可以看出,李靖将红拂女是杨素之妓及其夜奔之事毫无隐瞒地告诉了虬髯客,待朋友以至诚坦荡。虬髯客取出"人头并心肝"时并没有写李靖的反应,似乎此段纯粹是表现虬髯客的豪侠之风的,但其实不然,有三个字值得细品"共食之",尤其是这个"共"字,即与李靖一起食之。李靖究竟食没食?此事不可妄自揣测,但至少他处之泰然,该喝酒喝酒,该吃肉吃肉,并没有任何惊惧。这段其实不仅仅是描写虬髯客的豪侠,李靖的胆色也隐藏其中,是一段典型的对李靖的隐藏式塑造。而后虬髯客议论"太原之异人",李靖说了句:"尝见一人，愚谓之真人。其余将相而已。""其余将相而已"，由此可以看出李靖的自负，以及他对天下人物的了如指掌。至此一个"贫贱不能移，威武不能屈"的孟子式的大丈夫的形象，出现在虬髯客面前，所以虬髯客对李靖的评价升高至"观李郎仪形器宇，真丈夫"。从配不上红拂女的贫士，到器宇昂扬的真丈夫，这一评价的转换并不是随口而言或者客套，而是跟李靖的表现息息相关。

李靖拜谒杨素时，红拂女觉得他不凡是因为"靖之骋辩"，虬髯客对李靖改观是因为李靖表现出的孟子式的大丈夫本色，都是因才而非貌。但为何虬髯客见到李世民"貌与常异"时就"见之心死"呢？是作者的评判标准变了吗？是为了突出李世民的天命所定，所以故意神乎其事吗？其实不然，在里面起到决定作用的，仍然是对李靖的隐藏式塑造。

虬髯客第一次能见到李世民，是因为刘文静"致酒延焉"，第二次是刘文静"飞书迎文皇看棋"。第一次尚能说通，第二次就有点不可思议。刘文静是要匡辅李世民的人，怎么可能飞书一封让主上随叫随到呢？虽然李世民那时还只是州将之子，但属下亦不可能如此轻慢地对待他，"议论匡辅"的人也绝不敢对未来之主如此不敬。唯一的解释，是李世民并非因刘文静而来，而是别有其人。这个人，不可能是"默居末坐"一言不发的虬髯客，那就只剩下一个可能：曾经向杨素献过奇策的李靖。李世民两次出现，表面上是虬髯客对李世民的占相，实则是李世民对李靖的招纳，是李世民对贤才的态度及手段，让虬髯客自愧不如，"见之心死"的。

这可从两次会面的细节中约略推出。第一次会面时"虬髯默居末坐"，几乎不说话，刘文静算半主，那么会面中的宾主两人就只可能是李靖与李世民，这场会面的主要会谈实则是在两

第三章 盛世剑歌：唐代侠文学

人之间展开的。而李靖早就知道李世民是"真人"，那么谈什么？最合理的推测就是李靖曾向杨素献过的"奇策"。杨素"收其策而退"，虽然知道策奇但并不采纳，但李世民显然不会如此。所以这次会面实则是一次策对，是臣以策谒君、君以贤遇臣的一次政治会面，李世民对贤才的态度与手段，才是让虬髯客折服的真正原因。

虬髯客还不死心，"须道兄见"。第二次会面刘文静"飞书迎文皇看棋"，刘文静的表现与第一次截然不同，他的底气从何而来？很可能是出自李世民的授意：如果某人出现就马上通知他。这个人不可能是虬髯客，第一次会面勉强可以说是他要相李世民，但已经相过了，一相再相未免儿戏。因此只可能是李靖。第一次的策对让李世民印象深刻，将李靖视为必须招纳的贤才，刘文静才有底气"飞书迎文皇看棋"，而李世民也才会一接书就立即前来。李世民到来之后"满坐风生"，此四字是对谈吐的描写，说明当时聊得很多很融洽，亦说明李世民对李靖的奇策并非像杨素那样"收而退"，而是有个让在场所有人都心悦诚服的答复。正是其求贤若渴的态度及对奇策展示出的君王风范，才让道士"一见惨然""此局输矣"。相貌不可能达到这一效果。

之后虬髯客对李靖的第三次评价也可从旁佐之："李郎以英特之才，辅清平之主，竭心尽善，必极人臣。"从上次"真丈夫"到这次"英特之才"，如果仅仅是字面上李靖所做的事，是不足以支撑这一转变的。李靖必然展示出了"英特之才"，虬髯客才会这么评价。什么时候展示出来的呢？只可能是在这两次会面中。

一个佐证就是虬髯客发现了李靖的"英特之才"，而他仍然是要"龙战"的，但虬髯客并没有招揽李靖，为什么？只可能是虬髯客发现李靖已经选择明主了。而在灵石旅舍中李靖并没有明显表现出投靠李世民的倾向，这一选择只可能在之后发生，也就是这两次会面中。

所以这两次会面其实也是李靖的隐藏式塑造，在此过程中李靖完成了与李世民的策对，"英特之才"不但折服了李世民，也折服了虬髯客。

《虬髯客传》成书于唐代，李世民及李靖的形象深入人心，甚至被神化。李卫公当然是绝世人才，李世民当然是绝代英主，不需多说，这可能是将这些情节视为当然不再着墨的原因。

但在该篇中李靖的主要作用还是用来衬托虬髯客的。该篇谋篇之妙就在于红拂、李靖、虬髯客各尽衬托之能，都为了要衬托别人而极尽夸耀之能事，但彼此并不冲抵，红拂识英雄的巨眼，李靖孟子式的大丈夫气质，虬髯客的雄迈洒脱，李世民的礼贤下士错综在一起，相互成就而共同闪耀，不因一人之锋芒而让别人失色，而是相互成就，让几个人物共同出彩。

李靖的衬托之一就是虬髯客的洒脱。见李世民之后，虬髯客就放弃在此世界龙战，这是显而易见的洒脱。但不显而易见的是虬髯客对李靖的洒脱，他知道李靖有"英特之才"能"辅清平之主"，但当李靖选择已定之后，他绝不勉强，反而送他豪宅家财，甚至教他兵法，助他成一番事业。

李靖的衬托之二是虬髯客的狂诞。虬髯客不是没看到李靖的奇异，每次李靖表现之后，虬髯客都给予中肯的评价，但自始至终，虬髯客并没有仰视过李靖，甚至在与李靖相处时，都若有若无地表现出了些俯视感。比如一开始的沽酒买饼，中间两次吩咐李靖引路，"楼下柜中有钱十万。择一深隐处，驻一妹毕。某日复会我于汾阳桥"，此种吩咐并不对等，更像是命令。最后他将宅邸家财全部交给李靖时，也并未问他的意见，其霸道狂诞展露无遗。自始至终，虬髯客都将自己的定位放在与李世民等同的位置上，李靖以及其他人在他看来就是臣属。这是他骨子里的狂诞之处。

虬髯客的至情至性则表现在他对红拂的态度上。这里试以"豪宅到底是送给李靖还是红拂女"分析之。

红拂在该篇中的存在感较为薄弱，从文本上看，她的存在就是为李靖树立一个基本形象，以及撮合李靖虬髯客能平和地在一起，很像一个线索角色。但实际并非如此，尤其是在虬髯客的心目中，红拂比李靖的分量更重。

虬髯客初登场时，对红拂无礼，"取枕欹卧，看张梳头"，李靖"怒甚，未决，犹刷马"，而红拂"熟观其面……令勿怒……敛衽前问其姓"。所以能识英雄的是红拂而非李靖。虬髯客对红拂此等行为刮目相看，称为"异人"，欣赏之处显然从相貌转为能识人的奇异了。而李靖则仅仅是"贫士"，配不上红拂。结拜的双方也是红拂与虬髯客，相互称三兄一妹，虬髯客跟随红拂一起称李靖为"李郎"，所以，以内外而分，虬髯客与红拂是内，李靖则是外人。

之后从"靖与张氏且惊惧，久之，曰：'烈士不欺人。固无畏'"这句来看，李靖与红拂并没有太将这次结拜当回事，很可能只是红拂的权宜之计，但虬髯客却当了真，言必称"李郎一妹"。"楼下柜中有钱十万。择一深隐处，驻一妹毕。"虽有命令之嫌，但也可以看出其心思细腻，处处为红拂着想。此后将宅邸家财交予李靖二人时，说的一段话更是处处将李靖红拂二人并提："李郎以英特之才，辅清平之主，竭心尽善，必极人臣。一妹以天人之姿，蕴不世之略，从夫之贵，荣极轩裳。非一妹不能识李郎，非李郎不能遇一妹。"将红拂放在了与李靖并重的位置。而虬髯客离开此世界之前，赠送了李靖无法计数的财富。

于公，是因为他已经熄了争夺中原之心，希望这些财富能借李靖夫妻之手，襄助真命天子。于私，则是为了报答李靖红拂二人。他亲口说出缘由："愧李郎往复相从，一妹悬然如磬。"这里也有两个原因，其一是报答李靖"往复相从"，另一个则是"一妹悬然如磬"。作为红拂的义兄，他将宅邸、宝货倾囊相赠，颇有为妹妹治嫁妆的意思。旅社中，红拂拜虬髯客有多少真情实意值得商榷，但虬髯客却因这一拜而真心将红拂当成自己的妹妹，处处为其打算，可谓至情至性。上位多薄情，以李世民缔构时的玄武门之变来对比，虬髯客的真性情，何等之难能，何等之珍贵。

如上分析可看出《虬髯客传》谋篇之精妙，说其孤篇压全唐并非过誉。历代读者都对虬髯客颇为推崇，明代张凤翼和张太和的《红拂记》，凌初成杂剧《虬髯翁》都本于此，金庸曾称其为武侠小说的鼻祖。王小波的《红拂夜奔》亦源出于此，其对虬髯、红拂之关系的改编颇有新意，可供一观。

后世小说在描写江湖异人的出场时，多宗法虬髯客看红拂梳头的无礼行为。其基本逻辑是"你若不识我，则我不助你"。《聊斋志异·画皮》是个典型，王生的妻子去寻道士救命时：

> 见乞人颠歌道上，鼻涕三尺，秽不可近。陈膝行而前。乞人笑曰："佳人爱我乎？"陈告之故。又大笑曰："人尽夫也，活之何为？"陈固哀之。乃曰："异哉！人死而乞活于我。我阎摩耶？"怒以杖击陈。陈忍痛受之。市人渐集如堵。乞人咯痰唾盈把，举向陈吻曰："食之！"[①]

[①] 于天池注，孙通海等译：《聊斋志异》卷一《画皮》，中华书局2015年整理本，第246页。

第三章 盛世剑歌：唐代侠文学

其无礼狂诞之处，与虬髯客有一脉相承之义。《三侠五义》《江湖奇侠传》《蜀山剑侠传》中也颇多此种描写，这几乎成了风尘异人的范本。

当侠义小说、公案小说甚至近代武侠小说出现后，绿林及江湖成为故事发生的主要场所，"盗"成了角色们的普遍共性时，类似虬髯客这样大盗与王者相结合的形象，就多了起来。比如宋人所编《梁史平话》说汉高祖"手拿三尺龙泉剑，夺取中原四百州"[1]，黄巢"若去劫他时，不消贤弟下手，咱有桑门剑一口，是天赐黄巢的，咱将剑一指，看他甚人，也抵敌不住"[2]，都是以近侠客、大盗的方式来写这些人物。

如《大宋宣和遗事》：

> 时方腊家有漆园，常为造作局多所科须，诸县民受其苦；两浙兼为"花石纲"之扰。腊以妖术诱之，数日之间，啸聚睦州青溪帮源洞，响聚者数万人，以诛朱勔为名，纵火大掠，驱其党四出。两浙都监蔡遵、颜坦击贼，败死，遂陷睦州。于是寿昌、分水、桐庐等县皆为贼所据；僭号，改元永乐。[3]

与虬髯客"海贼以千艘，积甲十万人，入扶余国，杀其主自立"几乎相同。唐朝缔构之时击败了众多草莽之王，虬髯客的原型应该来源于此。

唐传奇中成功地塑造了虬髯客的形象，将其身上的王者风

---

[1] 《梁史平话》，见《新编五代史平话》卷上，中国古典文学出版社1954年整理本，第4页。
[2] 《梁史平话》，见《新编五代史平话》卷上，第12页。
[3] 《大宋宣和遗事》，载马蹄疾《水浒资料汇编》，中华书局1980年版，第458页。

范体现得淋漓尽致，从一定程度上也折射出唐代开明自信的文化心态。毕竟，真正的强者在获胜后，不仅不会贬低对手，反而给予足够的尊重与认可。如此，胜利才显得更加可贵。己方的实力也会得到最好的彰显。

在自清侠义小说到民国乃至现代的武侠、神魔小说中，类似虬髯客的人物就多了起来。导致这一变化的是"武林盟主"等此类草莽王者称号的出现以及对其的争夺，使得大盗和王者更容易统一在一起。于《浣花洗剑录》中的紫衣侯、《饮马流花河》中的李无心、《神州奇侠》里的李沉舟都可略见一斑，在此不赘述。

4. 侠文学兴盛于唐的传播因素

唐王朝起于陇西，马上得天下，尚武之风已深入血脉。又由于唐代士风高昂，文人将豪阔、洒脱的侠客作为自我理想的投射，故诞生了大量侠文学作品。以上几点，已在"盛世剑歌"章节中详细阐述，不再赘述。此处主要从传奇流传过程的角度，补充唐代侠文学兴盛的又一原因。

与诗歌典雅庄重的功能不同，小说作为俗文学的代表，从诞生之初就是去庄严化的，更强调其娱乐功能。也因此，其创作与传播的过程，不如诗歌般郑重，而是更多基于茶余饭后的谈论。

如《世说新语·文学》中所载：

> 孙安国往殷中军许共论，往反精苦，客主无间。左右进食，冷而复暖者数四。彼我奋掷麈尾，悉脱落，满餐饭中，宾主遂至莫忘食。殷乃语孙曰："卿莫作强口马，我当穿卿鼻！"孙曰："卿不见决鼻牛，人当穿卿颊！"[①]

[①] 朱碧莲、沈海波译注：《世说新语》，第213—214页。

第三章 盛世剑歌：唐代侠文学

争鸣清谈不仅仅是谈义理，还会谈一些奇闻趣事，这是志怪小说出现的缘由。志怪小说里的故事并非全由作者杜撰，而是从别人口中听说过的，再辑录成篇。

唐传奇或侠文学的创作也类于此。唐代宴饮集会之风盛行，科举制度让全国各地的文人在同一时间汇聚京师，考中后会统一赐宴游玩，客观上促进了文人集会。文人在这些集会中不仅交流文学，还相互传播各种趣闻。比如韦绚《刘宾客嘉话录·序》：

> 偶及国朝文人剧谈，卿相新语，异常梦话，若谐谑卜祝，童谣佳句。即席听之，退而默记，或染翰竹简，或簪笔书绅……今悉依当时日夕所话而录之。①

于剧谈之中听到卿相新语、异常梦话，回来记下来，以后连缀成篇，就说明了这类文章的一个重要成因：听闻。这从许多唐传奇的篇目及内容中也可以得到佐证，如牛肃《纪闻十卷》、郑常《洽闻记》、陈翰《异闻集》、刘崇远《耳目记》等。从标题上就说明，其中记载来源于听闻。《任氏传》篇尾亦云：

> 建中二年，既济自左拾遗于金吴。将军裴冀，京兆少尹孙成，户部郎中崔需，右拾遗陆淳皆谪居东南，自秦徂吴，水陆同道。时前拾遗朱放因旅游而随焉。浮颍涉淮，方舟沿流，昼宴夜话，各征其异说。众君子闻任氏之事，共深叹骇，因请既济传之，以志异云。沈既济撰。

---

① （唐）韦绚撰，陶敏、陶红雨校注：《刘宾客嘉话录·序》，中华书局2019年整理本，第1页。

明确地说出是在"自秦徂吴"的路上,与"将军裴冀,京兆少尹孙成,户部郎中崔需,右拾遗陆淳"一路同行,"昼宴夜话,各征其异说",听到了任氏的故事,然后记载下来。

唐传奇传播有两个途径。

第一,民间到文人的传播途径。陈鸾凤、安南猎者、蒋武等故事的第一见闻者中并没有文人,它必然是经过"民间流传—文人创作"的过程才能形诸文字。文人能够听闻到这么多故事,说明从民间到文人的传播途径,既通畅且多样化。

第二,文人到民间的传播途径。文人听闻后再创作的作品,能较为通畅地传播到民间去。魏晋时期的志人志怪小说,受众基本上还是文人团体,是玄言清谈的附属品。它们的旨趣、内容都离不开玄言清谈,显然没有考虑到不崇尚玄言清谈的群体的需求。但唐传奇并不如此。唐传奇的受众已出现了广泛的下探,并不局限于文人本身,应该还包括受教育程度不高的商贾、女眷、僧众、官吏等,甚至劳苦大众。

这一现象并不局限于唐传奇,在唐代其他作品中也同样存在。《集异记》中载王昌龄、高适、王之涣"旗亭画壁",听伶官唱诗以品定三人高低的故事就可说明。梨园伶官唱诗,听众不可能都是文人,必然三教九流都有。文人将诗文交给她们吟唱,其目的必然也是面向更广人群的传播。

文人到民间的传播途径中,伶妓是重要的一支。《北里志序》云:"其中诸妓多能谈吐,颇有知书、言话者。"[①] 这些伶妓的服务对象既有文人墨客也有贩夫走卒,她们承担了文人到民间的传播。

僧众是重要的另外一支。出于传教的需要,僧众在枯燥的

---

① (唐)孙棨:《北里志》,本社编:《唐五代笔记小说大观》,第1403页。

第三章　盛世剑歌：唐代侠文学

经文之外，往往用一些生动的故事来吸引听众。向达《唐代俗讲考》里考证，唐代俗讲之风盛行，文溆、圆仁等僧为其中翘楚，就连皇帝都去听其俗讲。

《通鉴·唐纪·敬宗纪》亦有记载：

> （宝历二年六月）己卯，上幸兴福寺，观沙门文溆俗讲。[1]

俗讲包括押座文、变文、故事等，配合着唱经、曲文，娱乐效果十足，很得俗众们的喜爱。俗讲一开始是跟经文密切相关的，但后来也有许多类似传奇、话本的篇目，比如敦煌藏经里的《昭君变》《汉将王陵变》《秋胡小说》《伍子胥小说》等。而唐代僧人与文人之间关系密切，客观上也充当了传播途径之一。如《北梦琐言》记载：

> 朗州道士罗少微，顷在茅山紫阳观寄泊。有丁秀才者，亦同寓于观中，举动风味，无异常人，然不汲汲于仕进。盘桓数年，观主亦善遇之。冬之夜，霰雪方甚，二三道士围炉，有肥羜美酝之美。丁曰："致之何难。"时以为戏。俄见开户奋袂而去。至夜分，蒙雪而回，提一银槎酒，熟羊一足，云浙帅厨中物。由是惊讶欢笑，掷剑而舞，腾跃而去，莫知所往。唯银槎存焉。观主以状闻于县官。诗僧贯休侠客诗云："黄昏风雨黑如磐，别我不知何处去。"得非江淮间曾聆此事而构思也。[2]

---

[1] （宋）司马光编著：《资治通鉴》卷二四十三，第7850页。
[2] （五代）孙光宪撰，贾二强校点：《北梦琐言·逸文卷第二》，中华书局2002年整理本，第398页。

在这则记载中，丁秀才等人经历了一则颇有豪侠之风的奇事。作者推测，贯休所写的侠客诗，很可能便是受此事启发，构思成诗。这种同一则逸事，经由口耳相传，被分别写入诗歌与笔记的例子，既说明了当时文本的生成及传播路径，也体现出僧众在传播中的作用。

应该注意到，唐代民间文本的创生及传播已自成体系。路人口授、伶妓言话、僧尼俗讲，都有自己的传播方式及审美趣味。这一切或多或少会对文人创作造成影响。有时，文人甚至会有意迎合这种趣味，会打破儒家文道观的束缚，使文本更具娱乐性及通俗性。从这个角度看，唐传奇中侠风盛行，侠客形象丰富，也与当时市民经济发达、下层民众娱乐需求上升有关。侠文学依托于传奇文体，在唐代走向兴盛，不仅仅由于文人的喜好，也在于这一文学题材符合大众趣味，从而获得了民众的认可。

总之，在尚武任侠、开明包容的时代风气下，唐代侠文学也得到了极大的发展与开拓。具体体现为：诗歌中都城——边塞书写模式更加真实，报知遇之恩与报效祖国的结合，从想象成为真实可践行的道路，从而提升了侠文学的思想意义。而在传奇小说中，侠的精神得到继承与发展，侠客行为方式更加多样。随着故事情节的丰满，具有唐代特色的女侠、侠盗、王者之侠形象登上舞台，代表了唐人自由不羁的想象力及尚奇骋才的文学理念。

与此同时，侠文学也更深刻地反映了社会现实。《红线》《聂隐娘》《王仙客》等篇目，出现在中唐之后。宦官专权、藩镇割据、边将叛乱等问题都被写入传奇小说。作者们用寄托深遥、亦幻亦真的手法，塑造出来去无踪、扶危济困的侠客群像，寄托对时局的关注与批判。千古文人侠客梦，其实也是士人们渴求政治清明、天下太平的理想之梦。

侠文学也是唐人思想观念及自我意识的折射。王朝处于上升期时，唐人将侠客视为理想自我的投射，颂赞其肆意陈欲、自由无拘的生活方式；而当社会风气转为低迷时，侠客形象又成为拯救者、反抗者，替人间扫去不平事。见一斑而窥全豹，通过对唐代侠文学的梳理，我们或可从另一个角度复现唐人的生活状态。

唐传奇的兴盛，也将古代侠文学推向了高峰。《聂隐娘》《虬髯客传》《红线》等唐传奇小说，承袭了汉魏晋侠文学的传统，并融入了唐朝开明奔放、兼收并蓄的时代精神。这些作品以侠客活动为线索，讲述出精彩绝伦、神奇变幻的故事，也塑造出千姿百态、栩栩如生的侠客群像，最终汇聚成波澜壮阔、风云变幻的江湖图景。这一切，都为宋元笔记小说及白话小说中侠文学的发展奠定了基础。

第四章

篇目选释

本书的编纂目的，是通过梳理先秦到唐代侠文学的发展轨迹，深入探究"侠"的精神内核以及对于中华民族的意义。希望能融合古今，构建起一种基于传统又符合时代特性的中国特色的英雄观。要想实现这一目的，不仅需要对文学史有整体把握，还需要对具体侠文学作品进行精读、细读。因此，本书的第四章为侠文学篇目选释。笔者将从卷帙浩繁的侠文学作品中，挑选出最有价值也最适合阅读的部分，吸收精华，摒除糟粕，并重新校对注释，以飨读者。

选择篇目的标准有如下几点。

1. "侠"在篇目中的重要性

"侠"的形象，广泛存在于古代史传、诗文、戏曲小说中。但侠的作用及地位并不相同。有的作品中，侠只是作为一种元素存在。如《霍小玉》中的黄衫客。而有的作品中，侠是主要角色或主角之一，或者虽非表面上的主角，却成为全篇最为出彩的角色。我们将后者认为是典型的侠文学。因此在篇目选释的部分中，也着重选取这一类。

2. 文学成就

尽量选择具有文学价值及文学史地位的作品。比如《史记·刺客列传》,被后人誉为《史记》中"第一种激烈文字,故至今浅读之而须眉四照,深读之则刻骨十分"。不通读这一类作品,难以对中国古代侠文学面貌有整体把握。

3. 作品中包含时代风尚

尽量选择能反映当时历史政治、经济制度、民俗民情的作品。比如《长安为尹赏歌》,表现了西汉时长安恶少作奸犯科,被酷吏镇压的社会现实。《红线》折射出中唐时期藩镇割据、互相倾轧的历史背景。通过对这些篇目的释读,可让我们更加深刻地了解侠客们活动的时代,理解其产生的根源。

4. 开创性与典范性

选取篇目时,尽量选取有开创性者,如《李寄斩蛇》塑造了聪明勇敢、颇具侠气的少女形象,这是之前作品中罕见的。而在同类型作品中,尽量选择具有代表性、对后世影响深远者。比如《贾人妻》《崔慎思》文学成就不及其他唐传奇,但文中女侠"杀子绝爱"的情节颇有代表性,对后世影响颇深,所以也选入其中。

此外,还入选了一些世人认知较少、趣味性颇高的作品,如《燕丹子》等。而另一些原文已长篇引述、要点基本呈现的篇幅,则不单独列出,以免烦琐。

篇目排列顺序先诗、后文,各文体内部大致按照作者生活时代先后排序。一些有价值的前人评论,也酌情附录于后。

《史记·游侠列传》节选[①]

韩子[①]曰:"儒以文乱法,而侠以武犯禁。"二者皆讥[②],而学士多称于世云。至如以术取宰相卿大夫,辅翼其世主[③],功名

[①] (汉)司马迁:《史记》卷一百二十四《游侠列传》,第3181—3189页。

俱著于春秋，固无可言者。及若季次④、原宪⑤，闾巷人也，读书怀独行君子之德，义不苟合当世，当世亦笑之。故季次、原宪终身空室蓬户，褐衣疏食⑥不厌。死而已四百余年，而弟子志之不倦。今游侠，其行虽不轨于正义，然其言必信，其行必果，已诺必诚，不爱其躯，赴士之阨困，既已存亡死生矣，而不矜其能，羞伐⑦其德，盖亦有足多者焉。

①韩子：韩非子。

②讥：非难。

③世主：当世之君主。

④季次：孔子弟子，即公皙哀，一作季况。他家境贫寒，却终身不肯屈节求仕。

⑤原宪：字子思，春秋末年宋国商丘人。孔子弟子，孔门七十二贤之一。《庄子》："原宪居鲁，环堵之宫，茨以生草，蓬户不完，桑以为枢而瓮牖，二室，褐以为塞，上漏下湿，匡坐而弦歌。"

⑥褐衣疏食：粗布衣服，粗劣饮食。

⑦伐：夸耀。

且缓急①，人之所时有也。太史公曰：昔者虞舜窘于井廪②，伊尹负于鼎俎③，傅说匿于傅险④，吕尚困于棘津⑤，夷吾桎梏⑥，百里饭牛⑦，仲尼畏匡⑧，菜色陈、蔡⑨。此皆学士所谓有道仁人也，犹然遭此灾⑩，况以中材而涉乱世之末流乎？其遇害何可胜道哉！

①缓急：偏义复词，急迫、困窘。

②虞舜：即帝舜，号"有虞"，谥曰"舜"。井廪（lǐn）：水井和谷仓。据《史记·五帝本纪》载，舜的父亲瞽（gǔ）叟因偏爱继妻之子象，曾让舜淘水井、修仓廪，欲借机杀死他，

但都被舜逃脱了。

③伊尹：商汤贤臣。鼎俎（zǔ）：即今饭锅和案板。传说伊尹曾当过商汤的厨师，后来得到汤赏识。

④傅说（yuè）：辅佐殷高宗武丁的贤相。傅险：又名傅岩，相传傅说曾在这里服苦役，筑墙。

⑤吕尚：即姜尚，姜太公。棘津：又名济津，河水名。据《尉缭子》记载，吕尚年七十未得志，在这里作贩卖饮食的小贩。

⑥夷吾：管仲的字。桎（zhì）梏（gù）：古代刑具，即脚镣与手铐。管仲事公子纠与公子小白（齐桓公）争君位，兵败被囚。

⑦百里：即百里奚。饭：喂养、放牧。百里奚早年曾卖身为奴替人放牛，后来才获得秦穆公的赏识。

⑧仲尼：即孔子。孔子周游列国，经过卫国的匡地时，匡人见他貌似匡人厌恶的阳虎，便将孔子围困起来，险些害死孔子。

⑨菜色陈、蔡：孔子路过陈、蔡两国时，因为没有粮食可吃，被饿得面黄肌瘦。

鄙人①有言曰："何知仁义，已飨②其利者为有德。"故伯夷丑周③，饿死首阳山，而文、武④不以其故贬王；跖、蹻⑤暴戾，其徒诵义无穷。由此观之，"窃钩者诛，窃国者侯，侯之门仁义存"⑥，非虚言也。

①鄙人：乡野之人。

②飨（xiǎng）：享受。此句意为已受其利，即为有德，何必知晓仁义。

③伯夷：殷末贤人。丑：认为可耻。伯夷反对武王伐纣，

认为这是以暴易暴，故隐居首阳山。在周建立以后，他以食周朝的粮食为耻，最终饿死首阳山。

④文、武，即周文王和周武王。此句指周文王和周武王并不因为伯夷之故遭人损害、贬低。

⑤跖：即盗跖，春秋时期奴隶起义军领袖。蹻（qiāo）：即庄蹻，战国时期楚国将军，后建立滇国。

⑥引自《庄子·胠箧》："彼窃钩者诛，窃国者为诸侯，诸侯之门而仁义存焉，则是非窃仁义圣知邪？"

今拘学或抱咫尺之义①，久孤于世，岂若卑论侪俗②，与世沈浮而取荣名哉！而布衣③之徒，设④取予然诺，千里诵义，为死不顾世，此亦有所长，非苟而已也。故士穷窘而得委命，此岂非人之所谓贤豪间者邪？诚使乡曲之侠⑤，予季次、原宪比权量力，效⑥功于当世，不同日而论矣。要以功见言信⑦，侠客之义又曷⑧可少哉！

①拘学：拘守陈腐学问的保守学子。或：有的。咫尺之义：狭隘的道义。

②卑论：浅薄的论调。侪（chái）俗：迁就世俗。

③布衣：平民。

④设：重视。

⑤乡曲之侠：民间的游侠。

⑥效：通"校"，比较。

⑦要：总之。见：通"现"。

⑧曷（hé）：同"何"。

古布衣之侠，靡①得而闻已。近世延陵②、孟尝、春申、平原、信陵③之徒，皆因王者亲属，藉于有土④卿相之富厚，招天下贤者，显名诸侯，不可谓不贤者矣。比如顺风而呼，声非加疾，其埶⑤激也。至如闾巷之侠，修行砥名⑥，声施于天下，莫不称贤，是为难耳。然儒、墨皆排摈不载。自秦以前，匹夫之侠，湮灭不见，余甚恨之。以余所闻，汉兴有朱家、田仲、王公、剧孟、郭解⑦之徒，虽时扞⑧当世之文罔⑨，然其私义廉絜⑩退让，有足称者。名不虚立，士不虚附。至如朋党宗强比周⑪，设财役贫，豪暴侵凌孤弱，恣欲自快，游侠亦丑之。余悲世俗不察其意，而猥⑫以朱家、郭解等令与暴豪之徒同类而共笑之也。

① 靡：不，无。

② 延陵：春秋时吴国公子季札，封于延陵，故称延陵季子。

③ 孟尝：即齐国孟尝君田文。春申：即楚国春申君黄歇。平原：即赵国平原君赵胜。信陵：即魏国公子信陵君无忌。孟尝、春申、平原、信陵即战国四公子，均以好客养士闻名，门下各有食客数千，被司马迁称为"卿相之侠"。

④ 有土：有封地，有封邑。

⑤ 埶（shì）：同"势"。

⑥ 砥名：砥砺名节。

⑦ 朱家、田仲、王公、剧孟、郭解：皆汉代游侠，事迹见下文。

⑧ 扞（hàn）：违犯。

⑨ 文罔：法令，律令。

⑩ 絜（jié）：同"洁"。

⑪ 比周：结党营私，相互勾结。

⑫ 猥：此指错误的混杂。

朱 家

鲁朱家者，与高祖同时。鲁人皆以儒教，而朱家用①侠闻。

所藏活②豪士以百数，其余庸人不可胜言。然终不伐其能，歆③其德，诸所尝施④，唯恐见之。振人不赡⑤，先从贫贱始。家无余财，衣不完采，食不重味，乘不过駎牛⑥。专趋⑦人之急，甚己之私。既阴脱季布⑧将军之厄，及布尊贵，终身不见也。自关以东，莫不延颈愿交焉。

① 用：因为。

② 藏活：藏匿而使其活命。

③ 歆（xīn）：欣喜，此指沾沾自喜。

④ 尝：曾经。施：施舍。诸所尝施：曾经施舍过的人。

⑤ 振：通"赈"，救助。赡：足。

⑥ 駎（qú）牛：犹言用牛驾车。

⑦ 趋：奔走。

⑧ 阴脱：暗中摆脱。季布：曾事项羽，楚败后被刘邦悬赏缉拿，朱家藏匿他，并找夏侯婴为他说情，而后刘邦拜季布为郎中。"阴脱"即指此事。

剧 孟

楚田仲以侠闻，喜剑，父事朱家①，自以为行弗及。田仲已死，而洛阳有剧孟。周人②以商贾为资，而剧孟以任侠显诸侯。吴楚反时③，条侯④为太尉，乘传车将至河南，得剧孟，喜曰："吴楚举大事而不求孟，吾知其无能为已矣。"天下骚动，宰相得之若得一敌国云。剧孟行大类朱家，而好博⑤，多少年之戏然。剧孟母死，自远方送丧盖千乘。及剧孟死，家无余十金之财。而符离⑥人王孟亦以侠称江淮之间。

① 父事朱家：以父亲之礼对待朱家。

② 周人：即洛阳人。

③ 吴楚反时：指汉景帝时，吴、楚七国之乱。

④ 条侯：即周亚夫。

⑤ 博：即六博棋，古代的博戏类游戏。

⑥ 符离：县名，在今安徽宿州市。

是时济南瞯氏、陈①周庸亦以豪闻，景帝闻之，使使尽诛此属。其后代②诸白③、梁韩无辟、阳翟薛兄、陕④韩孺纷纷复出焉。

① 瞯（jiàn）。陈：陈地，在今河南淮阳和安徽亳州一带。

② 代：即代郡，在今河北省西北部，山西省东北部。

③ 诸白：诸位姓白的人。

④ 梁，今河南商丘一带。阳翟，今河南禹州。陕，应为郏字，颍川有郏县，今属河南平顶山市。兄，音 kuàng。

郭 解

郭解，轵①人也，字翁伯，善相人者许负外孙也。解父以任侠，孝文②时诛死。解为人短小精悍，不饮酒。少时阴贼，慨不快意，身所杀③甚众。以躯借④交报仇，藏命⑤作奸剽攻⑥，休铸钱掘冢，固不可胜数。① 适有天幸，窘急常得脱，若⑦遇赦。及解年长，更⑧折节为俭，以德报怨，厚施而薄望。然其自喜为侠益甚。既已振人之命，不矜其功，其阴贼著⑨于心，卒⑩发于睚眦如故云。而少年慕其行，亦辄为报仇，不使知也。解姊子负解之势，与人饮，使之嚼⑪。非其任⑫，强必灌之。

① 解（xiè）。轵（zhǐ）。

② 孝文：即汉文帝。

③ 身所杀：亲手所杀。

---

① 疑应补字并断句为：藏命作奸，剽攻不休，及铸钱掘冢，固不可胜数。

④ 借：代替，帮助。此句指拼着性命替朋友报仇。

⑤ 藏命：窝藏亡命之徒。

⑥ 剽（piāo）攻：抢劫、劫掠。

⑦ 若：或。

⑧ 更：更改，改变。

⑨ 著：埋藏，掩藏。

⑩ 卒：通"猝"，突然。

⑪ 嚼（jiào）：通"釂"，谓酒尽，此指劝酒。

⑫ 非其任：指不胜酒力。

人怒，拔刀刺杀解姊子，亡①去。解姊怒曰："以翁伯之义，人杀吾子，贼不得②。"弃其尸于道，弗葬，欲以辱解。解使人微知③贼处。贼窘自归，具以实告解。解曰："公杀之固当，吾儿不直④。"遂去⑤其贼，罪其姊子，乃收而葬之。诸公闻之，皆多⑥解之义，益附焉。

① 亡：逃亡。

② 不得：抓不到。

③ 微知：暗中探查到。

④ 不直：理亏。

⑤ 去：放走。

⑥ 多：称赞。

解出入，人皆避之。有一人独箕倨①视之，解遣人问其名姓。客②欲杀之。解曰："居邑屋③至不见④敬，是吾德不修也，彼何罪！"乃阴属⑤尉史曰："是人，吾所急也，至践更⑥时脱⑦之。"每至践更，数过，吏弗求。怪之，问其故，乃解使脱之。箕踞者乃肉袒⑧谢罪。少年闻之，愈益慕解之行。

①箕(jī)倨：同箕踞，指两脚张开，两膝微曲的坐姿，形状像箕，表示轻视傲慢的态度。

②客：即郭解的门客。

③邑屋：乡里，此指家乡。

④见：被。

⑤阴：暗中。属(zhǔ)：通"嘱"，嘱咐。

⑥践更：依汉律，在籍男丁每年在地方服役一个月，称为卒更。可以出钱雇人代役，受钱代人服役叫践更，习而久之变为缴纳定额的践更钱。

⑦脱：免除。

⑧肉袒：脱衣请罪的意思。

洛阳人有相仇者，邑中贤豪居间①者以十数，终不听。客乃见郭解。解夜见仇家，仇家曲听②解。解乃谓仇家曰："吾闻洛阳诸公在此间，多不听者。今子幸而听解，解奈何乃从他县③夺人邑中贤大夫权④乎！"乃夜去，不使人知，曰："且无用⑤，待我去，令洛阳豪居其间，乃听之。"

①居间：从中调解。

②曲听：委屈、勉强听从，表示尊敬。

③他县：其他县。郭解是轵县人，相对洛阳来说，是外县之人。

④权：权力，此指声望、名望。

⑤且：暂且。此句指暂时不要听我的话。

解执①恭敬，不敢乘车入其县廷。之②旁郡国，为③人请求事，事可出④，出之；不可者，各厌⑤其意，然后乃敢尝酒食。诸公以故严重⑥之，争为用⑦。邑中少年及旁近县贤豪，夜半过门常十余车,请得解客⑧舍养⑨之。

① 执:谨守。

② 之:前往。

③ 为:代替。

④ 出:解决。

⑤ 厌:通"餍",满足。

⑥ 严重:尊敬。

⑦ 为用:为其效力。

⑧ 客:即前文提及郭解藏匿的亡命之徒。

⑨ 舍养:在自己家中供养。

及徙豪富茂陵①也,解家贫,不中訾②,吏恐,不敢不徙。卫将军③为言:"郭解家贫不中徙。"上曰:"布衣权至使将军为言,此其家不贫。"解家遂徙。诸公送者出千余万。轵人杨季主子为县掾④,举⑤徙解。解兄子断杨掾头。由此杨氏与郭氏为仇。

① 徙:迁移。茂陵:汉武帝的陵墓,在今陕西咸阳市西北。元朔二年(前127),汉武帝出于"内实京师,外销奸滑"的目的,迁移天下家财在三百万以上的豪族富户到茂陵居住,郭解就在其中。

② 中:达到,足够。訾(zī):同"资",财产。

③ 卫将军:即卫青。

④ 县掾(yuàn):官名,汉朝县府诸曹掾史统称。

⑤ 举:提举,推荐。

解入关,关中贤豪知与不知,闻其声,争交欢解①。解为人短小,不饮酒,出未尝有骑。已②又杀杨季主。杨季主家上书,人又杀之阙③下。上闻,乃下吏捕解。解亡,置其母家室夏阳④,

身至临晋⑤。临晋籍少公素不知解,解冒⑥,因⑦求出关。籍少公已出解,解转入太原,所过辄告主人家。吏逐⑧之,迹至⑨籍少公。少公自杀,口绝。

① 交欢解:与郭解结交。
② 已:后来。
③ 阙:古代皇宫大门前两边供瞭望的楼。
④ 夏阳:县名,在今陕西韩城南。
⑤ 临晋:关名,在今陕西大荔县东朝邑镇东北黄河西岸。
⑥ 冒:此指贸然求见。
⑦ 因:趁机,趁便。
⑧ 逐:追捕。
⑨ 迹至:追踪而至。

久之,乃得解。穷治①所犯,为解所杀,皆在赦前。轵有儒生侍使者②坐,客誉郭解,生曰:"郭解专以奸犯公法,何谓贤!"解客闻,杀此生,断其舌。吏以此责解,解实不知杀者。杀者亦竟绝③,莫知为谁。吏奏解无罪。御史大夫公孙弘议曰:"解布衣为任侠行权④,以睚眦⑤杀人,解虽弗知,此罪甚于解杀之。当⑥大逆无道。"遂族⑦郭解翁伯。

① 穷治:彻底追究。
② 使者:调查郭解案件的官吏。
③ 竟绝:最终消息断绝。
④ 任侠行权:假借任侠触犯法律。
⑤ 睚眦(yá zì):发怒时瞪眼。借指极小的怨恨。
⑥ 当:判处,判决。
⑦ 族:灭族。

自是之后，为侠者极众，敖①而无足数②者。然关中长安樊仲子，槐里③赵王孙，长陵④高公子，西河⑤郭公仲，太原卤公孺，临淮儿长卿⑥，东阳⑦田君孺，虽为侠而逡逡⑧有退让君子之风。至若北道姚氏，西道诸杜，南道仇景，东道⑨赵他、羽公子，南阳⑩赵调之徒，此盗跖居民间者耳，曷足道哉！此乃乡者朱家之羞也。

① 敖：通"傲"，傲慢无礼。
② 足数：值得叙述。
③ 槐里：县名，在今陕西兴平市东南。
④ 长陵：高帝陵，陵邑在今陕西泾阳东南。
⑤ 西河：郡名，在今内蒙古准格尔旗西南。
⑥ 临淮：郡名，在今江苏泗洪县南。儿长卿：又作"倪长卿"。
⑦ 东阳：县名，在今安徽天长市西北。
⑧ 逡逡（qūn）：谦虚恭顺的样子。
⑨ 北、西、南、东道：即京师四郊。
⑩ 南阳：郡名，在今河南南阳市。

太史公曰：吾视郭解①，状貌不及中人，言语不足采②者。然天下无贤与不肖，知与不知，皆慕其声，言侠者皆引以为名。谚曰："人貌荣名，岂有既乎！"於戏，惜哉！

① 吾视郭解：元朔二年（前127），郭解徙茂陵，司马迁在茂陵见过郭解。
② 不足采：不值得采纳。

集评：
退处士而进奸雄。——班固《汉书·游侠传》
《史记》游侠传序论，此正是太史公愤激著书处。——明·

何良俊《四友斋丛说》①

咨嗟慷慨，感叹宛转，且层层回环，步步转折，曲尽其妙，真"百代之绝"。——明·凌稚隆辑《史记评林》引董份语②

文章结构严谨有序，前有叙论，为一篇之纲，后分叙诸侠之事，为叙论作注脚，"太史公曰"总一篇之旨，明作者之情，前后辉映，"篇章之妙，此又一奇也"。——吴见思《史记论文》

一篇之中，凡六赞游侠，多少抑扬，多少往复，胸中荦落，笔底摅写，极文心之妙。——吴楚材、吴调侯《古文观止》

《刺客列传》③

《刺客列传》是一篇类传，依次记载了春秋战国时代曹沫、专诸、豫让、聂政和荆轲等五位著名刺客的事迹。《太史公自序》中："曹子匕首，鲁获其田，齐明其信；豫让不为二心。"

赞语中说："此其义或成或不成，然其立意较然，不欺其志，名垂后世，岂妄也哉！"

曹　沫

曹沫者，鲁人也，以勇力事鲁庄公。庄公好力①。曹沫为鲁将，与齐战，三败北。鲁庄公惧，乃献遂邑之地以和。犹复以为将。

① 好力：喜好勇武之士。

---

① （明）何良俊：《四友斋丛说》卷五，中华书局1959年整理本，第45页。
② （汉）司马迁著，张大可辑评：《百家汇评本〈史记〉》，商务印书馆2020年整理本，第858页。下两条同。
③ （汉）司马迁：《史记》卷八十六《刺客列传》，第2515—2538页。

齐桓公许与鲁会于柯^①而盟。桓公与庄公既盟于坛上,曹沬执匕首劫齐桓公,桓公左右莫敢动,而问曰:"子将何欲?"曹沬曰:"齐强鲁弱,而大国侵鲁亦甚矣。今鲁城坏即压齐境^②,君其图之。"桓公乃许尽归鲁之侵地。既已言,曹沬投其匕首,下坛,北面就群臣之位,颜色不变,辞令如故^③。桓公怒,欲倍^④其约。管仲曰:"不可。夫贪小利以自快^⑤,弃信于诸侯,失天下之援,不如与之。"于是桓公乃遂割鲁侵地,曹沬三战所亡地尽复予鲁。

①柯:齐邑,在今山东省阳谷县。

②鲁城:鲁国都城。此句是说鲁国都城的城墙损坏都会压在齐国边境上,暗指齐国的侵略深入鲁国腹地。

③辞令如故:言谈从容,与之前一样。

④倍:通"背",背弃。

⑤自快:自己寻得快乐。

专 诸

其后百六十有七年而吴有专诸之事。

专诸者,吴堂邑人也。伍子胥^①之亡楚而如吴也,知专诸之能。伍子胥既见吴王僚,说以伐楚之利。吴公子光^②曰:"彼伍员父兄皆死于楚而员言伐楚,欲自为报私仇也,非能为吴。"吴王乃止。伍子胥知公子光之欲杀吴王僚,乃曰:"彼光将有内志^③,未可说以外事。"乃进^④专诸于公子光。

①伍子胥:名员,字子胥。楚国人,春秋末期吴国大夫、军事家。以封于申,也称申胥。其父伍奢因受费无极谗害,与长子伍尚一同被楚平王杀害。伍子胥从楚国逃到吴国,成为吴王阖闾重臣。

②吴公子光:即吴王阖闾。

③ 内志：入主朝廷的志向，这里指夺取吴王僚的王位。
④ 进：引荐。

光之父曰吴王诸樊。诸樊弟三人：次曰余祭，次曰夷昧，次曰季子札。诸樊知季子札贤而不立太子，以次传三弟①，欲卒致国于季子札。诸樊既死，传余祭。余祭死，传夷昧。夷昧死，当传季子札；季子札逃不肯立，吴人乃立夷昧之子僚为王。公子光曰："使以兄弟次邪，季子当立；必以子乎，则光真适②嗣，当立。"故尝阴养谋臣以求立。

① 以次传三弟：以长幼顺序传位给三个弟弟。
② 适（dí）：通"嫡"。此句指若以兄弟顺位，则应该传位于季子札。但若按父死子继的传统，则公子光为诸樊嫡子，应当继位。

光既得专诸，善客待之。九年而楚平王死。春，吴王僚欲因楚丧，使其二弟公子盖余、属庸将兵围楚之灊①；使延陵季子②于晋，以观诸侯之变。楚发兵绝吴将盖余、属庸路，吴兵不得还。于是公子光谓专诸曰："此时不可失，不求何获③！且光真王嗣，当立，季子虽来，不吾废也。"专诸曰："王僚可杀也。母老子弱，而两弟将兵④伐楚，楚绝其后。方今吴外困于楚，而内空无骨鲠之臣⑤，是无如我何。"公子光顿首⑥曰："光之身，子之身也⑦。"

① 属（zhǔ）庸。灊（qián）：同"潜"，地名。楚邑，在今安徽霍山县东北。
② 延陵季子：即季子札。
③ 不求何获：不争取就不会有收获，指冒险夺位。
④ 将（jiàng）兵：带领士兵。

⑤骨鲠之臣：刚正忠直的官员。

⑥顿首：叩头，表示感谢。

⑦光之身，子之身：杜预等认为这里是公子光承诺，如有万一会替专诸照顾其家人。

四月丙子，光伏甲士于窟室①中，而具酒②请王僚。王僚使兵陈自宫至光之家，门户阶陛左右，皆王僚之亲戚也。夹立侍，皆持长铍③。酒既酣，公子光详④为足疾，入窟室中，使专诸置匕首⑤鱼炙之腹中而进⑥之。既至王前，专诸擘⑦鱼，因以匕首刺王僚，王僚立死。左右亦杀专诸，王人⑧扰乱。公子光出其伏甲⑨以攻王僚之徒，尽灭之，遂自立为王，是为阖闾。阖闾乃封专诸之子以为上卿。

①窟室：地下室，密室。

②具酒：备办酒席。

③长铍（pī）：武器，将短剑装在长柄之上。

④详：通"佯"，假装。

⑤首：匕首。

⑥进：进献。

⑦擘（bāi）：剖开。

⑧王人：君主的臣民。

⑨伏甲：埋伏的军队。

豫 让

其后七十余年而晋有豫让之事。

豫让者，晋人也，故尝事范氏及中行氏，而无所知名，去而事智伯①，智伯甚尊宠之。及智伯伐赵襄子，赵襄子与韩、魏合谋灭智伯，灭智伯之后而三分其地②。赵襄子最怨智伯，漆其头以为饮器③。豫让遁逃山中，曰："嗟乎！士为知己者死，女为说④己者容。今智伯知我，我必为报仇而死，以报智伯，则吾魂魄不愧矣。"乃变名姓为刑人⑤，入宫涂厕⑥，中挟首，欲以刺襄子。襄子如厕，心动⑦，执问⑧涂厕之刑人，则豫让，内持刀兵，曰："欲为智伯报仇！"左右欲诛之。襄子曰："彼义人也，吾谨避⑨之耳。且智伯亡无后，而其臣欲为报仇，此天下之贤人也。"卒⑩释去之。

① 智伯：即荀瑶，智宣子荀申之子。春秋末期晋国执政大臣，谥号"襄"，史称智襄子。春秋末年晋国四卿之一。荀瑶向韩康子、魏桓子、赵襄子三大夫勒索土地，只有赵氏不给，荀瑶大怒，联合韩、魏两氏攻击并击败赵襄子。赵襄子慌忙退守根据地晋阳，荀瑶包围并引晋水灌城二年之久。胜利前夕，韩、魏两氏倒戈，与赵氏联合反攻智氏，荀瑶被擒并被杀。

② 三分其地：智伯被灭族后，所有的领地被韩、魏、赵三家所瓜分。即所谓"三家分晋"，中国从此进入战国时代。

③ 漆其头以为饮器：将智伯的头盖骨做成漆制酒器。

④ 说：通"悦"，喜欢。

⑤ 刑人：刑余之人。古代多以刑人充服劳役的奴隶。《周礼·地官·司市》："国君过市，则刑人赦。"

⑥ 涂厕：修整厕所。

⑦ 心动：心惊。

⑧ 执问：拘留审问。

⑨ 谨避：小心躲避。

⑩ 卒：最终。

居顷之，豫让又漆身为厉①，吞炭为哑，使形状②不可知，行乞于市。其妻不识也。行见其友，其友识之，曰："汝非豫让邪?"曰:"我是也。"其友为泣曰:"以子之才,委质③而臣事襄子,襄子必近幸④子。近幸子,乃为所欲,顾不易邪?何乃残身苦形,欲以求报襄子,不亦难乎!"豫让曰:"既已委质臣事人,而求杀之,是怀二心以事其君也。且吾所为者极难耳!然所以为此者,将以愧天下后世之为人臣怀二心以事其君者也⑤。"

①厉(lài):通"癞",皮肤病。此指以漆涂身,使皮肤溃烂。

②形状:样貌,身形。

③委质:质同"贽",呈献礼物,委身为臣。

④近幸:宠信。

⑤此句指让后世怀二心侍奉君王的人感到愧疚。

既去,顷之,襄子当出,豫让伏于所当过之桥下。襄子至桥,马惊,襄子曰:"此必是豫让也。"使人问之,果豫让也,于是襄子乃数①豫让曰:"子不尝事范、中行氏乎?智伯尽灭之,而子不为报仇,而反委质臣于智伯。智伯亦已死矣,而子独何以为之报仇之深也?"豫让曰:"臣事范、中行氏,范、中行氏皆众人②遇③我,我故众人报之。至于智伯,国士④遇我,我故国士报之。"襄子喟然叹息而泣曰:"嗟乎豫子!子之为智伯,名既成矣,而寡人赦子,亦已足矣。子其自为计,寡人不复释子!"使兵围之。豫让曰:"臣闻明主不掩人之美,而忠臣有死名之义。前君已宽赦臣,天下莫不称君之贤。今日之事,臣固⑤伏诛,然愿请君之衣而击之,焉以致报仇之意,则虽死不恨。非所敢望也,敢布腹心⑥!"于是襄子大义之,乃使使持衣与⑦豫让。豫让拔剑三跃而击之,曰:"吾可以下报智伯矣!"遂伏剑自杀。死之日,赵国志士闻之,皆为涕泣。

①数:列举罪过而责备之。

② 众人：一般的人。
③ 遇：对待。
④ 国士：一国中才能最杰出的人士。
⑤ 固：固然，应当。
⑥ 敢布腹心：冒昧地说出心里话。
⑦ 与：给。

聂　政

其后四十余年而轵有聂政之事。

聂政者，轵深井里人也。杀人避仇，与母、姊如^①齐，以屠^②为事。

① 如：到，往。
② 屠：宰杀（牲畜）。

久之，濮阳严仲子^①事韩哀侯，与韩相侠累^②有郤^③。严仲子恐诛，亡去，游求人可以报侠累者^④。至齐，齐人或言聂政勇敢死士也，避仇隐于屠者之间。严仲子至门请，数反，然后具酒自畅聂政母前。酒酣，严仲子奉黄金百溢^⑤，前为聂政母寿。聂政惊怪其厚，固谢^⑥严仲子。严仲子固进，而聂政谢曰："臣幸有老母，家贫，客游以为狗屠，可以旦夕得甘毳^⑦以养亲。亲供养备，不敢当仲子之赐。"严仲子辟人^⑧，因为聂政言曰："臣有仇，而行游诸侯众矣；然至齐，窃闻足下义甚高，故进百金者，将用为大人粗粝^⑨之费，得以交足下之欢，岂敢以有求望邪！"聂政曰："臣所以降志辱身居市井屠者，徒幸以养老母；老母在，政身未敢以许人也。"严仲子固让，聂政竟不肯受也。然严仲子卒备宾主之礼而去。

① 严仲子：名遂，字仲子，春秋时期韩国大夫。

②侠累：即韩傀，字侠累。战国初期韩国贵族，韩景侯的弟弟，韩烈侯的叔父。

③郤（xì）：仇怨。韩烈侯在位初期，侠累任韩国的相国，与濮阳的严遂（字仲子）争权，严仲子失败，出走他国。

④游求：游走探求。报：报仇。

⑤溢：即"镒（yì）"。古代重量单位。

⑥固谢：坚决拒绝。

⑦甘毳（cuì）：同"干脆"，美味的食品。

⑧辟人：同"避人"，避开他人。

⑨大人：此指聂政的母亲。粗粝：粗糙的饭食，谦词。

久之，聂政母死。既已葬，除服①，聂政曰："嗟乎！政乃市井之人，鼓刀以屠；而严仲子乃诸侯之卿相也，不远千里，枉车骑②而交臣。臣之所以待之，至浅鲜矣，未有大功可以称者，而严仲子奉百金为亲寿，我虽不受，然是者徒深知政也③。夫贤者以感忿睚眦之意而亲信穷僻之人④，而政独安得嘿⑤然而已乎！且前日要⑥政，政徒以老母；老母今以天年终，政将为知己者用。"乃遂西至濮阳，见严仲子曰："前日所以不许仲子者，徒以亲在；今不幸而母以天年终。仲子所欲报仇者为谁？请得从事焉！"严仲子具告曰："臣之仇韩相侠累，侠累又韩君之季父也，宗族盛多，居处兵卫甚设⑦，臣欲使人刺之，终莫能就。今足下幸而不弃，请益其车骑壮士可为足下辅翼者。"聂政曰："韩之与卫，相去中间不甚远，今杀人之相，相又国君之亲，此其势不可以多人，多人不能无生得失⑧，生得失则语泄，语泄是韩举国而与仲子为雠，岂不殆⑨哉！"遂谢车骑人徒，聂政乃辞独行。

①除服：亦称"除丧""脱服"，指服丧期满。

② 枉车骑：屈尊，放下架子。
③ 徒：独。知：了解。
④ 贤者：严仲子。此句意为严仲子因为侠累的威胁而亲信如聂政这样的穷僻之人。
⑤ 嘿（mò）：通"默"，沉默。
⑥ 要：邀请。
⑦ 甚设：守卫严密。
⑧ 生得失：出岔子。
⑨ 殆：危险。

杖剑至韩，韩相侠累方^①坐府上，持兵戟而卫侍者甚众。聂政直入，上阶刺杀侠累，左右大乱。聂政大呼，所击杀者数十人，因自皮面决眼^②，自屠出肠，遂以死。

① 方：正好，正在。
② 皮面决眼：割破脸，挖出眼，意欲掩盖面目。

韩取聂政尸暴于市^①，购问^②莫知谁子。于是韩县^③购之，有能言杀相侠累者予千金。久之莫知也。

① 暴（pù）于市：陈尸街头。
② 购问：悬赏征求。
③ 县（xuán）：通"悬"，悬赏。

政姊荣闻人有刺杀韩相者，贼不得，国不知其名姓，暴其尸而县之千金，乃於邑^①曰："其是吾弟与？嗟乎，严仲子知吾弟！"立起，如韩，之市，而死者果政也，伏尸哭极哀，曰："是轵深井里所谓聂政者也。"市行者诸众人皆曰："此人暴虐^②吾国相，王县购其名姓千金，夫人不闻与？何敢来识之也？"荣应之曰："闻之。然政所以蒙污辱自弃于市贩之间者③，为老母幸无恙，妾未嫁也。亲既以天年下世，妾已嫁夫，严仲子乃察举吾弟困污之中而交之，泽厚④矣，可奈何！士固为知己者死，今乃以妾尚在之故，重自刑以绝从⑤，妾其奈何畏殁⑥身之诛，终灭贤弟之名！"大惊韩市人。乃大呼天者三，卒於邑悲哀而死政之旁。

① 於邑（wūyì）：同"呜唈""於悒"，呜咽之意。

② 暴虐：残害。

③ 此指聂政以屠为事。

④ 泽厚：恩情厚重。

⑤ 重自刑：狠狠地毁去自己的面容身体。绝从：与亲属断绝联系，避免连带之罪。

⑥ 殁（mò）：死。

晋、楚、齐、卫闻之，皆曰："非独政能也，乃其姊亦烈女也。乡使①政诚知其姊无濡忍②之志，不重暴骸③之难，必绝险千里以列④其名，姊弟俱僇⑤于韩市者，亦未必敢以身许严仲子也。严仲子亦可谓知人能得士矣！"

① 乡使：假使。

② 濡忍：柔顺忍让。

③ 不重：不顾。暴骸：暴尸街头。

④ 列：显露。此句指聂政之姊慨不畏死，跋涉千里赶来为聂政显名。

⑤ 僇：通"戮"，死。

荆 轲

其后二百二十余年秦有荆轲之事。

荆轲者，卫人也。其先①乃齐人，徙②于卫，卫人谓之庆卿。而之燕，燕人谓之荆卿。

① 先：祖先。
② 徙：迁移。

荆卿好读书击剑，以术说①卫元君，卫元君不用。其后秦伐魏，置东郡，徙卫元君之支属于野王②。

① 术：剑术。说：说服。
② 野王：邑名，在今河南沁阳市。

荆轲尝游过榆次①，与盖聂论剑，盖聂怒而目②之。荆轲出，人或言复召荆卿。盖聂曰："曩者③吾与论剑有不称者，吾目之；试往④，是宜⑤去，不敢留。"使使往之主人，荆卿则已驾而去⑥榆次矣。使者还报，盖聂曰："固去也，吾曩者目摄⑦之！"

① 榆次：赵邑，在今山西榆次县。
② 目：瞪视。
③ 曩（nǎng）者：从前，刚才。
④ 试往：去他住的地方看看。
⑤ 是：这，指荆轲。宜：应该。
⑥ 去：离开。
⑦ 摄：通"慑"，威慑，震慑。

荆轲游于邯郸，鲁句践①与荆轲博②，争道③，鲁句践怒而叱之，荆轲嘿而逃去，遂不复会④。

① 鲁句（gōu）践：姓鲁，名句践。
② 博：博戏。
③ 争道：争棋路。

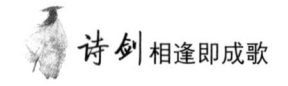

④会：会面。

荆轲既至燕，爱燕之狗屠①及善击筑者高渐离。荆轲嗜酒，日与狗屠及高渐离饮于燕市，酒酣以往，高渐离击筑，荆轲和而歌于市中，相乐也，已而相泣，旁若无人者。荆轲虽游于酒人②乎，然其为人沉深好书③；其所游诸侯，尽与其贤豪长者相结④。其之燕，燕之处士⑤田光先生亦善待之，知其非庸人也。

① 狗屠：以屠狗为业的人，也泛指从事卑贱职业者。
② 酒人：饮酒之人，酒徒。
③ 沉深好书：性格稳重，喜欢读书。
④ 结：结交。
⑤ 处士：有德才而隐居不愿做官的人。

居顷之，会①燕太子丹质②秦亡归燕。燕太子丹者，故尝③质于赵，而秦王政生于赵，其少时与丹欢④。及政立为秦王，而丹质于秦。秦王之遇燕太子丹不善，故丹怨而亡归。

① 会：恰逢，正好。
② 质：抵押，人质。
③ 故尝：曾经，过去。
④ 欢：交好。

归而求为报秦王者，国小，力不能。其后秦出兵山东以伐齐、楚、三晋，稍①蚕食诸侯，且②至于燕，燕君臣皆恐祸之至。太子丹患③之，问其傅④鞠武。武对曰："秦地遍天下，威胁韩、魏、赵氏，北有甘泉、谷口⑤之固，南有泾、渭之沃，擅巴、汉⑥之饶，右陇、蜀⑦之山，左关、殽⑧之险，民众而士厉，兵革有余。意有所出⑨,则长城之南,易水以北,未有所定也,奈何以见陵⑩之怨,欲批⑪其逆鳞哉!"丹曰:"然则何由?"对曰:"请入图⑫之。"

① 稍:逐渐。

② 且:将要,即将。

③ 患:忧虑。

④ 傅:太傅。太子的老师。

⑤ 甘泉:甘泉山。谷口:泾水穿山之口。均为当时秦国北边险要之地,在今陕西省。

⑥ 擅:占据。巴、汉:古巴郡、汉中地区。

⑦ 陇、蜀:即陇山、秦岭等山地。

⑧ 关:函谷关。殽(xiáo):殽山。

⑨ 意有所出:如果秦国真的有进攻燕国的意图。

⑩ 见陵:指燕丹在秦国被欺侮之事。

⑪ 批:触犯。

⑫ 入:深入,仔细。图:考虑,图谋。

居有间①,秦将樊於期②得罪于秦王,亡之燕,太子受而舍③之。鞠武谏曰:"不可。夫以秦王之暴而积怒于燕,足为寒心④,又况闻樊将军之所在乎?是谓'委肉当饿虎之蹊⑤'也,祸必不振⑥矣!虽有管、晏⑦,不能为之谋也。愿太子疾遣樊将军入匈奴以灭口。请西约三晋,南连齐、楚,北购⑧于单于,其后乃可图也。"太子曰:"太傅之计,旷日弥久,心惽然⑨,恐不能须臾。且非独于此也,夫樊将军穷困于天下,归身于丹,丹终不以迫于强秦而弃所哀怜之交,置之匈奴,是固丹命卒之时也。愿太傅更⑩虑之。"

① 居有间(jiàn):过了不久。

181

②樊於（wū）期（jī）：（？—前227年），原为秦国将军，参与嫪毐谋反。畏罪叛逃到燕国。

③舍：收留。

④寒心：提心吊胆。

⑤委肉当饿虎之蹊：把肉丢在饿虎经过的路上，比喻处境危险。

⑥振：挽救。

⑦管、晏：即管仲与晏婴，均是春秋时期齐国著名贤臣。

⑧购：通"媾"，讲和。

⑨惽（mèn）然："惽"通"闷"，忧虑担心的样子。

⑩更：更改。

鞠武曰："夫行危欲求安，造祸而求福，计浅而怨深，连结一人之后交①，不顾国家之大害，此所谓'资怨②而助祸'矣。夫以鸿毛燎于炉炭之上③，必无事矣。且以雕鸷④之秦，行怨暴之怒，岂足道哉！燕有田光先生，其为人智深而勇沉，可与谋。"太子曰："愿因太傅而得交于田先生，可乎？"鞠武曰："敬诺。"出见田先生，道"太子愿图国事于先生也"。田光曰："敬奉教。"乃造⑤焉。

①后交：新交，指樊於期。

②资：增长，助长。资怨：助长秦对燕的怨恨。

③以鸿毛燎于炉炭之上：以鸿毛喻燕，炉炭喻秦，说明秦强燕弱。

④雕鸷：两种凶恶的禽鸟，比喻秦国的凶猛。

⑤造：登门拜访。

太子逢迎，却行为导①，跪而蔽②席。田光坐定，左右无人，太子避席③而请曰："燕秦不两立，愿先生留意也。"田光曰：

"臣闻骐骥盛壮之时,一日而驰千里;至其衰老,驽马先之④。今太子闻光盛壮之时,不知臣精已消亡矣。虽然,光不敢以图国事,所善荆卿可使也。"太子曰:"愿因先生得结交于荆卿,可乎?"田光曰:"敬诺。"即起,趋出。太子送至门,戒曰:"丹所报,先生所言者,国之大事也,愿先生勿泄也!"田光俯而笑曰:"诺。"偻行⑤见荆卿,曰:"光与子相善,燕国莫不知。今太子闻光壮盛之时,不知吾形已不逮也,幸而教之曰'燕秦不两立,愿先生留意也'。光窃不自外⑥,言足下于太子也,愿足下过⑦太子于宫。"荆轲曰:"谨奉教。"田光曰:"吾闻之,长者为行,不使人疑之。今太子告光曰'所言者,国之大事也,愿先生勿泄',是太子疑光也。夫为行而使人疑之,非节侠⑧也。"欲自杀以激荆卿,曰:"愿足下急过太子,言光已死,明⑨不言也。"因遂自刎而死。

①却行为导:倒着走为田光引路。
②蔽:拂拭,打扫。
③避席:亦作辟席,离开座席而拜伏于地,表示尊敬与谦逊。
④骐骥:良马。驽马:劣马。
⑤偻(lǚ)行:弯腰行走,形容衰老的样子。
⑥不自外:不认为自己是外人。
⑦过:拜访。
⑧节侠:有节操的侠士。
⑨明:表明。

荆轲遂见太子,言田光已死,致①光之言。太子再拜而跪,膝行流涕,有顷而后言曰:"丹所以诫田先生毋言者,欲以成大事之谋也。今田先生以死明不言,岂丹之心哉!"荆轲坐定,太子避席顿首曰："田先生不知丹之不肖，使得至前，敢有所道，此天之所以哀燕而不弃其孤②也。今秦有贪利之心，而欲不可足也。非尽天下之地，臣③海内之王者，其意不厌④。今秦已虏韩王，尽纳其地。又举兵南伐楚，北临赵；王翦将数十万之众距漳、邺，而李信出太原、云中。赵不能支⑤秦，必入臣⑥，入臣则祸至燕。燕小弱，数困于兵⑦，今计举国不足以当秦。诸侯服秦，莫敢合从。丹之私计愚，以为诚得天下之勇士使于秦，窥⑧以重利；秦王贪，其势必得所愿矣。诚得劫秦王，使悉反诸侯侵地⑨，若曹沫之与齐桓公，则大善矣；则不可，因而刺杀之。彼秦大将擅兵于外而内有乱，则君臣相疑，以其间⑩诸侯得合从，其破秦必矣。此丹之上愿，而不知所委命，唯荆卿留意焉。"

① 致：转告。
② 孤：我，燕丹的自称。
③ 臣：使其臣服。
④ 厌：通"餍"，满足。
⑤ 支：抵挡。
⑥ 入臣：前往秦国称臣。
⑦ 兵：此指战事。
⑧ 窥：示，引诱。
⑨ 反：通"返"，归还。侵地：侵占的土地。
⑩ 间：时机，机会。

久之，荆轲曰："此国之大事也，臣驽下①，恐不足任使。"太子前顿首，固请毋让②，然后许诺。于是尊荆卿为上卿，舍上舍③。太子日造门下，供太牢④具，异物间⑤进，车骑美女恣荆轲所欲，以顺适其意。久之，荆轲未有行意。秦将王翦破赵，虏赵王，尽收入其地，进兵北略⑥地至燕南界。太子丹恐惧，乃请荆轲曰："秦兵旦暮渡易水，则虽欲长侍足下，岂可得哉！"荆轲曰："微⑦太子言，臣愿谒之。今行而毋信，则秦未可亲也。夫樊将军，秦王购之金千斤，邑万家。诚得樊将军首与燕督亢⑧之地图，奉献秦王，秦王必说⑨见臣，臣乃得有以报⑩。"太子曰："樊将军穷困来归丹，丹不忍以己之私而伤长者之意，愿足下更虑之！"

① 驽下：愚笨卑下。

② 让：推拒。

③ 舍上舍：居住在上等的房屋。

④ 太牢：古代祭祀时，牛、羊、猪三牲全备为"太牢"。这里比喻筵席丰盛贵重。

⑤ 间：不时。

⑥ 略：掠夺，占领。

⑦ 微：没有。

⑧ 督亢：燕国南部的肥沃之地，今河北涿州市东南有督亢陂。

⑨ 说：通"悦"，喜悦。

⑩ 报：报效。

荆轲知太子不忍，乃遂私见樊於期曰："秦之遇将军可谓深①矣，父母宗族皆为戮没②。今闻购将军首金千斤，邑万家，将奈何？"於期仰天太息流涕曰："於期每念之，常痛于骨髓，顾③计不知所出耳！"荆轲曰："今有一言可以解燕国之患，报将军之仇者，何如？"於期乃前曰："为之奈何？"荆轲曰："愿得将军之首以献秦王，秦王必喜而见臣，臣左手把其袖，右手揕其匈④，然则将军之仇报而燕见陵之愧除矣。将军岂有意乎？"

樊於期偏袒扼捥⑤而进曰："此臣之日夜切齿腐心⑥也，乃今得闻教！"遂自刭⑦。太子闻之，驰往，伏尸而哭，极哀。既已不可奈何，乃遂盛樊於期首函封⑧之。

① 深：残酷。

② 戮没：被杀害或被没为奴婢。

③ 顾：只是。

④ 揕（zhèn）：直刺。匈：同"胸"，胸口。

⑤ 偏袒：脱掉一边的衣袖，露出臂膀。扼捥：一只手紧握另一只手腕，表示激愤。

⑥ 切齿腐心：咬牙切齿，痛恨在心。

⑦ 自刭（jǐng）：自刎。

⑧ 函封：用匣子装起来。

于是太子豫①求天下之利匕首，得赵人徐夫人②匕首，取之百金，使工以药焠③之。以试人，血濡缕，人无不立死者④。乃装为遣荆卿。燕国有勇士秦舞阳，年十三，杀人，人不敢忤视⑤。乃令秦舞阳为副。荆轲有所待，欲与俱；其人居远未来，而为治行⑥。顷之，未发，太子迟之⑦，疑其改悔，乃复请曰："日已尽矣，荆卿岂有意哉？丹请得先遣秦舞阳。"荆轲怒，叱太子曰："何太子之遣？往而不返者，竖子⑧也！且提一匕首入不测之强秦，仆所以留者，待吾客与俱。今太子迟之，请辞决⑨矣！"遂发。

① 豫：预先。

② 徐夫人：姓徐，名夫人，战国赵人，铸剑名家。

③ 焠（cuì）：同"淬"，淬炼。

④ 此句《史记集解》释为：言以匕首试人，人血出，足以沾濡丝缕，便立死也。濡：浸湿。

⑤ 忤（wǔ）视：直视。

⑥ 为：替。治行：收拾行李准备出发。

⑦ 太子迟之：燕丹怀疑荆轲在拖延时间。

⑧ 竖子：无能小人。

⑨ 辞决：告辞诀别。

太子及宾客知其事者，皆白衣冠以送之。至易水之上，既祖①，取道，高渐离击筑，荆轲和而歌，为变徵②之声，士皆垂泪涕泣。又前而为歌曰："风萧萧兮易水寒，壮士一去兮不复还！"复为羽声慷慨，士皆瞋目③，发尽上指冠④。于是荆轲就车而去，终已不顾⑤。

① 既祖：已经祭祀完路神，犹言践行。

② 变徵：指五声中徵调的变化，常作悲壮之声。

③ 瞋目：瞪大眼睛。

④ 发尽上指冠：头发因愤怒而竖起，把头冠都顶起来了。

⑤ 顾：回头。

遂至秦，持千金之资币物，厚遗秦王宠臣中庶子①蒙嘉。嘉为先言于秦王曰："燕王诚振怖大王之威，不敢举兵以逆②军吏，愿举国为内臣，比诸侯之列③，给贡职如郡县，而得奉守先王之宗庙。恐惧不敢自陈，谨斩樊於期之头，及献燕督亢之地图，函封，燕王拜送于庭，使使以闻大王，唯大王命之。"秦王闻之，大喜，乃朝服，设九宾④，见燕使者咸阳宫。荆轲奉⑤樊於期头函，而秦舞阳奉地图柙⑥，以次进。至陛⑦，秦舞阳色变振恐，群臣怪之。荆轲顾笑舞阳，前谢曰："北蕃蛮夷之鄙人，未尝见天子，故振慑。愿大王少假借⑧之，使得毕使⑨于前。"秦王谓轲曰："取舞阳所持地图。"轲既取图奏之，秦王发图⑩，图穷而匕首见。因左手把秦王之袖，而右手持匕首揕之。未至身，秦王惊，自引而起，袖绝⑪。拔剑，剑长，操其室⑫。时惶急，剑坚⑬，故不可立拔。荆轲逐秦王，秦王环柱而走。群臣皆愕，卒起不意，尽失其度⑭。而秦法⑮，群臣侍殿上者不得持尺寸之兵；诸郎中执兵皆陈殿下，非有诏召不得上。方急时，不及召下兵，以故荆轲乃逐秦王。而卒惶急，无以击轲，而以手共搏之。是时侍医夏无且⑯以其所奉药囊提⑰荆轲也。秦王方环柱走，卒惶急，不知所为，左右乃曰："王负剑⑱！"负剑，遂拔以击荆轲，断其左股。荆轲废，乃引其匕首以擿⑲秦王，不中，中桐柱。秦王复击轲，轲被八创。轲自知事不就，倚柱而笑，箕踞⑳以骂曰："事所以不成者，以欲生劫之，必得约契㉑以报太子也。"于是左右既前杀轲，秦王不怡㉒者良久。已而论功，赏群臣及当坐者㉓各有差，而赐夏无且黄金二百溢，曰："无且爱我，乃以药囊提荆轲也。"

① 中庶子：官名。战国时国君、太子、相国的侍从之臣。

② 逆：对抗。

③ 比诸侯之列：排列在诸侯拜献的队伍之中。

④ 朝服：上朝时的礼服。九宾：古代最为隆重的外交礼节。

⑤ 奉：通"捧"。

⑥ 柙（xiá）：关野猛兽的木笼，旧时也用来押解、拘禁罪重的犯人。

⑦ 陛：帝王宫殿的台阶。

⑧ 假借：宽容，原谅。

⑨ 毕使：完成使命。

⑩ 发图：打开地图。

⑪ 自引而起：自己伸直身体站了起来。袖绝：挣断衣袖。

⑫ 操：抓，握。室：剑鞘。

⑬ 坚：长，这里是说剑长拔不出来。

⑭ 卒：通"猝"，突然。度：气度。

⑮ 而秦法：按照秦国的律法。

⑯ 夏无且（jū）。

⑰ 提：投击。

⑱ 负剑：把剑背到背上再拔。

⑲ 首：匕首。擿（zhì）：通"掷"，投掷。

⑳ 箕踞：两脚张开地坐着，形状像箕。表达轻慢傲视对方之义。

㉑ 约契：上文燕丹提到的要秦王归还所侵占土地的契约。

㉒ 不怡：不愉快。

㉓ 当坐者：应当治罪的人。

于是秦王大怒，益发兵诣赵①，诏王翦军以伐燕。十月而拔蓟城②。燕王喜③、太子丹等尽率其精兵东保④于辽东。秦将李信追击燕王急⑤，代王嘉⑥乃遗⑦燕王喜书曰："秦所以尤追燕急者，以太子丹故也。今王诚杀丹献之秦王，秦王必解⑧，而社稷幸得血食⑨。"其后李信追丹，丹匿衍水⑩中，燕王乃使使斩太子丹，欲献之秦。秦复进兵攻之。后五年，秦卒灭燕，虏燕王喜。

① 诣：到。

② 拔：攻克，占领。蓟城：燕国都，在今北京市西南。

③ 燕王喜：姬姓燕氏，名喜，燕丹的父亲。

④ 保：保卫，防守。

⑤ 急：紧迫。

⑥ 代王嘉：即赵嘉，又称公子嘉，在赵王迁被俘后自立为代王。

⑦ 遗（wèi）：送，这里是写信的意思。

⑧ 解：缓和。

⑨ 血食：祭品。社稷幸得血食：指国家可以侥幸保全。

⑩ 衍水：今辽宁辽阳市东北太子河。

其明年，秦并天下，立号为皇帝。于是秦逐太子丹、荆轲之客①，皆亡②。高渐离变名姓为人庸保③，匿作于宋子④。久之，作苦⑤，闻其家堂上客击筑，傍偟不能去⑥。每出言曰："彼有善有不善。"从者以告其主，曰："彼庸乃知音，窃⑦言是非。"家丈人⑧召使前击筑，一坐称善，赐酒。而高渐离念久隐畏约无穷时⑨，乃退，出其装匣中筑与其善衣⑩，更容貌而前。举坐客皆惊，下与抗礼⑪，以为上客。使击筑而歌，客无不流涕而去者。宋子传客之，闻于秦始皇。秦始皇召见，人有识者，乃曰："高渐离也。"秦皇帝惜其善击筑，重赦之，乃矐⑫其目。使击筑，未尝不称善。稍益近之，高渐离乃以铅置筑中。复进得近，举筑朴⑬秦皇帝，不中。于是遂诛高渐离，终身不复近诸侯之人。

① 逐：抓捕。客：党羽。

② 亡：逃亡隐匿。

③ 庸保："庸"通"佣"，佣工。

④ 宋子：赵邑，在今河北赵县。

⑤ 作苦：工作劳累之时。

⑥ 傍偟不能去：徘徊不忍离开。

⑦ 窃：私下，暗地里。

⑧ 家丈人：家主。

⑨ 久隐畏约无穷时：长久隐姓埋名，畏畏缩缩，没有穷尽之日。

⑩ 善衣：好的衣服。
⑪ 抗礼：行平等的礼。
⑫ 矐（huò）：熏瞎眼睛，古代刑罚之一。
⑬ 朴：同"扑"，击。

鲁句践已闻荆轲之刺秦王，私曰："嗟乎，惜哉其不讲①于刺剑之术也！甚矣②吾不知人也！曩者吾叱之，彼乃以我为非人③也！"
① 讲：精通。
② 甚矣：实在，过于。
③ 非人：非同道中人。

太史公曰：世言荆轲，其称太子丹之命①，"天雨粟，马生角②"也，太过③。又言荆轲伤秦王，皆非也。始公孙季功、董生与夏无且游④，具知其事，为余道之如是。自曹沫至荆轲五人，此其义或成或不成，然其立意较⑤然，不欺⑥其志，名垂后世，岂妄也哉！
① 称：符合。命：命运，即下文"天雨粟，马生角"之事。
② 天雨粟，马生角：传说燕丹在秦国为质时，请求归燕，秦王说：等乌鸦的头变成白色，天上落下谷子，马头上长角，就让你回去。现在多指不可实现的事情。雨：落下。
③ 太过：太过分，犹言不可信。
④ 游：交游。
⑤ 较：通"皎"，清晰。
⑥ 欺：违背。

集评①

刺客是天壤间第一种激烈人,《刺客传》是《史记》中第一种激烈文字,故至今浅读之而须眉四照,深读之则刻骨十分。史公遇一种题,便成一种文字,故独雄千古。——清·吴见思《史记论文》

《刺客传》共载五人:一曹沫,二专诸,三豫让,四聂政,五荆轲。此五人者,在天地间别具一种激烈性情,故太史公汇归一处,别成一种激烈文字。行文用阶级法,一步高一步,刺君、刺相,至于刺不可一世之王者,刺客之能事尽矣。是以篇中叙次。于最后荆轲一传独加详焉。——李景星《史记评议》

其操纵得手处,尤在每传之末用钩连之笔,曰:"其后百六十有七年,而吴有专诸之事";"其后七十余年,而晋有豫让之事";"其后四十余年,而有聂政之事";"其后二百二十余年,秦有荆轲之事"。上下钩绾,气势贯注。遂使一篇数千言大文,直如一笔写出。此例自史公创之,虽后来迭经袭用,几成熟调,而兰亭原本,终不为损,盖其精气有不可磨灭者在也。——李景星《史记评议》

附录

怀庆潞王①,有昏德②。时行民间,窥有好女子,辄夺之。有王生妻,为王所睹,遣舆马直入其家。女子号泣不伏,强舁③而出。王亡去,隐身聂政之墓,冀④妻经过,得一遥诀。无何⑤,妻至,望见夫,大哭投地。王恻动心怀,不觉失声。从人⑥知其王生,执之,将加榜掠⑦。忽墓中一丈夫⑧出,手握白刃,气象威猛,厉声曰:"我聂政也!良家子岂容强占!念汝辈不能自由,姑且宥恕。寄语无道王:若不改行,不日将抉其首⑨!"众

---

① (汉)司马迁著,张大可辑评:《百家汇评本〈史记〉》,第616页。

大骇，弃车而走。丈夫亦入墓中而没。夫妻叩墓归，犹惧王命复临。过十余日，竟无消息，心始安。王自是淫威亦少杀⑩云。

① 怀庆：地名，即怀庆府，府治河内县，今河南沁阳市。潞王：明穆宗第四子朱翊镠。封于卫辉，怀庆亦在其封疆之内。

② 昏德：昏庸无德。

③ 舁（yú）：共同用手抬。

④ 冀：盼望。

⑤ 无何：不久。

⑥ 从人：随从，仆从。

⑦ 执：抓捕。搒掠：拷打。

⑧ 丈夫：男子。

⑨ 抉其首：砍他的头。

⑩ 少杀：稍减。

异史氏①曰："余读刺客传②，而独服膺于轵深井里也。其锐身而报知己也，有豫之义；白昼而屠卿相，有鱄③之勇；皮面自刑，不累骨肉，有曹之智。至于荆轲，力不足以谋无道秦，遂使绝裾而去④，自取灭亡。轻借樊将军之头，何日可能还也？此千古之所恨，而聂政之所嗤者矣。闻之野史：其坟见掘于羊、左⑤之鬼。果尔，则生不成名，死犹丧义，其视聂之抱义愤而惩荒淫者，为人之贤不肖何如哉！噫！聂之贤，于此益信。"——蒲松龄《聊斋志异·聂政》①

① 异史氏：蒲松龄的自称。

② 刺客传：即《史记·刺客列传》。

③ 鱄（zhuān）：专诸，一作鱄诸。

---

① 于天池注，孙通海等译：《聊斋志异》卷六，第1635页。

④ 绝裾而去：态度坚决地离去。

⑤ 羊、左：指羊角哀、左伯桃。生活年代有争议，有春秋、战国、汉代诸说。二人听闻楚王贤明，相约同去求官。途中遇雪，衣薄粮少，势难俱生。伯桃即以衣食隔角哀，自入空树中死。角哀至楚，为上卿。楚王因以上卿礼葬伯桃。一日，"角哀梦伯桃曰：'蒙子恩而获厚葬，正苦荆将军冢相近。今月十五日，当大战以决胜负。'角哀至期：陈兵马诣其家，作三桐人，自杀，下而从之"（《后汉书·申屠刚传》注引《烈士传》）。而明代冯梦龙《喻世明言》第七卷《羊角哀舍命全交》则加以演义，云角哀死后"埋于伯桃墓侧"，"是夜二更，风雨大作，雷电交加，喊杀之声闻数十里"，清晓视之，荆柯墓破，白骨抛露，祠庙焚毁，"荆轲之灵，自此绝矣"。

《汉书·游侠传》节选①

古者天子建国，诸侯立家，自卿、大夫以至于庶人各有等差①，是以民服事其上，而下②无觊觎。孔子曰："天下有道，政不在大夫。"③百官有司奉法承令，以修所职，失职有诛④，侵官⑤有罚。夫然，故上下相顺，而庶事⑥理焉。

① 等差（cī）：等第，层级。

② 下：指下官。

③ 此句见于《论语·季氏》，谓政权不下移。

④ 诛：治罪，查处。

⑤ 侵官：侵犯他人职守。

⑥ 庶事：各种政务、政事。

---

① （汉）班固：《汉书》卷九十二《游侠传》，第3697—3720页。

周室既微，礼乐征伐自诸侯出。桓文①之后，大夫世权，陪臣执命②。陵夷至于战国，合从连衡，力政争强③。由是列国公子，魏有信陵，赵有平原，齐有孟尝，楚有春申，皆借王公之势，竞为游侠，鸡鸣狗盗，无不宾礼④。而赵相虞卿弃国捐君，以周穷交魏齐之厄⑤；信陵无忌窃符矫命，戮将专师，以赴平原之急⑥：皆以取重诸侯⑦，显名天下，扼腕⑧而游谈者，以四豪⑨为称首。于是背公死党⑩之议成，守职奉上之义废矣。

① 桓文：齐桓公与晋文公。

② 大夫世权：卿大夫承继权势。陪臣执命：诸侯之臣执掌政事。

③ 陵夷：衰微、衰败，指由盛转衰。力政：武力征伐。政，通"征"。

④ 鸡鸣狗盗，无不宾礼：鸡鸣狗盗之徒，没有不归顺的。

⑤ 虞卿：虞信，战国时期赵国卿相。魏齐：魏国相国。周：接济，救济。魏齐曾因谗言鞭笞范雎，后范雎相秦，出兵攻魏以复仇，魏齐弃官亡赵，先后投奔平原君赵胜与虞卿，秦又胁赵，虞卿便辞官与魏齐一同逃回魏国。

⑥ 信陵无忌：信陵君魏无忌。平原：平原君赵胜。此句指信陵君窃符救赵之事。

⑦ 取重诸侯：指如虞卿、魏无忌那样重视诸侯之义的行为。

⑧ 扼腕：用一只手握住自己另一只手的手腕，这里是激动、振奋的意思。

⑨ 四豪：指信陵君、平原君、孟尝君与春申君。

⑩ 背公死党：背弃朝廷，私结死党。

及至汉兴，禁网①疏阔，未之匡改也。是故代相陈豨②从车千乘，而吴濞、淮南③皆招宾客以千数。外戚大臣魏其、武安④

之属竞逐于京师，布衣游侠剧孟、郭解之徒驰骛于闾阎⑤，权行州域，力折公侯。众庶荣其名迹，觊而慕之。虽其陷于刑辟⑥，自与⑦杀身成名，若季路、仇牧⑧，死而不悔也。故曾子曰："上失其道，民散久矣。"⑨非明王在上，视之以好恶，齐之以礼法，民曷由知禁而反正⑩乎！

①禁网：规矩法令。

②陈豨（xī）：西汉开国将领之一，累封列侯。先后任代丞相、赵相国，后叛汉被诛。

③吴濞（bì）：吴王刘濞。淮南：淮南王刘安。

④魏其：魏其侯窦婴，汉文帝皇后窦氏侄。武安：武安侯田蚡，汉景帝王皇后同母弟。

⑤驰骛（wù）：奔走，奔驰。闾阎（lǘ yán）：平民居住之地，借指民间。

⑥刑辟（pì）：刑律，刑法。

⑦自与：自诩。

⑧季路：子路，卫人，孔子弟子。卫国内乱，子路冒死进入国都救援孔悝（kuī），被蒯聩（kuǎi kuì）击杀，结缨而死。仇牧：春秋时宋大夫，南宫长万杀宋闵公，仇牧忠义护君，齿著门阖而死。

⑨此句见于《论语·子张》，谓统治者丧失道义，民心离散已久。

⑩曷：同"何"。反正：回归正途。

古之正法：五伯①，三王②之罪人也；而六国③，五伯之罪人也。夫四豪者，又六国之罪人也。况于郭解之伦④，以匹夫之细⑤，窃杀生之权，其罪已不容于诛矣。观其温良泛爱，振穷周急，谦退不伐，亦皆有绝异之姿。惜乎不入于道德，苟⑥放纵于末流，杀身亡宗，非不幸也。

① 五伯：亦作五霸，即春秋时期先后称霸的五个诸侯，一说为齐桓公、晋文公、宋襄公、楚庄王、秦穆公，一说为齐桓公、晋文公、楚庄王、吴王阖闾、越王勾践。
② 三王：指夏禹、商汤、周文王，有说法称亦包括周武王。
③ 六国：战国时期齐、楚、燕、韩、赵、魏。
④ 伦：同类。
⑤ 细：渺小，地位低下。
⑥ 苟：暂且，姑且。

自魏其、武安、淮南之后，天子切齿①，卫、霍②改节。然郡国豪桀处处各有，京师亲戚冠盖相望③，亦古今常道，莫足言者。唯成帝④时，外家王氏宾客为盛，而楼护为帅。及王莽时，诸公之间陈遵为雄，闾里之侠原涉为魁。

① 切齿：咬牙切齿，表示极度痛恨。
② 卫、霍：即卫青、霍去病。
③ 冠盖相望：形容政府的使者或官员来往不断。
④ 成帝：汉成帝刘骜（ào），即位后尊其母王政君为后，荒于政事，为王莽篡汉埋下祸根。

楼 护

楼护字君卿，齐人。父世医①也，护少随父为医长安，出入贵戚家。护诵医经、本草、方术数十万言，长者咸爱重之，共谓曰："以君卿之材，何不宦学②乎？"由是辞其父，学经传，为京兆吏数年，甚得名誉。

① 世医：世代为医。
② 宦学：学习仕宦知识。

是时，王氏①方盛，宾客满门，五侯兄弟②争名，其客各有所厚，不得左右③，唯护尽入其门，咸④得其欢心。结士大夫，无所不倾，其交长者，尤见⑤亲而敬，众以是服。为人短小精辩，论议常依名节，听之者皆竦⑥。与谷永⑦俱为五侯上客，长安号曰"谷子云笔札，楼君卿唇舌"⑧，言其见信用⑨也。母死，送葬者致车二三千两，闾里歌之曰："五侯治丧楼君卿。"

① 王氏：汉成帝时外戚王氏。

② 五侯兄弟：汉成帝河平二年（前27）同日封舅舅王谭为平阿侯，王商为成都侯，王立为红阳侯，王根为曲阳侯，王逢时为高平侯，时谓之"五侯"。

③ 此句指五侯争名夺利，其下宾客也各有优待，不得左右逢源。

④ 咸：全，都。

⑤ 见：显得，显示出。

⑥ 竦（sǒng）：恭敬。

⑦ 谷永：本名谷并，字子云。

⑧ 此句指对谷永文章以及楼护口才的夸赞。

⑨ 见信用：被世人所看重、推重之处。

久之，平阿侯举护方正①，为谏大夫②，使郡国。护假贷③，多持币帛，过齐，上书求上先人冢，因会宗族故人，各以亲疏与束帛④，一日数百金之费。使还，奏事称意⑤，擢为天水太守⑥。数岁免⑦，家长安中。时成都侯商为大司马卫将军⑧，罢朝，欲候⑨护，其主簿谏："将军至尊，不宜入闾巷。"商不听，遂往至护家。家狭小，官属立车下，久住移时，天欲雨，主簿谓西曹诸掾曰："不肯强谏，反雨立闾巷！"商还，或白⑩主簿语，商恨，以他职事去主簿，终身废锢⑪。

①方正：汉代察举科目名，是常见的特科之一。
②谏大夫：汉代官职名，专掌议论。
③假贷：借贷，这里指的是官府把财物借贷给穷人，让楼护监察。
④以：按照。与：给予，赠送。
⑤称意：此指合乎皇帝心意。
⑥擢（zhuó）：提拔。天水：汉郡，今甘肃省天水市。
⑦免：免官。
⑧大司马卫将军：汉官名，总领京城南北军。大司马为加官，加于大将军、骠骑将军、卫将军等号前。
⑨候：看望。
⑩或：有人。白：告知。
⑪废锢：永不任用。

后护复以荐为广汉①太守。元始②中，王莽为安汉公，专政，莽长子宇与妻兄吕宽谋以血涂莽第门，欲惧莽令归政。发觉，莽大怒，杀宇，而吕宽亡③。宽父素与护相知，宽至广汉过④护，不以事实语也。到数日，名捕⑤宽诏书至，护执⑥宽。莽大喜，征护入为前辉光⑦，封息乡侯，列于九卿。

①广汉：汉郡，今四川梓潼。
②元始：汉平帝年号。
③亡：逃亡。
④过：拜访，探望。
⑤名捕：指名逮捕，犹言通缉。
⑥执：抓住。
⑦前辉光：王莽将长安一带分为前辉光，领承烈二郡。这里指做前辉光的长官。

莽居摄①，槐里大贼赵朋、霍鸿等群起②，延③入前辉光界，护坐免④为庶人。其居位，爵禄赂遗所得亦缘手⑤尽。既退居里巷，时五侯皆已死，年老失势，宾客益衰。至王莽篡位，以旧恩召见护，封为楼旧里⑥附城。而成都侯商子邑为大司空，贵重，商故人皆敬事邑，唯护自安如旧节，邑亦父事之，不敢有阙。时请召宾客，邑居樽下⑦，称"贱子⑧上寿"。坐者百数，皆离席伏，护独东乡正坐⑨，字谓邑⑩曰："公子贵如何！"

① 居摄：意指因皇帝年幼不能亲政，由大臣代居其位处理政事。

② 群起：群起作乱之意。

③ 延：蔓延、涉及。

④ 坐免：因牵连而被免官。

⑤ 缘手：随手，顺手。

⑥ 楼旧里：王莽新定的爵位等级。

⑦ 樽：酒杯。居樽下：将酒杯高举过头。

⑧ 贱子：子辈的谦称。

⑨ 东乡正坐：古人在室内坐西向东以示尊贵的身份。

⑩ 字谓邑：此指楼护用字称呼王邑。

初，护有故人吕公，无子，归①护。护身②与吕公、妻与吕妪同食。及护家居③，妻子颇厌吕公。护闻之，流涕责其妻子曰："吕公以故旧穷老托身于我，义所当奉。"遂养吕公终身。护卒，子嗣④其爵。

① 归：投靠。

② 身：亲自。

③ 家居：这里指的是楼护免官以后。

④ 嗣：继承。

陈　遵

陈遵字孟公，杜陵①人也。祖父遂，字长子，宣帝微②时与有故，相随博弈③，数负进④。及宣帝即位，用遂，稍⑤迁至太原太守，乃赐遂玺书曰："制诏太原太守：官尊禄厚，可以偿博进⑥矣。妻君宁时在旁，知状。"遂于是辞谢，因曰："事在元平元年赦令前。"其见厚⑦如此。元帝时，征遂为京兆尹，至廷尉⑧。

① 杜陵：汉县名，在今陕西省西安市东南。
② 微：贫贱。
③ 博：博戏。弈：围棋。
④ 负进：负债。
⑤ 稍：不久。
⑥ 偿：偿还。博进：博输的负债。
⑦ 见厚：这里指被皇帝厚待。
⑧ 廷尉：汉官名，九卿之一，掌刑狱。

遵少孤，与张竦伯松①俱为京兆史。竦博学通达，以廉俭自守，而遵放纵不拘，操行②虽异，然相亲友，哀帝之末俱著名字③，为后进冠④。并入公府，公府掾史率皆羸车小马，不上鲜明，而遵独极舆马衣服之好，门外车骑交错。又日出醉归，曹事数废。西曹以故事適之⑤，侍曹辄诣寺舍白遵曰⑥："陈卿今日以某事適。"遵曰："满百乃相闻。"故事，有百適者斥⑦，满百，西曹白请斥。大司徒马宫大儒优士⑧，又重遵，谓西曹："此人大度士，奈何以小文责之?"乃举遵能治三辅剧县⑨，补郁夷⑩令。久之，与扶风相失⑪，自免去。

① 张竦（sǒng）伯松：张竦，字伯松。
② 操行：操守德行。

③哀帝：汉哀帝刘欣。著名字：出名。

④后进冠：后进之辈的冠首。

⑤故事：旧法令。適（zhé）：通"谪"，责备，惩罚。

⑥侍曹：这里指随侍陈遵的差役。辄：总是。诣：前往。寺舍：官舍。

⑦斥：斥退，使离开。

⑧优士：优待贤士。

⑨剧县：政务繁重的县，汉时有剧、平县之称。

⑩郁夷：汉县，在今陕西省宝鸡市。

⑪扶风：汉县，在今陕西省宝鸡市。相失：互相矛盾。

槐里大贼赵朋、霍鸿等起，遵为校尉①，击朋、鸿有功，封嘉威侯。居长安中，列侯近臣贵戚皆贵重之。牧守②当之官，及郡国豪桀至京师者，莫不相因到遵门。

①校尉：官名，武官官职。

②牧守：官名，即州牧，郡守。

遵嗜酒，每大饮，宾客满堂，辄关门，取客车辖投井中，虽有急，终不得去。尝有部刺史①奏事，过②遵，值③其方饮，刺史大穷④，候遵沾醉⑤时，突入见遵母，叩头自白当对尚书有期会⑥状，母乃令从后阁出去。遵大率⑦常醉，然事亦不废。

①部刺史：官名，即州刺史。

②过：拜访。

③值：恰好碰上，遇到。

④穷：窘迫。

⑤沾醉：大醉。

⑥期会：约定见面。

⑦大率：大概。

长八尺余，长头大鼻，容貌甚伟。略涉传记，赡①于文辞。性善书，与人尺牍②，主皆藏去以为荣。请求不敢逆，所到，衣冠怀③之，唯恐在后。时列侯有与遵同姓字者，每至人门，曰陈孟公，坐中莫不震动，既至而非，因号④其人曰陈惊坐云。

①赡：丰富。
②尺牍：古人用于书写的长一尺的书简，这里指信札、书信。
③衣冠：衣服和帽子，这里代指缙绅、名门世族。怀：来，谓招揽而礼遇之。
④号：称呼。

王莽素奇遵材，在位多称誉者，由是起为河南太守。既至官，当遣从史①西，召善书吏十人于前，治私书谢京师故人。遵冯②几，口占③书吏，且省④官事，书数百封，亲疏各有意，河南大惊。数月免⑤。

①从史：吏名。
②冯：通"凭"，依靠。
③口占：口头述说。
④省：省察。
⑤免：罢免。

初，遵为河南太守，而弟级为荆州牧，当之官①，俱过长安富人故淮阳王外家②左氏饮食作乐。后司直③陈崇闻之，劾奏："遵兄弟幸得蒙恩超等历位④，遵爵列侯，备郡守，级州牧奉使，皆以举直察枉宣扬圣化为职，不正身自慎。始遵初除⑤，乘藩车⑥入闾巷，过寡妇左阿君置酒歌讴，遵起舞跳梁⑦，顿仆坐上，暮因留宿，为侍婢扶卧。遵知饮酒饫⑧宴有节，礼不入寡妇之门，而湛⑨酒溷（hùn）肴，乱男女之别，轻辱爵位，羞污印韨⑩，恶不可忍闻。臣请皆免。"遵既免，归长安，宾客愈盛，饮食自若。

① 之官：官员上任。
② 淮阳王：即刘玄。外家：此指刘玄外祖家。
③ 司直：官名，丞相属官，佐丞相举不法。
④ 历位：谓任职，在职。
⑤ 除：拜官授职。
⑥ 藩车：有帷遮蔽的车子。
⑦ 跳梁：即跳跃。
⑧ 饫（yù）：饱。
⑨ 湛：沉溺。
⑩ 印韨（fú）：亦作印绂（fú），指官府的印绶。

久之，复为九江①及河内都尉，凡三为二千石②。而张竦亦至丹阳太守，封淑德侯。后俱免官，以列侯归长安。竦居贫，无宾客，时时好事者从之质疑问事，论道经书而已。而遵昼夜呼号，车骑满门，酒肉相属③。

① 九江：汉郡，今安徽省淮河以南，巢湖以北地区。
② 二千石：秩比二千石的官职。此句意为陈遵第三次担任二千石官员。
③ 属：连续。

先是，黄门郎扬雄①作《酒箴》以讽谏成帝，其文为酒客难法度士②，譬之于物，曰："子犹瓶矣。观瓶之居，居井之眉③，处高临深，动常近危。酒醪不入口，臧水满怀④，不得左右，牵于缥徽⑤。一旦叀硋，为甓所䵎，身提黄泉⑥，骨肉为泥。自用如此，不如鸱夷⑦。鸱夷滑稽，腹如大壶，尽日盛酒，人复借酤⑧。常为国器，托于属车⑨，出入两宫，经营公家。由是言之，酒何过乎！"遵大喜之，常谓张竦："吾与尔犹是矣。足下讽诵经书，苦身自约，不敢差跌⑩，而我放意自恣，浮湛俗间，官爵功名，不减于子，而差独乐，顾不优邪！"竦曰："人各有性，长短自裁。子欲为我亦不能，吾而效子亦败矣。虽然，学我者易持，效子者难将，吾常道也⑪。"

① 黄门郎：汉官名，供职黄门的郎官，主要侍奉皇帝个人。扬雄：字子云，汉代辞赋家、思想家。

② 为：假设。难：为难。

③ 井之眉：井边。

④ 酒醪（láo）：汁滓混合的酒，后泛指酒。臧（zāng）：同藏（cáng）。

⑤ 缥徽（mò huī）：犹徽缥，绳索，这里指井索。

⑥ 叀（zhuān）：悬挂。硋：受到阻碍。甓（dàng）：砌井壁的砖。䵎（léi）：碰击。提（dǐ）：投掷。

⑦ 鸱（chī）夷：盛酒的革囊。

⑧ 尽日：竟日，整日。酤（gū）：酒。

⑨ 属车：帝王出行时的侍从车，常用来装酒。

⑩ 差（cuō）跌：亦作蹉跌，失足跌倒，比喻失误。

⑪ 将：做到。常道：正常的道路。

及王莽败，二人俱客于池阳①，竦为贼兵所杀。更始②至长安，大臣荐遵为大司马护军③，与归德侯刘飒俱使匈奴。单于欲胁诎④遵，遵陈⑤利害，为言曲直，单于大奇之，遣还。会更始败，遵留朔方⑥，为贼所败，时醉见杀。

①池阳：汉县名，在今陕西省三原县。

②更始：指更始帝刘玄。

③大司马护军：官名，汉为大司马属官。

④胁诎（qū）：迫使屈服。

⑤陈：说明，陈述。

⑥朔方：汉代北方边郡，辖境约当今宁夏回族自治区银川市至壶口的黄河流域。

原　涉

原涉字巨先。祖父武帝时以豪桀自阳翟徙茂陵。涉父哀帝时为南阳太守。天下殷富，大郡二千石死官①，赋敛送葬皆千万以上，妻子②通共受之，以定③产业。时又少行三年丧者④。及涉父死，让还南阳赙送⑤，行丧冢庐⑥三年，由是显名京师。礼毕，扶风谒请为议曹，衣冠慕之辐辏⑦。为大司徒史丹举能治剧⑧，为谷口令，时年二十余。谷口闻其名，不言而治。

①死官：此指官员死在任上。

②妻子：妻子与儿子。

③定：置办。

④三年丧：服丧三年。此句为当时少有服丧三年的人。

⑤让还：退还。赙（fù）送：赠给治丧的财物。

⑥冢庐：墓旁守丧者住的小草房。

⑦辐辏（fú còu）：车辐的一头聚集在毂（gǔ）上，形容人群聚集在一起。

⑧举：举荐。治剧：处理繁重难办的事务。

先是，涉季父①为茂陵秦氏所杀，涉居谷口半岁所②，自劾去官，欲报仇。谷口豪桀为③杀秦氏，亡命岁余，逢赦出。郡国诸豪及长安、五陵诸为气节者皆归慕之。涉遂倾身与相待，人无贤不肖阗门④，在所闾里尽满客。或讥涉曰："子本吏二千石之世，结发⑤自修，以行丧推财礼让为名，正复雠⑥取仇，犹不失仁义，何故遂自放纵，为轻侠之徒乎？"涉应曰："子独不见家人寡妇邪？始自约敕之时意乃慕宋伯姬及陈孝妇⑦，不幸一为盗贼所污，遂行淫失，知其非礼，然不能自还。吾犹此矣！"

①季父：古代弟兄排名为伯、仲、叔、季，年龄最小的叔叔称季父。

②所：估计，大概。

③为：代替。

④阗（tián）门：门庭充盈。此句意谓人们不分贤恶，都来投奔原涉。

⑤结发：此指束发，意为男子初成年之时。

⑥雠（chóu）：同"仇"。

⑦宋伯姬：春秋时人，因恪守礼教而被烧死。陈孝妇：汉文帝时人，青年守寡，拒不改嫁，一心奉孝婆婆。

涉自以为前让南阳赙送，身得其名，而令先人坟墓俭约，非孝也。乃大治起冢舍，周阁重门①。初，武帝时，京兆尹曹氏葬茂陵，民谓其道为京兆仟，涉慕之，乃买地开道，立表署曰南阳仟，人不肯从，谓之原氏仟。费用皆印富人长者，然身衣服车马才具，妻子内困。专以振施贫穷赴人之急为务。人尝置酒请涉，涉入里门，客有道涉所知母病避疾在里宅者。涉即往候，叩门。家哭，涉因入吊②，问以丧事。家无所有，涉曰："但洁扫除沐浴，待涉。"还至主人③，对宾客叹息曰："人亲卧地不收④，涉何心乡⑤此！愿彻去酒食。"宾客争问所当得⑥，涉乃侧席而坐，削牍为疏，具记衣被棺木，下至饭含之物，分付诸客。诸客奔走市买，至日昳⑦皆会。涉亲阅视已，谓主人："愿受赐矣。"既共饮食，涉独不饱，乃载棺物，从宾客往至丧家，为棺敛劳俫⑧毕葬。其周急待人如此。后人有毁涉者曰"奸人之雄也"，丧家子⑨即时刺杀言者。

① 重门：层层设门。

② 吊：吊唁。

③ 主人：即前宴请原涉的人家。

④ 收：收殓。

⑤ 乡：通"飨"（xiǎng），享受。

⑥ 所当得：需要购置的东西。

⑦ 昳（dié）：太阳偏西。

⑧ 劳俫（lái）：慰问，劝勉。

⑨ 丧家子：丧失其家无所依存的人。

宾客多犯法，罪过数上闻。王莽数收系欲杀，辄复赦出之。涉惧，求为卿府掾史，欲以避客。文母太后①丧时，守复土校尉②。已为中郎，后免官。涉欲上冢③，不欲会宾客，密独与故人期会。涉单车驱上茂陵，投暮④，入其里宅，因自匿不见人。遣奴至市买肉，奴乘涉气与屠争言，斫⑤伤屠者，亡。是时，茂陵守令尹公新视事⑥，涉未谒也，闻之大怒。知涉名豪，欲以示众厉俗⑦，遣两吏胁守涉。至日中，奴不出，吏欲便杀涉去。涉迫窘不知所为。会涉所与期上冢者车数十乘到，皆诸豪也，共说尹公。尹公不听，诸豪则曰："原巨先奴犯法不得，使肉袒自缚，箭贯耳，诣廷门谢罪，于君威亦足矣。"尹公许之。涉如言谢⑧，复服⑨遣去。

① 文母太后：即汉元帝皇后王政君，王莽之姑。

② 守：暂时署理职务。复土校尉：官名。汉朝皇帝丧葬时或置，主持陵墓土建等事宜，事讫即罢。

③冢：即上文的"冢舍""冢庐"。

④投暮：垂暮。

⑤斫（zhuó）：用刀斧砍。

⑥守令：代理县令。视事：到职开始办公。

⑦厉俗：激励风俗。

⑧如言谢：按照诸豪强所说的那样谢罪。

⑨复服：穿上衣服。

初，涉与新丰①富人祁太伯为友，太伯同母弟王游公素嫉涉，时为县门下掾，说尹公曰："君以守令辱原涉如是，一旦真令②至，君复单车归为府吏，涉刺客如云，杀人皆不知主名，可为寒心。涉治冢舍，奢僭③逾制，罪恶暴著，主上知之。今为君计，莫若堕坏④涉冢舍，条奏其旧恶，君必得真令。如此，涉亦不敢怨矣。"尹公如其计，莽果以为真令。涉由此怨王游公，选宾客，遣长子初从车二十乘劫王游公家。游公母即祁太伯母也，诸客见之皆拜，传曰"无惊祁夫人"。遂杀游公父及子⑤，断两头去。

①新丰：县名，在今陕西西安市临潼区。

②真令：正式的县令。

③奢僭（jiàn）：奢侈。

④堕坏：拆毁。

⑤游公父及子：此指游公本人与其儿子。

涉性略似郭解，外温仁谦逊，而内隐好杀。睚眦于尘中①，触死者甚多②。王莽末，东方兵起，诸王子弟多荐涉能得士死，可用。莽乃召见，责以罪恶，赦贳③，拜镇戎大尹。涉至官无几④，长安败，郡县诸假号起兵攻杀二千石长吏以应汉。诸假号素闻涉名，争问原尹何在，拜谒之。时莽州牧使者依附涉者皆得活。传送致涉长安，更始西屏将军申屠建⑤请涉与相见，大重之。故茂陵令尹公坏涉冢舍者为建主簿，涉本不怨也。涉从建所出，尹公故⑥遮拜涉，谓曰："易世矣，宜勿复相怨！"涉曰："尹君，何壹鱼肉⑦涉也！"涉用是怒，使客刺杀主簿。

① 尘中：尘世中。

② 这里是说因触犯原涉而死的人很多。

③ 赦贳（shì）：宽恕。

④ 无几：没有多久。

⑤ 申屠建：新莽末年绿林起义军将领。

⑥ 故：故意。

⑦ 壹：专门。鱼肉：残害。

涉欲亡去，申屠建内恨耻之，阳言①"吾欲与原巨先共镇三辅，岂以一吏易之哉！"宾客通言②，令涉自系狱③谢，建许之。宾客车数十乘共送涉至狱。建遣兵道徼④取涉于车上，送车分散驰⑤，遂斩涉，悬之长安市。

① 阳言：佯言，假言。

② 通言：指传话给原涉。

③ 系狱：囚禁于监狱。

④ 道徼（yāo）：半路拦截。

⑤ 分散驰：分头疾驰逃往。

自哀、平①间，郡国处处有豪桀，然莫足数。其名闻州郡者，霸陵杜君敖，池阳韩幼孺，马领绣君宾，西河②漕中叔，皆有谦退之风。王莽居摄，诛锄豪侠，名捕漕中叔，不能得。素善③强弩将军孙建，莽疑建藏匿，泛以问④建。建曰："臣名善之,诛臣足以塞责。"莽性果贼,无所容忍,然重建,不竟问⑤,遂不得也。中叔子少游,复以侠闻于世云。

① 哀、平:汉哀帝、汉平帝。
② 霸陵、池阳:县名;马领:县名,在今甘肃省。西河:河名,均在今陕西省。
③ 素善:此指漕中叔向来与孙建交好。
④ 泛问:不专问一人一事。
⑤ 竟问:追根究底。

班固《西都赋》节选①

于是既庶且富,娱乐无疆①,都人士女,殊异乎五方,游士拟于公侯,列肆②侈于姬姜③。乡曲豪举,游侠之雄,节慕原④尝⑤,名亚春⑥陵⑦。连交合众,骋骛⑧乎其中。若乃观其四郊,浮游近县,则南望杜霸⑨,北眺五陵⑩,名都对郭,邑居相承。英俊之域,绂冕⑪所兴,冠盖如云,七相⑫五公⑬。与乎州郡之豪杰,五都⑭之货殖⑮,三选⑯七迁⑰,充奉陵邑,盖以强干弱枝⑱,隆上都而观万国也。

① 疆:止境、极限。
② 列肆:市场上成列的店铺。
③ 姬姜:此代指贵族妇女。
④ 原:平原君。平原君,姓赵,名胜,赵国人,战国四公子之一。
⑤ 尝:孟尝君。孟尝君,姓田,名文,又称文子、薛文、

---

① (清)严可均辑:《全上古三代秦汉三国六朝文·全后汉文》卷二十四,第602页。

薛公,齐国人,战国四公子之一。

⑥春:春申君。春申君,姓黄,名歇,楚国令尹,战国四公子之一。

⑦陵:信陵君。信陵君,姓魏,名无忌,魏国人,战国四公子之一。

⑧骛骛(wù):驰骋,奔走。

⑨杜霸:宣帝杜陵和文帝霸陵,在今陕西西安附近。

⑩五陵:即高帝长陵、惠帝安陵、景帝阳陵、武帝茂陵、昭帝平陵,在今陕西咸阳市附近。

⑪绂(fú)冕:古时高官之礼服礼冠,此借指高官。

⑫七相:即车千秋、黄霸、王商、韦贤、平当、魏相、王嘉。

⑬五公:即田蚡、张安世、朱博、平晏、韦赏。

⑭五都:洛阳、邯郸、临淄、宛城、成都。

⑮货殖:商人。

⑯三选:选吏二千石、高訾富人及豪杰兼并之家。《汉书·地理志》:"汉兴,立都长安,徙齐诸田,楚昭、屈、景及诸功臣家于长陵。后世世徙吏二千石、高訾富人及豪桀并兼之家于诸陵。"

⑰七迁:将以上三种人家迁徙于七陵。七陵指杜陵、霸陵与"五陵"。参见注⑨⑩。

⑱强干弱枝:削弱地方势力,加强中央集权。《史记·汉兴以来诸侯王年表序》:"而汉郡八九十,形错诸侯间,犬牙相临,秉其厄塞地利,强本干弱枝叶之势,尊卑明而万事各得其所矣。"

张衡《西京赋》节选①

徒观其城郭之制，则旁开三门，参涂①夷庭，方轨十二，街衢相经。廛②里端直，甍宇齐平。北阙甲第，当道直启。程巧致功，期不阤陊③。木衣绨锦④，土被朱紫⑤。武库禁兵，设在兰锜⑥。匪石匪董⑦，畴⑧能宅此？尔乃廓开九市，通阛带阓⑨。旗亭五重，俯察百隧⑩。周制大胥⑪，今也惟尉。瑰货方至，鸟集鳞萃。鬻⑫者兼赢，求者不匮。尔乃商贾百族，裨贩⑬夫妇，鬻良杂苦⑭，蚩眩边鄙⑮。何必昏于作劳？邪赢⑯优而足恃。彼肆人之男女，丽美奢乎许史⑰。若夫翁伯浊质⑱，张里⑲之家，击钟鼎食，连骑相过。东京公侯，壮何能加？

① 参涂：等于三途，三条道路。涂，道路。

② 廛（chán）：民居。

③ 阤陊（zhì duò）：崩塌。

④ 木衣（yì）绨（tí）锦：绨锦，丝织物。

⑤ 土被（pī）朱紫：墙壁涂上了朱紫二色。

⑥ 兰锜（qí）：兵器架。

⑦ 匪石匪董：如果不是石显、董贤那样的宠臣。石，石显，字君房，汉元帝宠臣；董，董贤，字圣卿，御史董恭子，汉哀帝宠臣。

⑧ 畴：谁。

⑨ 通阛（huán）带阓（huì）：连通街市。

⑩ 隧：道。

---

① （清）严可均辑：《全上古三代秦汉三国六朝文·全后汉文》卷五十二，第762页。

⑪ 大胥（xū）：管理集市的官员。

⑫ 鬻（yù）：这里指卖家。

⑬ 裨（bì）贩：小贩。

⑭ 鬻良杂苦：卖的好货里边掺杂着劣品。

⑮ 蚩（chī）眩（xuàn）边鄙：欺瞒。

⑯ 邪赢：靠歪门邪道盈利。

⑰ 许史：指许广汉、史高，皆外戚权贵。

⑱ 翁伯浊质：翁伯、浊氏、质氏，汉代富商。《汉书·货殖传》：秦杨以田农而甲一州，翁伯以贩脂而倾县邑，张氏以卖酱而隃侈，质氏以洒削而鼎食，浊氏以胃脯而连骑，张里以马医而击钟，皆越法矣。按，这里的翁伯不是郭解，而是另有其人。《史记·货殖列传》中写作雍伯，是靠贩脂而发家的富商。

⑲ 张里：富商名。

都邑游侠，张赵①之伦。齐志无忌，拟迹田文②。轻死重气，结党连群。实蕃有徒，其从如云。茂陵之原③，阳陵之朱④。趫悍⑤虓豁⑥，如虎如貙⑦。睢盱⑧蛋芥⑨，尸僵路隅。丞相⑩欲以赎子罪，阳石⑪污而公孙诛。若其五县⑫游丽辩论之士，街谈巷议，弹射臧否⑬。剖析毫厘，擘肌分理。所好生毛羽，所恶成创痏⑭。郊甸之内，乡邑殷赈⑮。五都货殖，既迁既引⑯。商旅联槅⑰，隐隐展展。冠带交错，方辕接轸⑱。封几千里，统以京尹。郡国宫馆，百四十五。右极盩厔⑲，并卷酆鄠⑳。左暨河华，遂至虢土㉑。

① 张赵：游侠张回、赵放。一说张子罗、赵君都。

② 田文：即孟尝君。又称文子、薛文、薛公。齐国临淄人，战国四公子之一。

③ 原：指原涉。茂陵人，西汉游侠。

④ 朱：指朱安世。汉武帝时人，人称阳陵大侠。

⑤ 趫悍（qiáo hàn）：矫捷勇猛。李白《雉子班》诗："双雌同饮啄，趫悍谁能争。"

⑥ 虓豁（xiāo huō）：形容勇猛。虓（xiāo）：虎吼。

⑦ 貙（chū）：一种豹子。

⑧ 睚眦（yá zì）：发怒时瞪眼。借指极小的怨恨。

⑨ 蛋芥（chài jiè）：犹蒂芥、芥蒂。积在心里的小小不快。

⑩ 丞相：指公孙贺。

⑪ 阳石：即阳石公主。太仆公孙敬声为公孙贺之子，为人骄奢不法，因动用军费被捕下狱。公孙贺为了替儿子赎罪，主动请缨追捕当时通缉犯阳陵大侠朱安世。朱安世入狱后，对公孙贺一家怀恨在心，于征和二年（前91），上书告发公孙敬声与阳石公主通奸，并行巫蛊之术诅咒汉武帝。公孙贺父子因此下狱死，诸邑公主与阳石公主、卫青之子长平侯卫伉皆坐诛。

⑫ 五县：即五陵，长陵、安陵、阳陵、茂陵、平陵。

⑬ 弹射臧否：评价议论好坏。

⑭ 创痏（wěi）：创伤，祸害。

⑮ 殷赈：殷实充裕。

⑯ 五都货殖，既迁既引：指附近经商的人被迁居到这里。五都，指洛阳、邯郸、临淄、宛城、成都。

⑰ 楅（gé）：大车轭。

⑱ 方辕接轸（zhěn）：辕，车前驾牲口的直木。方，并。轸，古代车厢底部四周的横木。形容车驾众多，并排、接续而行。

⑲ 盩厔（zhōu zhì）：县名，即今陕西省周至县。

⑳ 酆鄠（fēng hù）：酆，地名。周文王在此建都。故址在今陕西省西安市长安区西南沣河以西。鄠，秦代邑名，在今陕

215

西省西安市鄠邑区。

㉑虢（guó）土：虢国领地，今河南一带。

《长安为尹赏歌》①

安所求子死？桓东①少年场。生时谅不谨，枯骨后何葬？

① 桓东：这里指寺庙东面。根据记载，尹赏"百人为辈，覆以大石。数日一发视，皆相枕藉死，便舆出，瘗寺门桓东"。桓，本义为表柱。古代立在驿站、官署等建筑物旁作标志的木柱，后称华表。后也泛指寺、墓、桥梁等用作表识或其他用途的柱子。

《颍川儿歌》②

颍水①清，灌氏②宁。颍水浊，灌氏族。

① 颍水：发源于河南省登封市嵩山，经周口市、安徽省阜阳市，在寿县正阳关（颍上县沫河口）注入淮河，为淮河最大的支流。相传因纪念春秋郑人颍考叔而得名。

② 灌氏：指西汉人灌夫。灌夫字仲孺，颍川郡颍阴人。本姓张，因父亲张孟曾为颍阴侯灌婴家臣，赐姓灌。为人不喜文学，任侠重诺。所交往者，都是当时豪杰。汉景帝时曾任代国宰相，汉武帝时为淮阳太守，建元元年（前140）入京任太仆，后出为燕国宰相。几年后，犯法免官，以庶民身份留居长安。

---

① （汉）班固：《汉书》卷九十《酷吏传》，第3674页。
② （汉）司马迁：《史记》卷一百七十《魏其武安侯列传》，第2847页。

灌夫生活豪阔，家产数千万钱，食客日数十百人。后因在酒宴上触怒丞相田蚡，被劾以不敬的罪名，逮捕入狱。十月，灌夫及其家族门客均被诛杀。

《燕丹子》节选[①]

作者不详。清代孙星衍认为此书是燕太子丹死后其宾客所撰。鲁迅在《中国小说史略》中认为《燕丹子》是汉前作品。然而《汉书·艺文志》未见载录。《隋书·经籍志》中始录《燕丹子》一卷，明初犹存，永乐后亡佚。乾隆时期编纂《四库全书》，馆臣从《永乐大典》中辑出，列入存目。有纪昀私抄本，为孙星衍所得，以《永乐大典》详加校勘，后被收入《岱南阁丛书》《平津馆丛书》《问经堂丛书》等多种丛书。胡应麟《少室山房笔丛·四部正讹传》："《燕丹子》三卷，当是古今小说杂传之祖。"

太子丹质于秦，秦王遇之无礼，不得意，欲归。秦王不听，谬言曰："令乌白头、马生角，乃可。"丹仰天叹，果乌白头，马生角。秦王不得已而遣之，为机[①]发之桥，欲陷[②]丹。丹过之，桥为不发。夜到关，关门未开。丹为鸡鸣，众鸡皆鸣，遂得逃归。深怨于秦，求欲复之。奉养勇士，无所不至。

……

① 机：机关。
② 陷：陷于死地。

---

① （清）孙星衍辑：《燕丹子》，清兰陵孙氏刻岱南阁丛书本。

诗剑 相逢即成歌

田光见太子，太子侧阶而迎，迎而再拜。坐定，太子丹曰："傅①不以蛮域②而丹不肖，乃使先生来降弊邑③。今燕国僻在北陲，比于蛮域，而先生不羞之。丹得侍左右，睹见玉颜，斯乃上世神灵保佑燕国，令先生设降辱焉。"田光曰："结发④立身，以至于今，徒慕太子之高行，美太子之令名耳。太子将何以教之？"太子膝行而前，涕泪横流曰："丹尝质于秦，秦遇丹无礼，日夜焦心，思欲复⑤之。论众则秦多，计强则燕弱。欲曰合从，心复不能。常食不识位，寝不安席。纵令燕秦同日而亡，则为死灰复燃，白骨更生。愿先生图之。"田光曰："此国事也，请得思之。"

① 傅：太傅，即鞠武。
② 蛮域：蛮夷之地，指燕国，此为谦辞。
③ 降（jiàng）：降临，尊称。
④ 结发：束发，指男子初成年，一般在二十岁。
⑤ 复：报复。

于是舍光上馆①。太子三时进食，存问不绝，如是三月。太子怪其无说②，就光辟左右③，问曰："先生既垂哀恤，许惠嘉谋。侧身倾听，三月于斯，先生岂有意欤？"田光曰："微太子言，固将竭之。臣闻骐骥之少，力轻千里，及其罢朽，不能取道。太子闻臣时已老矣。欲为太子良谋，则太子不能；欲奋筋力，则臣不能。然窃观太子客，无可用者。夏扶，血勇之人，怒而面赤；宋意④，脉勇之人，怒而面青；舞阳⑤，骨勇之人，怒而面白。光所知荆轲，神勇之人，怒而色不变。为人博闻强记，体烈骨壮，不拘小节，欲立大功。尝家于卫，脱贤大夫之急十有余人，其余庸庸不可称。太子欲图事，非此人莫可。"太子下席再拜曰："若因先生之灵，得交于荆君，则燕国社稷长为不灭。唯先生成之。"田光遂行。太子自送,执光手曰:"此国事,愿勿泄之!"光笑曰:"诺。"遂见荆轲,曰:"光不自度不肖,达足下于太子。夫燕太子,真天下之士也,倾心于足下,愿足下勿疑焉。"荆轲曰:"有鄙志,常谓心向意等没身不可,情有乖异,一毛不拔⑥。今先生令交于太子,敬诺不违。"田光谓荆轲曰:"盖闻士不为人所疑。太子送光之时,言此国事,愿勿泄,此疑光也。是疑而生于世,光所羞也。"向轲吞舌而死。轲遂之燕。

① 舍光上馆:让田光居住在上等的馆舍。

② 说:说法,办法。

③ 辟左右:屏退侍从。

④ 宋意:太子丹门客,燕国勇士。前文田光曾对燕太子丹言:"窃观太子客无可用者:夏扶血勇之人,怒而面赤;宋意脉勇之人,怒而面青;武阳骨勇之人,怒而面白。光所之荆轲,神勇之人,怒而色不变。"

⑤ 舞阳:即《史记》中秦舞阳。

⑥ 异:不同。这句意思是说,和自己志向违背的,则"一毛不拔",即一点帮助也不会给予。

荆轲之燕,太子自御,虚左①,轲援绥不让②。至,坐定,宾客满坐,轲言曰:"田光褒扬太子仁爱之风,说太子不世之器,高行厉天,美声盈耳。轲出卫都,望燕路,历险不以为勤③,望远不以为迟④。今太子礼之以旧故之恩,接之以新人之敬,所以不复让者,士信于知己⑤也。"

① 虚左:让出左边位置。古时车架上以左为尊位。

② 援:抓。绥:登车时用以拉手的绳索。让:拒绝。

③ 勤:辛劳。

④ 遐：远。

⑤ 孙辑本原文作"日"，应为"己"之误。

　　太子曰："田先生今无恙乎？"轲曰："光临送轲之时，言太子戒以国事，耻丈夫而不见信，向轲^①吞舌而死矣。"太子惊愕失色，歔唏^②饮泪曰："丹所以戒^③先生，岂疑先生哉？今先生自杀，亦令丹自弃于世矣！"

① 孙辑本原文为"何"，似应作"轲"。

② 歔唏（xū xī）：哽咽抽泣。

③ 戒：通"诫"，告诫。

　　茫然良久，不怡^①。民氏日^②太子置酒请轲，酒酣，太子起为寿。夏扶前曰："闻士无乡曲^③之誉，则未可与论行；马无服舆之伎，则未可与称良^④。今荆君远至，将何以教太子？"欲微感之。轲曰："士有超世之行者，不必合于乡曲；马有千里之相者，何必出于服舆。昔吕望^⑤当屠钓之时，天下之贱丈夫也；其遇文王^⑥，则为周师。骐骥之在盐车，驽之下也；及遇伯乐，则有千里之功。如此在乡曲而后发善，服舆而后别良哉！"夏扶问荆轲："何以教太子？"轲曰："将令燕继召公^⑦之迹，追甘棠之化，高欲令四三王^⑧，下欲令六五霸。于君何如也？"坐皆称善。竟酒，无能屈。太子甚喜，自以得轲，永无秦忧。

① 不怡：不愉快。

② 民氏日：文义似不可通。前人颇有讨论。清代张澍《姓韵》，将此条列入"民"姓下，则"民氏"为人物姓名。如此则日字难解。孙诒让认为，"民氏"二字或为"昏昏"之误。梁运华则推测，"民"为"后"之误，"氏"为衍文。"民氏日"，即为"后日"。诸说俱有欠融通之处，姑且存之。笔者以为，

"民氏日"或为"暨（jì）"字之讹，到、及之意。

③ 乡曲：乡间，民间。

④ 称良：称为良马。

⑤ 吕望：姜子牙，姜姓，吕氏，名尚，字子牙。

⑥ 文王：周文王姬昌。

⑦ 召公：姬奭，又称召伯、召公奭，西周宗室及大臣，与周武王、周公旦同辈，因辅政有功而受到爱戴。他曾在一棵棠梨树下办公，后人为纪念他而舍不得砍伐此树，《诗经·甘棠》曾赞颂此事。

⑧ 令四三王：与三王并称为王。令六五霸：与春秋五霸并列为六。

后日①与轲之东宫，临池而观。轲拾瓦投龟，太子令人捧盘金。轲用投②，投尽复进。轲曰："非为太子爱金也，但臂痛耳。"后复共乘千里马。轲曰："马肝甚美。"太子即杀马进肝。暨樊将军得罪于秦，秦求之急，乃来归太子。太子为置酒华阳之台。酒中，太子出美人能琴者。轲曰："好手琴者！"太子即进之。轲曰："但爱其手耳。"太子即断其手，盛以玉盘奉之。太子常与轲同案而食，同床而寝。

① 后日：过了几天。

② 投：这里是指用金弹打乌龟。

后日，轲从容曰："轲侍①太子，三年于斯矣，而太子遇轲甚厚，黄金投龟，千里马肝，姬人好手，盛以玉盘。凡庸人当之，犹尚乐出②尺寸之长，当犬马之用。今轲常侍君子之侧，闻烈士之节，死有轻于鸿毛，义有重于太山。但闻之所在耳。太子幸教之。"

① 孙辑本原文作"得",似应为"侍"。
② 乐出:乐于拿出。

太子敛袂,正色而言曰:"丹尝游秦,秦遇丹不道,丹耻与俱生。今荆君不以丹不肖,降辱小国。今丹以社稷干①长者,不知所谓。"轲曰:"今天下强国莫强于秦。今太子力不能威诸侯,诸侯未肯为太子用也。太子率燕国之众而当之,犹使羊将②狼,使狼追虎耳。"太子曰:"丹之忧计久,不知安出?"轲曰:"樊於期得罪于秦,秦求之急。又督亢③之地,秦所贪也。今得樊於期首、督亢地图,则事可成也。"太子曰:"若事可成,举燕国而献之,丹甘心焉。樊将军以穷归我,而丹卖之,心不善④也。"轲默然不应。

① 干:托付。
② 将(jiàng):统领,率领。
③ 督亢:战国燕的膏腴之地,今河北涿州市东南有督亢陂。
④ 不善:不好受。

居①五月,太子恐轲悔,见轲曰:"今秦已破赵国,兵临燕,事已迫急。虽欲足下计,安施之?今欲先遣武阳,何如?"轲怒曰:"何太子所遣,往而不返者,竖子也!轲所以未行者,待吾客耳。"于是轲潜见樊於期曰:"闻将军得罪于秦,父母妻子皆见焚烧,求将军邑万户、金千斤。轲为将军痛之。今有一言,除将军之辱,解燕国之耻,将军岂有意乎?"於期曰:"常念之,日夜饮泪,不知所出。荆君幸教,愿闻命矣!"轲曰:"今愿得将军之首,与燕督亢地图进之,秦必喜。喜必见轲,轲因左手把其袖,右手揕②其胸,数以负燕之罪,责以将军之雠。而燕国见陵雪,将军积忿之怒除矣。"於期起,扼腕执刀曰:"是於期日夜所欲,而今闻命矣!"于是自刭,头坠背后,两目不瞑。太子闻之,自驾驰往,伏於期尸而哭,悲不自胜。良久,无奈何,遂函盛於期首与督亢地图以献秦,武阳为副。

① 居:经过,过了。
② 揕(zhèn):直刺。

轲不择日而发,太子与知谋者,皆素衣冠送易水上。轲起为寿,歌曰:"风萧萧兮易水寒,壮士一去兮不复还。"高渐离击筑,宋意和之。为壮声则发怒冲冠,为哀声则士皆流涕。二人皆升车,终已不顾也。二子行过,夏扶当车前刎颈以送。二子行过阳翟①,轲买肉争轻重,屠者辱之,武阳欲击,轲止之。

① 阳翟,古代地名,在今河南禹州市。

西入秦,至咸阳,因中庶子蒙白曰:"燕太子丹畏大王之威,今奉樊於期首与督亢地图,愿为北蕃臣妾①。"秦王喜。百官陪位,陛戟数百,见燕使者。轲奉於期首,武阳奉地图。钟鼓并发,群臣皆呼万岁。武阳大恐,两足不能相过,面如死灰色。秦王怪之。轲顾武阳前,谢曰:"北蕃蛮夷之鄙人,未见天子。愿陛下少假借之,使得毕事于前。"秦王曰:"轲起,督亢图进之。"秦王发图,图穷而匕首出。轲左手把秦王袖,右手揕其胸,数之曰:"足下负燕日久,贪暴海内,不知餍足。於期无罪而夷其族。轲将海内报雠。今燕王病,与轲促期,从吾计则生,不从则死。"秦王曰:"今日之事,从子计耳!乞听琴声而死。"召姬人鼓琴,声曰:"罗縠②单衣,可掣③而绝。八尺屏风,可超而越。鹿卢④之剑,可负而拔。"轲不解音。秦王从琴声负剑拔之,于是奋袖超屏风而走,轲拔匕首擿⑤之,决秦王,刃入铜柱,火出。秦王还断斩轲两手。轲因倚柱而笑,箕踞而

223

骂，曰："吾坐⑥轻易，为竖子所欺。燕国之不报，我事之不立哉！"

① 臣妾：臣服者，被统治者。陆游诗："万邦尽臣妾。"

② 罗縠（hú）：细丝织品。

③ 揳：牵引，拉，拽。

④ 鹿卢：宝剑名。《汉书·隽不疑传》："不疑冠进贤冠，带櫑具剑。"下有晋灼注："古长剑首以玉作井鹿卢形，上刻木作山形。如莲花初生未敷时。今大剑木首，其状似此。"

⑤ 擿（zhì）：投掷，后作"掷"。

⑥ 坐：因为。

曹植《白马篇》①

曹植，字子建，三国魏沛国谯人。曹操子。凤慧，有文才。早年为操所爱，最终失宠。兄曹丕为帝，黄初三年（222），封鄄城王，四年，徙封雍丘王，备受猜忌。明帝太和三年（229），徙封东阿王，又改封陈王。每冀试用，终不能得，郁郁而终。谥思，世称陈思王。文才富艳，善诗工文，与曹操、曹丕合称三曹。所作经后人辑为《曹子建集》。

白马饰金羁，连翩西北驰①。借问谁家子，幽并②游侠儿。少小去乡邑，扬声沙漠垂③。宿昔秉良弓，楛矢何参差④。控弦破左的，右发摧月支⑤。仰手接飞猱，俯身散马蹄⑥。狡捷过猴猿，勇剽若豹螭⑦。边城多警急，胡虏数迁移。羽檄从北来，厉

---

① （魏）曹植著，黄节笺注：《曹子建诗注》卷二，中华书局2008年标点本，第106—107页。

马登高堤⑧。长驱蹈匈奴，左顾凌鲜卑⑨。弃身锋刃端，性命安可怀。父母且不顾，何言子与妻。名编壮士籍，不得中顾私⑩。捐躯赴国难，视死忽如归。

①金羁：金饰的马络头。连翩：形容马跑得很快的样子。西北驰：魏初西北诸郡皆为戎狄居住之地。

②幽并：古幽州与并州。在今河北、辽宁、陕西一带。

③扬声：一作扬名。垂：通"陲"，边地。

④宿昔：早晚。楛（hù）矢：用楛木做成的弓箭，箭镞一般用青石。参差：长短不一。

⑤控弦：拉弓。的：箭靶。月支：箭靶之名。此句为互文。

⑥接：迎射对面飞来的东西。飞猱（náo）：动作敏捷的猿猴。散：分散。马蹄：箭靶之名。

⑦螭（chī）：一种猛兽，长相类虎，生有鳞片。

⑧羽檄（xí）：以木简制成的征召文书，若有急事就插上鸟羽，表示必须迅速传递。厉马：急马，快马。

⑨蹈：践踏。凌：压制。

⑩壮士籍：兵卒名册。中：心中。

曹植《名都篇》[①]

名都多妖女，京洛出少年①。宝剑直千金，被服丽且鲜②。斗鸡东郊道，走马长楸间③。驰骋未能半，双兔过我前。揽弓捷鸣镝④，长驱上南山。左挽因右发，一纵两禽连⑤。余巧未及展，仰手接飞鸢。观者咸称善，众工归我妍⑥。归来宴平乐，美酒斗十千⑦。脍鲤臇胎鰕，寒鳖炙熊蹯⑧。鸣俦啸匹侣，列坐竟长

---

① （魏）曹植：《曹子建诗注》卷二，第109页。

225

筵⑨。连翩击鞠壤，巧捷惟万端⑩。白日西南驰，光景不可攀⑪。云散还城邑，清晨复来还⑫。

①名都：大都，即洛阳。妖：一作丽，妍丽。京洛：东京洛阳。

②直：通"值"。鲜：明亮。

③斗鸡：古代博戏，曹植有《斗鸡》一篇，专讲此事。楸（qiū）：一种乔木，可生长至30米高。长楸间：两边种着高楸的大道。

④捷：取。鸣镝（dí）：响箭。镝：箭头。

⑤因：就。左挽因右发：左手拉弓向右射箭。故意与一般的右手拉弓相反，亦示箭术高超。一纵：一箭。两禽：即前文双兔。

⑥众工：众多善射者。归：夸赞。妍：这里指箭术精湛。

⑦平乐：宫观名。李白《将进酒》："陈王昔时宴平乐，斗酒十千恣欢谑。"即言此事。

⑧脍（kuài）：细切肉令其分散。臇（juàn）：焖烧以做成肉羹。胎：疑为"鲐（tái）"之讹误，海鱼。鰕（xiā）：一说为班鱼，一说为虾。寒：一说用酱腌制，一说冻肉。熊蹯（fán）：熊掌。

⑨鸣、啸：呼叫。俦（chóu）、匹、侣：同伴。竟：终。

⑩连翩：连续迅疾。鞠、壤：古代的两种游戏用具。

⑪光景：时间。攀：挽留。

⑫云散：晚上众车骑皆归家，城邑变得空荡，就好像云散开一样。

第四章　篇目选释

阮瑀《咏史诗》其二[①]

阮瑀,建安七子之一。东汉末陈留尉氏人,字元瑜。汉献帝建安中,曹操以为司空军谋祭酒、管记室。好文学,尤善章表书记。官至仓曹掾属。后人辑有《阮元瑜集》。

燕丹善[①]勇士,荆轲为上宾。图尽擢[②]匕首,长驱西入秦。素车[③]驾白马,相送易水津。渐离击筑歌,悲声感路人。举坐同咨嗟,叹气若青云。

① 善:优待。
② 擢(zhuó):拔。
③ 素车:未经装饰的车。

阮籍《咏怀》其三十八[②]

阮籍,字嗣宗,三国魏陈留尉氏人,阮瑀子。齐王芳时任尚书郎,以疾归。大将军曹爽被诛后,任散骑常侍、步兵校尉,封关内侯,世称阮步兵。好《老》《庄》,蔑视礼教,纵酒谈玄。后期口不臧否人物,以此自全。擅长五言诗,风格隐晦。又工文。与嵇康齐名,为竹林七贤之一。后人辑有《阮步兵集》。

炎光[①]延万里,洪川荡湍濑[②]。弯弓挂扶桑,长剑倚天外。泰山成砥砺[③],黄河为裳带。视彼庄周子[④],荣枯何足赖[⑤]。捐

---

① 俞绍初辑校:《建安七子集》卷五,中华书局2005年整理本,第159页。
② (三国魏)阮籍著,陈伯君校注:《阮籍集校注》,中华书局2012年整理本,第318页。下首见第320页。

227

身弃中野，乌鸢作患害。岂若雄杰士⑥，功名从此大⑦。

① 炎光：日光。

② 湍濑（tuān lài）：水浅流急处。

③ 砥砺：磨刀石。

④ 庄周子：即庄子，道家学派代表人物之一。《庄子·列御寇》篇记载，庄子临死时拒绝了弟子厚葬的安排，嘱咐将其身体丢弃在野外即可。其弟子担心如此会有乌鸢来啄毁他的身体，庄子却说在地上有乌鸢，在地下有蝼蚁，二者没有区别。

⑤ 荣枯：生死、兴衰。赖：躲过。这里是说即便达观如庄子，也无法避免死亡。

⑥ 雄杰士：阮籍虚构出来的能够超脱天地的人物，《大人先生传》描绘的也是这样一个形象。

⑦ 功名：功德名望。从此大：流传百世。

阮籍《咏怀》其三十九

壮士何慷慨，志欲威八荒①。驱车远行役，受命念自忘。良弓挟乌号②，明甲有精光。临难不顾生，身死魂飞扬。岂为全躯士③？效命④争疆场。忠为百世荣，义使令名⑤彰。垂声谢后世⑥，气节故有常。

① 八荒：八方荒远之地。

② 乌号：良弓之名。

③ 全躯士：苟且偷生之人。

④ 效命：舍命报效。

⑤ 令名：美名。

⑥ 垂声：留名。谢：告诉。

左思《咏史诗》其六[①]

左思，字太冲，西晋著名文学家。临淄人，家世儒学，出身寒微。左思貌丑口讷，不好交游，而辞藻壮丽。所作《三都赋》颇被当时称颂传抄，以至于"洛阳纸贵"。后人辑有《左太冲集》。

荆轲饮燕市，酒酣气益震。哀歌和渐离，谓若傍无人。虽无壮士节，与世亦殊伦[①]。高眄[②]邈四海，豪右何足陈[③]。贵者虽自贵，视之若埃尘。贱者虽自贱，重之若千钧。

① 殊伦：不同类。
② 眄：看。
③ 陈：陈述，提及。

张华《壮士篇》[②]

张华，字茂先，范阳郡方城县（今河北固安）人。西汉留侯张良的十六世孙，西晋时期政治家、文学家、博物学家。永康元年（300），赵王司马伦发动政变，张华惨遇害，年六十九。张华工于诗赋，词藻丰茂。《隋书·经籍志》有《张华集》十卷，已佚。明人张溥辑有《张茂先集》。

天地相震荡，回薄[①]不知穷。人物禀常格[②]，有始必有终。

[①] 逯钦立辑校：《先秦汉魏晋南北朝诗·晋诗卷七》，第733页。
[②] 逯钦立辑校：《先秦汉魏晋南北朝诗·晋诗卷三》，第613页。

年时俯仰过③,功名宜速崇④。壮士怀愤激,安能守虚冲⑤?乘我大宛马⑥,抚我繁弱⑦弓。长剑横九野,高冠拂玄穹。慷慨成素霓⑧,啸咤⑨起清风。震响骇八荒,奋威曜四戎⑩。濯鳞沧海畔,驰骋大漠中。独步圣明世,四海称英雄。

① 回薄:循环变化。

② 禀:遵从。常格:自然规律。

③ 年时:时间。过:流逝。

④ 速崇:尽快建立。

⑤ 虚冲:虚无淡泊。

⑥ 大宛马:古代西域大宛国所产的良马。

⑦ 繁弱:良弓名。

⑧ 素霓:白虹。

⑨ 啸咤(zhà):大声呼吼,令人敬畏。

⑩ 四戎:泛指周边的敌国。

张华《游侠篇》①

翩翩四公子①,浊世称贤名。龙虎相交争,七国并抗衡。食客三千余,门下多豪英。游说朝夕至,辩士自纵横。孟尝东出关,济身由鸡鸣②。信陵西反魏,秦人不窥兵③。赵胜南诅楚,乃与毛遂行④。黄歇北适秦,太子还入荆⑤。美哉游侠士,何以尚⑥四卿。我则异于是,好古师老彭⑦。

① 四公子:即战国四公子孟尝君田文、平原君赵胜、信陵君魏无忌与春申君黄歇。

② 孟尝君曾被秦国扣留,依靠他的门客偷出已经献给秦王

---

① 逯钦立辑校:《先秦汉魏晋南北朝诗·晋诗卷三》,第611页。

的狐裘送给秦王的爱姬才得以被释放，逃离时恰好是深夜，城门只有在鸡鸣时分才能打开，恰好有一个门客会学鸡叫，才得以成功逃回齐国。即成语"鸡鸣狗盗"的典故。

③窥兵：发兵进犯。信陵君窃符救赵后留赵十年，在秦兵侵魏时重回魏国，秦国便不敢再进攻魏国。

④诅：说服。毛遂：赵人，平原君门客，自荐使楚，促成楚赵合纵。赵都邯郸被秦包围，平原君赵胜带着门客前往楚国，试图说服楚国出兵解围。

⑤荆：即楚国。秦楚结盟，春申君黄歇与太子熊完作为人质去到秦国。后楚王病重，秦王却不愿放熊完回到楚国，春申君担忧熊完无法顺利继承王位，便令其伪装进入返楚使臣的队伍之中，自己独自留在秦国。

⑥尚：崇尚。

⑦老彭：即老子与彭祖。

张华《博陵王宫侠曲》其二①

雄儿任气侠，声盖少年场。借友行报怨，杀人租市旁。吴刀鸣手中，利剑严秋霜。腰间叉素戟，手持白头镶①。腾超②如激电，回旋如流光。奋击当手决，交尸③自从横。宁为殇鬼雄④，义不入圜墙⑤。生从命子游，死闻侠骨香。身没心不惩，勇气加四方。

①镶：兵器名。汉刘熙《释名·释兵》："钩镶，两头曰钩，中央曰镶。或推镶，或钩引，用之宜也。"

---

① 逯钦立辑校：《先秦汉魏晋南北朝诗·晋诗卷三》，第612页。

② 腾超：腾空超越，战斗时的景象。

③ 交尸：交叠的尸体。

④ 觞：酒杯，引申为被敬酒祭奠者。恐应为"殇"，早死者。鬼雄：鬼中雄杰。

⑤ 圜墙（huán qiáng）：指牢狱。《史记·报任安书》："今交手足，受木索，暴肌肤，受榜棰，幽于圜墙之中。"

房玄龄等《晋书·张华传》节选①

初，吴之未灭也，斗牛①之间常有紫气，道术者皆以吴方强盛，未可图也，惟华以为不然。及吴平之后，紫气愈明。华闻豫章人雷焕妙达纬象②，乃要焕宿③，屏人曰："可共寻天文，知将来吉凶。"因登楼仰观，焕曰："仆察之久矣，惟斗牛之间颇有异气。"华曰："是何祥也？"焕曰："宝剑之精，上彻于天耳。"华曰："君言得之。吾少时有相者④言，吾年出六十，位登三事⑤，当得宝剑佩之。斯言岂效⑥与！"因问曰："在何郡？"焕曰："在豫章丰城。"华曰："欲屈君为宰，密共寻之，可乎？"焕许之。华大喜，即补焕为丰城令。焕到县，掘狱屋基，入地四丈余，得一石函，光气非常，中有双剑，并刻题，一曰龙泉，一曰太阿。其夕，斗牛间气不复见焉。焕以南昌西山北岩下土以拭剑，光芒艳发。大盆盛水，置剑其上，视之者精芒炫目。遣使送一剑并土与华，留一自佩。或谓焕曰："得两送一，张公岂可欺乎？"焕曰："本朝将乱，张公当受其祸。此剑当系徐君墓树耳。灵异之物，终当化去，不永为人服⑦也。"

华得剑，宝爱之，常置坐侧。华以南昌土不如华阴赤土，

---

① （唐）房玄龄等：《晋书》卷三十六《张华传》，第1075页。

报焕书曰："详观剑文，乃干将也，莫邪何复不至？虽然，天生神物，终当合耳。"因以华阴土一斤致焕。焕更以拭剑，倍益精明。华诛⑧，失剑所在。焕卒，子华为州从事，持剑行经延平津，剑忽于腰间跃出堕水，使人没水⑨取之，不见剑，但见两龙各长数丈，蟠萦⑩有文章，没者惧而反。须臾光彩照水，波浪惊沸，于是失剑。华叹曰："先君化去之言⑪，张公终合⑫之论，此其验乎！"

① 斗牛：斗星与牛星。

② 妙达纬象：精通谶纬天象。

③ 乃要焕宿：于是邀请雷焕留宿。

④ 相者：看相的人。

⑤ 位登三事：位列三公。晋代三公指太尉、司徒、司空。晋惠帝时，张华累官至司空。

⑥ 效：应验。

⑦ 服：佩戴。

⑧ 诛：被诛杀。永康元年（300），赵王司马伦发动政变，张华惨遭杀害，年六十九。

⑨ 没水：潜水。

⑩ 萦：盘绕。

⑪ 先君化去之言：我父亲说过的物化而去的话。指雷焕之前说过的"终当化去"。

⑫ 终合：终将重新聚合。指张华之前所言，龙泉太阿剑终会重聚的言论。

傅玄《秦女休行》①

傅玄,字休奕,西晋诗人。傅燮之孙,傅干之子。少孤贫,博学善属文,解音律。三国魏末,州举秀才,除郎中,入选为著作郎,撰集《魏书》。晋武帝时封鹑觚子,拜散骑常侍,掌谏职。累上书言事,陈事切直。性刚劲峻急,不能容人之短。后以争座位免官。咸宁四年(278)去世,年六十二,谥号"刚",后追封清泉侯。有《傅子》。今存辑本《傅鹑觚集》。

庞氏有烈妇,义声驰雍凉①。父母家有重怨②,仇人暴且强。虽有男兄弟,志弱不能当。烈女念此痛,丹心为寸伤。外若无意者,内潜思无方③。白日入都市,怨家如平常④。匿剑藏白刃,一奋寻身僵⑤。身首为之异处,伏尸列肆⑥旁。肉与土合成泥,洒血溅飞梁。猛气上干云霓,仇党失守为披攘⑦。一市称烈义,观者收泪并慨慷。百男何当益,不如一女良。烈女直造县门,云父不幸遭祸殃⑧。今仇身以分裂,虽死情益扬。杀人当伏法,义不苟活隳旧章⑨。县令解印绶,令我伤心不忍听。刑部垂头塞耳,令我吏举不能成。烈著希代⑩之绩,义立无穷之名。夫家同受共祚⑪,子子孙孙咸享其荣。今我弦歌咏高风,激扬壮发悲且清。

① 庞氏有烈妇:即庞娥,后人尊称其为庞娥亲。其事亦见于皇甫谧《庞娥亲传》及《后汉书·列女传》。雍凉:古雍州、凉州,在今陕西、甘肃一带。

② 重怨:此指庞娥父亲被杀的重大仇怨。

---

① (宋)郭茂倩编:《乐府诗集》卷六十一《杂曲歌辞一》,第887页。

③ 无意：不在意。这句是在说庞娥对外似乎并不在意，内心则暗想万端。

④ 平常：如寻常一样毫无防备。

⑤ 寻：不久，很快。僵：倒下。

⑥ 列肆：成列的商铺。

⑦ 披攘：犹披靡，溃散、屈服。

⑧ 造：去，往。县门：县衙。云：说。

⑨ 隳（huī）：违背。旧章：过去的典章制度。

⑩ 希代：希世，世俗罕有。

⑪ 祚（zuò）：福。

陶渊明《咏荆轲》①

燕丹善养士，志在报强嬴①。招集百夫良②，岁暮得荆卿。君子死知己③，提剑出燕京。素骥鸣广陌④，慷慨送我行。雄发指危冠，猛气冲长缨⑤。饮饯易水上，四座列群英。渐离击悲筑，宋意⑥唱高声。萧萧哀风逝，淡淡寒波生。商音更流涕，羽奏壮士惊。公知去不归，且有后世名。登车何时顾，飞盖⑦入秦庭。凌厉越万里，逶迤过千城。图穷事自至，豪主正怔营⑧。惜哉剑术疏，奇功遂不成。其人虽已没，千载有余情。

① 报：报复。强嬴：强秦，嬴即秦始皇嬴政。

② 百夫良：众多壮士中最为勇猛之人，百为虚指。

③ 死知己：为知己而死。

④ 素骥（jì）：白马。广陌：宽阔的大道。

---

① （东晋）陶渊明撰，袁行霈笺注：《陶渊明集笺注》，中华书局 2003 年整理本，第 388 页。

⑤ 危冠：高冠。长缨：系头冠的带子。

⑥ 宋意：燕丹门客之一。《淮南子·泰族训》："荆轲西刺秦王，高渐离、宋意为击筑而歌于易水之上。"

⑦ 盖：车盖，代指车。

⑧ 豪主：指秦王。怔营：惶恐不安的样子。

鲍照《代结客少年场行》①

鲍照，字明远，南朝刘宋时期著名文学家，元嘉三大家之一。鲍照祖籍东海（今山东郯城一带，一说江苏涟水县北），少有才情，文辞赡逸。献诗临川王刘义庆，义庆奇之，擢为临川国侍郎，迁秣陵令。宋孝武帝时为中书舍人，后为临海王刘子顼前军参军。明帝泰始二年（466），子顼起兵作乱，兵败。鲍照亦为乱兵所杀，时年五十一岁。鲍照长于乐府，尤善七言歌行，有《鲍参军集》。

骢马金络头，锦带佩吴钩①。失意杯酒间，白刃起相雠②。追兵③一旦至，负剑远行游。去乡三十载，复得还旧丘④。升高临四关⑤，表里望皇州。九衢平若水，双阙似云浮⑥。扶宫罗将相，夹道列王侯⑦。日中市朝满，车马若川流。击钟陈鼎食⑧，方驾自相求⑨。今我独何为，坎壈⑩怀百忧。

① 骢（cōng）马：青白色相杂的马。吴钩：吴地所产的宝刀。

② 失意：不如意，不遂心。相雠：相互结仇。

③ 追兵：追捕少年的官兵。

---

① （南朝宋）鲍照著，黄节注：《鲍参军诗注》卷一，中华书局2008年整理本，第228页。

④ 旧丘：故乡。

⑤ 升高：登高。临：自高处俯视。四关：四个关口，据说洛阳有四关，分别为东成皋，南伊阙，北孟津，西函谷。

⑥ 九衢（qú）：京城内的交通要道。双阙：宫门外的两个楼观，代指宫殿。这里是说京城的道路平坦，宫殿修建得很高。

⑦ 此句为互文，意为宫殿与道路旁罗列着王侯将相的屋宅。

⑧ 钟：古代乐器。鼎：古代炊器。击钟列鼎而食，形容贵族的豪华排场。

⑨ 自相求：互相追求结交。

⑩ 坎壈（kǎn lǎn）：困顿。

何逊《长安少年行》①

何逊，字仲言。南朝梁著名诗人和文学家，祖籍东海郡郯县（今山东郯城），宋御史中丞何承天曾孙，宋员外郎何翼孙，齐太尉中军参军何诇子。八岁能诗，弱冠州举秀才，官至尚书水部郎。与阴铿齐名，称"阴何"。有文集七卷，已佚。明人辑有《何水部集》一卷。后人称"何记室"或"何水部"。

长安美少年，羽骑暮连翩①。玉羁②玛瑙勒，金络珊瑚鞭。阵云横塞起，赤日下城圆。追兵待都护，烽火望祁连。虎落③夜方寝，鱼丽④晓复前。平生不可定，空信苍浪天。

① 羽骑：羽林军的骑兵。

② 玉羁：玉石做的马笼头。

③ 虎落：遮护城堡或营寨的篱笆。

---

① （宋）郭茂倩编：《乐府诗集》卷六十六《杂曲歌辞六》，第959页。

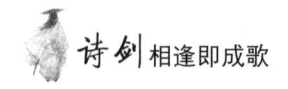

④ 鱼丽：军阵名。

何逊《拟轻薄篇》①

城东美少年，重身轻万亿①。柘弹隋珠丸②，白马黄金饰。长安九逵③上，青槐荫道植。毂击晨已喧，肩排暝不息④。走狗通西望⑤，牵牛亘南直⑥。相期百戏旁，去来三市侧⑦。象床沓⑧绣被，玉盘传绮食。倡女掩扇歌，小妇开帘织。相看独隐笑⑨，见人还敛色⑩。黄鹤悲故群，山枝咏新识⑪。乌飞过客尽，雀聚行龙匿⑫。酌羽方厌厌⑬，此时欢未极。

① 轻万亿：以万亿为轻，这里是说少年肆意挥霍钱财。

② 柘（zhè）弹：柘树做的弹弓。隋珠：古代传说中的明珠。

③ 九逵（kuí）：长安都城中的大道。这句是说少年驰骋在长安林荫大道上。

④ 毂击：车轮相撞，言车辆之多。肩排：肩挨肩，言人多。这句是说大道上从早到晚车流人流不息。

⑤ 走狗：据《三辅黄图》及《关中记》，汉代上林苑有犬台宫，宫外有走狗观。

⑥ 牵牛：星名，这里指渭水上的渭桥。《初学记》七引《三辅黄图》："秦始皇兼天下，都咸阳。渭水贯都以象天汉，横桥南渡以法牵牛。"南直：亦称"南省"或"南宫"，古代指尚书省。此处为长安最繁华之地。

⑦ 三市：长安集市。

⑧ 沓：堆，叠。原文作"杳"，疑误。

---

① 逯钦立辑校：《先秦汉魏晋南北朝诗·梁诗卷八》，第1679页。

⑨ 隐笑:"隐"通"殷",大笑。
⑩ 敛色:收敛笑容,假装端庄。
⑪ 山枝:出自《越人歌》:"山有木兮木有枝,心悦君兮君不知。"这句是说城东少年狎妓情态,有人信誓旦旦,有人才刚结识。
⑫ 行龙匿:即太阳落山,传说羲和驾六龙之车以御日。
⑬ 羽:羽觞,古代一种雀形酒杯。厌厌:通"恹恹(yān)",安静的样子。这句是说天色已晚,少年却还沉溺于饮酒作乐。

吴均《结客少年场》①

吴均,字叔庠,南朝梁吴兴故鄣(今浙江安吉县)人,武帝天监初,吴兴太守柳恽召为主簿,日与赋诗。后柳恽转荐吴均于梁武帝,帝召之赋诗,深为赏识,任为待诏,累升至奉朝请。吴均文体清拔有古气,时称"吴均体"。有《吴均集》二十卷,已佚。

结客少年归,翩翩骏马肥。报恩杀人竟,贤君赐锦衣。握兰登建礼①,拖玉②入舍晖。顾看草玄者③,功名终自微④。

① 握兰:为皇帝处理政务的近臣。登建:升封。
② 拖玉:古人衣襟下垂挂的玉佩,比喻显贵之人。
③ 草玄者:指扬雄。汉哀帝时外戚、佞幸掌权,依附他们的人大多身居高位,扬雄却潜心著《太玄》以自守,淡泊权势。
④ 微:衰微。

---

① 逯钦立辑校:《先秦汉魏晋南北朝诗·梁诗卷十》,第1722页。

诗剑相逢即成歌

吴均《行路难》①

青琐门外安石榴,连枝接叶夹御沟①。金墉城西合欢树,垂条照彩拂凤楼②。游侠少年游上路,倾心颠倒想恋慕。摩顶至足买片言,开胸沥胆取一顾③。自言家在赵邯郸,翩翩舌杪复剑端④。青骊白驳的卢马⑤,金羁绿控紫丝鞶⑥。蹀躞横行不肯进,夜夜汗血至长安⑦。长安城中诸贵臣,争贵儒者席上珍。复闻梁王⑧好学问,轻弃剑客如埃尘。吾丘寿王始得意,司马相如适被申⑨。大才大辩尚如此,何况我辈轻薄人。

① 青琐门:汉代宫门名。安:种植,安置。御沟:流经皇宫的河道。

② 金墉城:三国魏明帝时筑,城小而固,为戍守要地。凤楼:妇女的居处。

③ 摩顶至足:犹"摩顶放踵(zhǒng)",从头顶到脚跟都磨伤了,形容不顾身体。片言:一句话。一顾:一次回首。

④ 舌杪(miǎo):舌尖。这句是说少年口才和武功都很出色。

⑤ 青骊:毛色青黑相杂的骏马。白驳:毛色斑驳的马。的卢:马名。

⑥ 绿控:绿丝缰绳。鞶(pán):马腹上系着的固定马鞍的带子。

⑦ 蹀躞(xiè dié):小步行走。汗血:即汗血宝马。

⑧ 梁王:即梁孝王刘武。

⑨ 吾丘寿王:字子赣,赵人,善辞赋。汉武帝时随董仲舒

---

① 逯钦立辑校:《先秦汉魏晋南北朝诗·梁诗卷十》,第1728页。

学习《春秋》，累任侍中中郎，后因罪免官。适：适才，刚刚。申：申诫。

徐陵《刘生》[1]

徐陵，字孝穆，南朝梁著名诗人和文学家，祖籍东海郡郯县（今山东郯城）。戎昭将军、太子左卫率徐摛之子。徐陵早慧，八岁能撰文，十二岁通《庄子》《老子》。博涉史籍，有口才。梁武帝时任东宫学士，出入禁闼，所作多宫体，与庾信并称"徐庾"。陈至德元年（583）去世，时年七十七，赠镇右将军、特进、侍中、左光禄大夫、鼓吹、建昌县侯如故，谥号为章。今存《徐孝穆集》六卷、编《玉台新咏》十卷。

刘生殊倜傥，任侠遍京华。戚里惊鸣筑[1]，平阳[2]吹怨笳。俗儒排左氏[3]，新室忌汉家[4]。高才被摈[5]压，自古共怜嗟。

① 戚里：古代五家为邻，五邻为里，此指互相有姻亲关系的人所住的里。筑：古代乐器，类鼓。

② 平阳：按《徐陵集校笺》，疑用卫青之典，卫青即为平阳人。笳：古代北方民族乐器，类笛，多作哀怨之声。

③ 排：排挤。左氏：即《春秋左氏传》，简称《左氏》或《左传》。这里指刘歆因欲立《左传》等典籍于学官，受到诸儒排挤，不肯与其置对。

④ 新室：王莽篡汉自立，改国号为新，皇室称新室。

⑤ 摈（bìn）：抛弃，排除。

---

[1] （陈）徐陵撰，许逸民校笺：《徐陵集校笺》卷一，中华书局2008年整理本，第46页。

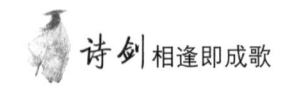

萧绎《刘生》[1]

萧绎，即梁元帝。字世诚，梁武帝萧衍第七子。祖籍兰陵郡兰陵县。六岁能诗，七岁封湘东王，镇江陵（今湖北荆州）。太清元年，为荆州刺史。侯景之乱后在江陵即位，后为西魏所灭。江陵城破前，萧绎烧所藏图书十余万卷，城陷被杀，被追尊为元帝。萧绎盲一目，猜忌残刻，而工书能文。著有《孝德传》《怀旧志》《金楼子》等四百余卷。《隋书·经籍志》著录文集五十二卷，已佚，后人辑有《梁元帝集》。

任侠有刘生，然诺重西京。扶风①好惊坐，长安恒借名。榴花②聊夜饮，竹叶解朝酲③。结交李都尉，遨游佳丽城④。

① 扶风：即扶风郡，旧为三辅之地，多豪迈之士，在今陕西省宝鸡市。

② 榴花：即石榴花。

③ 酲（chéng）：酒醉后的神志不清。竹叶泡水有解酒功效。

④ 佳丽城：风光绮丽、文物荟萃的名城。

戴暠《煌煌京洛行》[2]

戴暠，南朝梁代诗人，生平不详。

---

[1] （宋）郭茂倩编：《乐府诗集》卷二十四《横吹曲辞四》，第359页。
[2] 逯钦立辑校：《先秦汉魏晋南北朝诗·梁诗卷二七》，第2098页。

欲知佳丽地，为君陈帝京①。由来称侠窟，争利复争名。铸铜门外马，刻石水中鲸。黑龙过饮渭，丹凤俯临城②。群公邀郭解，天子问黄琼③。诏幸平阳第，骑指伏波营④。五侯同拜爵，七贵各垂缨⑤。衣风飘遥起，车尘暗浪生。舞见淮南法⑥，歌闻齐后声。挥金留客坐，馔玉⑦待钟鸣。独有文园客⑧，偏嗟武骑轻⑨。

① 陈：讲述，介绍。

② 黑龙、丹凤：喻杰出的人才。渭：渭水。

③ 黄琼：东汉名臣，多次不应朝廷征辟，至汉顺帝下诏到县里，令以礼相慰，黄琼才不得已应召。

④ 平阳第：平阳侯府邸。伏波：伏波即降伏波涛，是古代对将军个人能力的一种封号。

⑤ 五侯同拜爵：汉成帝于同日封王太后五兄弟为侯。七贵：汉代七个外戚家族，即吕、霍、上官、赵、丁、傅、王。潘岳《西京赋》："窥七贵于汉庭，畴一姓之何在。"这里泛指权贵。

⑥ 淮南法：淮南之地的舞姿。

⑦ 馔玉：珍美如玉的食品。

⑧ 文园客：即司马相如，他曾任文园令。

⑨ 武骑：即司马相如，他曾任武骑常侍。轻：此指官小位卑。

王褒《长安有狭邪行》①

王褒，字子渊。北朝周诗人，骈文家。祖籍琅邪临沂，曾祖王俭，祖王骞，父王规。王褒美风仪，善谈笑，博览史传，

① 逯钦立辑校：《先秦汉魏晋南北朝诗·北周诗卷一》，第2330页。

诗剑 相逢即成歌

尤工属文。梁元帝时拜侍中，累迁吏部尚书、左仆射。随梁元帝降西魏，授车骑大将军、仪同三司。入北周，为内史中大夫、小司空。卒年六十四。《隋书·经籍志》有《后周小司空王褒集》二十一卷，已佚。后人有辑本。

威纡①狭邪道②，车骑动相喧。博徒称剧孟，游侠号王孙。势倾魏侯府③，交尽翟公④门。路邪⑤劳夹毂⑥，涂⑦艰倦折辕。日斜宣曲观，春还御宿园⑧。涂歌杨柳曲⑨，巷饮榴花樽。独有游梁⑩倦，还守孝文园⑪。

① 威纡：曲折蜿蜒的样子。

② 狭邪道：狭窄偏僻的街巷。

③ 魏侯：魏其侯窦婴，西汉人，以平定吴楚七国之乱封侯，汉武帝时为丞相。

④ 翟公：西汉人，他为廷尉时宾客盈门，被罢免后却门可罗雀。后来复职，宾客再来，他在门上写道："一死一生，乃知交情。一贫一富，乃知交态。一贵一贱，交情乃见。"

⑤ 路邪：道路狭窄。

⑥ 毂（gǔ）：车轮中心的圆木，车毂。夹毂：犹言刹车。

⑦ 涂：通"途"，路途。

⑧ 宣曲观、御宿园：汉代宫观、苑囿之名，均为汉武帝所建，在今陕西西安市。

⑨ 涂歌：行人于路途中歌唱。杨柳曲：古乐府曲名，亦作《杨柳歌》或《杨柳枝》。

⑩ 游梁：据《史记·司马相如列传》，司马相如曾在孝景帝朝用钱买官，景帝不好辞赋，他做的是他不感兴趣的武骑常侍。恰好梁孝王刘武来朝，司马相如才得以结交邹阳、枚乘、庄忌等辞赋家，后来因病罢官，客游梁地与这些人共事。后来便以

"游梁"比喻仕途不得志。

⑪孝文园：司马相如曾拜孝文园令。

干宝《三王墓》①

干宝，字令升，东晋文学家、史学家。汝南郡新蔡县（今河南新蔡县）人。少时博览群书，以博学才气著称。建兴时被征召为著作佐郎。历任山阴县令、始安太守、司徒右长史、散骑常侍等职。咸康二年（336）去世，时年五十七岁。参与编修国史《晋纪》，并著志怪小说《搜神记》，时人誉为"鬼之董狐"。

楚干将、莫邪①为楚王作剑，三年乃成。王怒，欲杀之。剑有雌雄。其妻重身②当产，夫语妻曰："吾为王作剑，三年乃成。王怒，往必杀我。汝若生子，是男，大，告之曰：'出户，望南山，松生石上，剑在其背。'"于是即将雌剑往见楚王。王大怒，使相之："剑有二，一雄一雌。雌来，雄不来。"王怒，即杀之。

① 干将、莫邪：人名。据《吴越春秋》："莫邪，干将之妻也。"

② 重（chóng）身：意即怀孕。

莫邪子名赤比，后壮，乃问其母曰："吾父所在？"母曰："汝父为楚王作剑，三年乃成。王怒，杀之。去时嘱我：'语汝子，出户，望南山，松生石上，剑在其背。'"于是子出户，南

① 马银琴译注：《搜神记》，第240—242页。

望，不见有山，但睹堂前松柱下石砥①之上，即以斧破其背，得剑。日夜思欲报②楚王。

① 砥：磨刀石。
② 报：报仇，报复。

王梦见一儿，眉间广尺，言欲报仇。王即购之千金。儿闻之，亡去，入山，行歌。客有逢者，谓："子年少，何哭之甚悲耶？"曰："吾干将、莫邪子也，楚王杀吾父，吾欲报之。"客曰："闻王购子头千金，将子头与剑来，为子报之。"儿曰："幸甚！"即自刎，两手捧头及剑奉之，立僵①。客曰："不负②子也。"于是尸乃仆③。

① 立僵：站立着保持僵直的姿势。
② 不负：不辜负。
③ 仆：倒下。

客持头往见楚王，王大喜。客曰："此乃勇士头也。当于汤镬①煮之。"王如其言。煮头三日三夕，不烂。头踔②出汤中，瞋③目大怒。客曰："此儿头不烂，愿王自往临视之，是必烂也。"王即临之。客以剑拟王，王头随堕汤中。客亦自拟己头，头复堕汤中。三首俱烂，不可识别。乃分其汤肉葬之，故通名"三王墓"。今在汝南北宜春县界。

① 汤镬（huò）：煮着滚水的大锅。
② 踔（chuō）：跳跃。
③ 瞋目：瞪大眼睛。

干宝《李寄斩蛇》①

东越闽中有庸岭,高数十里,其西北隰①中有大蛇,长七八丈,大十余围。土俗常病。东冶②都尉及属城长吏,多有死者。祭以牛羊,故不得福。或与人梦,或下谕巫祝③,欲得啖④童女年十二三者。都尉令长并共患之。然气厉不息,共请求人家生婢子,兼有罪家女养之。至八月朝祭,送蛇穴口,蛇出吞啮之。累年如此,已用九女。

① 隰(xī):低湿之地。原文做隙。根据《搜神记辑校》改。
② 东冶:东越国都,在今福建福州市。
③ 巫祝:巫师,古代以歌舞娱神、与神交通的人。
④ 啖(dàn):吃。

尔时预复募索,未得其女。将乐县①李诞家有六女,无男,其小女名寄,应募欲行,父母不听。寄曰:"父母无相②,惟生六女,无有一男,虽有如无。女无缇萦③济父母之功,既不能供养,徒费衣食,生无所益,不如早死。卖寄之身,可得少钱,以供父母,岂不善耶!"父母慈怜,终不听去。寄自潜行④,不可禁止。

① 将乐县:县名,在今福建西北部。
② 无相:无福,没有福气。原文作"无相留",根据《搜神记辑校》改。
③ 缇(tí)萦(yíng):汉文帝时人,淳于意幼女。其父因罪当受肉刑,缇萦随父入长安,上书请为官婢以赎父罪。汉文

① 马银琴译注:《搜神记》,第424—425页。

帝怜而赦其父罪，并除肉刑。事见刘向《列女传》。

④潜行：悄悄离开。

寄乃告请好剑及咋①蛇犬。至八月朝，便诣庙中坐，怀剑，将犬，先将数石米糍，用蜜麨②灌之，以置穴口。蛇便出，头大如囷③，目如二尺镜，闻糍香气，先啖食之。寄便放犬，犬就啮咋，寄从后斫得数创。疮痛急，蛇因踊④出，至庭而死。寄入视穴，得九女髑髅⑤，悉举出，咤言曰："汝曹怯弱，为蛇所食，甚可哀愍⑥！"于是寄女缓步而归。

①咋（zé）：咬。

②麨（chǎo）：炒的米粉或面粉。

③囷（qūn）：古代一种圆形谷仓。

④踊（yǒng）：跳。

⑤髑髅（dú lóu）：死人的头骨。

⑥愍（mǐn）：同"悯"。

越王闻之，聘①寄女为后，指其父为将乐令②，母及姊皆有赏赐。自是东冶无复妖邪之物。其歌谣至今存焉。

①聘：迎娶。

②将乐令：将乐县令。

第四章 篇目选释

赵晔①《越处女》②（节选）

赵晔，字长君，东汉人。生于绍兴，早年为县吏，后弃官而去，入蜀拜经学大师杜抚为师。一去二十年，杜抚去世才回到家乡。闭门著述，官府几次征辟，皆不就，直至老死。著作有《诗细》《历神渊》和《吴越春秋》。

越王又问相国范蠡曰："孤有报复之谋，水战则乘舟，陆行则乘舆①，舆、舟之利，顿于兵弩。今子为寡人谋事，莫不谬②者乎？"范蠡对曰："臣闻古之圣君，莫不习战用兵，然行阵队伍军鼓之事，吉凶决在其工。今闻越有处女，出于南林，国人称善。愿王请之，立可见。"越王乃使使聘之③，问以剑戟之术。

① 舆：车。
② 谬：错误。
③ 使使聘之：派遣使者去请。

处女将北见于王，道逢一翁，自称曰袁公。问于处女："吾闻子善剑，愿一见之。"女曰："妾不敢有所隐，惟公试之。"于是，袁公即杖箖箊①竹，竹枝上颉②，桥末③堕地，女即捷末④。袁公操其本⑤而刺处女，女应即入⑥之。三入，处女因举杖击之，袁公则飞上树，变为白猿，遂别去。

【注】《艺文类聚》中"袁公即仗箖箊竹"至"遂别去"一

---

① 关于《吴越春秋》的作者，《后汉书·赵晔传》《隋书·经籍志》直到《四库总目提要》，历代皆以其为东汉经师赵晔，清代开始有杨方、皇甫遵及晋人伪托说。综合诸家所论，今本《吴越春秋》很可能以晔著为底本，历经点窜修改，并杂入了后世文字。

② 见《吴越春秋·勾践阴谋外传》，题目为后人所加。所引内文据（后汉）赵晔撰，周生春辑校汇考《吴越春秋辑校汇考》，中华书局2019年整理本，第142—143页。

段与此稍异，作："袁公即挽林内之竹，似枯槁，末折堕地。女接取其末。袁公操其本而刺处女，女应即入之。三入，处女因举杖击之，袁公则飞上树，变为白猿，遂别去。"

① 箖箊：竹名。

② 颉（xié）：此处指上举，上挑状。

③ 桥末：此处指竹的末梢。此处各本异文较多。《文选》作槁折，《太平御览》作末折。

④ 捷：通"接"。捷末：接住竹子末梢。

⑤ 本：根部。

⑥ 入：纳，接受。指格斗中采取守势。

见越王，越王问曰："夫剑之道，其如之何？"女曰："妾生深林之中，长于无人之野，无道不习，不达诸侯。窃好击之道，诵之不休。妾非受于人也，而忽自有之。"越王曰："其道如何？"女曰："其道甚微而易，其意甚幽而深。道有门户，亦有阴阳。开门闭户，阴衰阳兴。凡手战①之道，内实精神，外示安仪，见之似好妇，夺之似惧虎②，布形候气③，与神俱往，杳之若日，偏如腾兔，追形逐影，光若佛仿，呼吸往来，不及法禁，纵横逆顺，直复不闻。斯道者，一人当百，百人当万。王欲试之，其验即见。"越王即加女号，号曰越女。乃命五校之堕长④高才⑤习之，以教军士。当世（莫能）胜越女之剑。

① 手战：格斗技击之术。这里指剑术。

② 惧虎：可怕的老虎。

③ 布形候气：战斗的准备工作。布：布置。候：等候。

④ 堕：应通"队"。

⑤ 高才：人名。

李峤《剑》①

李峤，字巨山，初盛唐时文学家。赵州赞皇（今属河北）人。弱冠登进士第，累官至鸾台少监、知凤阁侍郎、同平章事。玄宗时贬庐州别驾，卒，年七十。工诗文，与苏味道齐名，人称"苏李"。又与崔融、杜审言、苏味道并称"文章四友"。有《李峤集》五十卷，已佚。明人辑有《李峤集》三卷。

我有昆吾剑①，求趋夫子庭。白虹时切玉，紫气夜干星。锷②上芙蓉动，匣中霜雪明。倚天持报国，画地取雄名。

① 昆吾剑：亦作"锟铻"，古代宝剑名。据《列子》记载，周穆王征西戎，西戎献昆吾剑，切玉如泥。

② 锷（è）：刀剑的刃。

崔颢《渭城少年行》②

崔颢：盛唐诗人。汴州（今河南开封）人。开元十一年（723）登进士第。曾南游吴越、武昌等地。开元后期入河东军幕。天宝初，为太仆寺丞。终司勋员外郎。《旧唐书·文苑传》云："开元、天宝间，文士知名者，汴州崔颢、京兆王昌龄、高适，襄阳孟浩然。"为人放荡不羁，"有俊才，无士行，好蒱博、饮酒"。有《崔颢诗》一卷。

---

① （清）彭定求等编：《全唐诗》卷五十九，第707页。
② （清）彭定求等编：《全唐诗》卷一百三十，第1324页。

洛阳三月梨花飞，秦地行人春忆归。扬鞭走马城南陌，朝逢驿使秦川①客。驿使前日发章台②，传道长安春早来。棠梨宫③中燕初至，葡萄馆里花正开。念此使人归更早，三月便达长安道。长安道上春可怜，摇风荡日曲江边。万户楼台临渭水，五陵④花柳满秦川。秦川寒食盛繁华，游子春来不见家。斗鸡下杜⑤尘初合，走马章台日半斜。章台帝城称贵里，青楼日晚歌钟起。贵里豪家白马骄，五陵年少不相饶。双双挟弹来金市⑥，两两鸣鞭上渭桥。渭城桥头酒新熟，金鞍白马谁家宿。可怜锦瑟筝琵琶，玉台清酒就倡家。小妇春来不解羞，娇歌一曲杨柳花。

①秦川：即今陕西、秦岭以北的关中平原地区，春秋战国时期地属秦国。

②章台：汉长安中街名。

③棠梨宫：汉宫名。

④五陵：汉代五座皇帝陵墓，分别为高祖长陵、惠帝安陵、景帝阳陵、武帝茂陵、昭帝平陵，均在渭水北岸。汉代曾多次迁徙世家大族到这里，后人便以五陵为豪富世族聚集之地。

⑤下杜：汉宣帝时杜陵更名为下杜。

⑥挟（xié）弹：用胳膊夹着弹弓。金市：唐代长安城设东西二市，西市又称"金市"，由于靠近长安西门，是对外商贸中心。市面上不仅有来自异域的货品，还有胡人开设的酒肆。

崔颢《游侠篇》（一作《古游侠呈军中诸将》）①

少年负胆气，好勇复知机。仗剑出门去，孤城逢合围。杀人辽水上，走马渔阳①归。错落②金琐甲，蒙茸③貂鼠衣。还家

---

① （清）彭定求等编：《全唐诗》卷二十五，第332页。

行且猎,弓矢速如飞。地迥④鹰犬疾,草深狐兔肥。腰间悬两绶,转盼生光辉。顾谓今日战,何如随建威⑤。

①渔阳:古郡名,后改为县,治所在今北京市密云区。

②错落:交错纷杂。

③蒙茸:蓬松、杂乱的样子。

④迥:宽广。

⑤建威:即建威将军,古代官名。这句是说今日打猎的英勇姿态,比之当初随军打仗时又如何?豪气不减当年。

李白《侠客行》①

赵客缦胡缨①,吴钩霜雪明。银鞍照白马,飒沓②如流星。十步杀一人,千里不留行。事了拂衣去,深藏身与名。闲过信陵③饮,脱剑膝前横。将炙啖朱亥,持觞劝侯嬴④。三杯吐然诺⑤,五岳倒为轻。眼花耳热后,意气素霓⑥生。救赵挥金槌,邯郸先震惊⑦。千秋二壮士,烜赫大梁城⑧。纵死侠骨香,不惭世上英。谁能书阁下,白首太玄经⑨。

①缦胡缨:少数民族粗制的无纹理的带子。

②飒沓:迅疾的样子,形容马跑得很快。

③信陵:即信陵君,战国四公子之一。

④朱亥、侯嬴:均为信陵君门客,助信陵君窃符救赵。炙:烤肉。啖(dàn):吃,喂。

⑤然诺:应允,答应。

⑥素霓:白虹。

⑦金槌(chuí):即金椎,铁制的锤击工具。这句用信陵君

---

① (唐)李白著,(清)王琦注:《李太白全集》卷三,第216页。

窃符救赵典故，信陵君窃取军符前往调兵，魏国将领晋鄙心存怀疑，朱亥就用铁锤锤死了他，后信陵君亲自将兵解了邯郸之围。

⑧烜（xuān）赫：威仪显著。大梁城：魏国都城，今河南开封市。

⑨太玄经：汉代扬雄晚年所著书名。这句是说古来侠客欲以功名立身，而不愿学扬雄白首著《太玄》。

李白《结客少年场行》①

紫燕黄金瞳①，啾啾摇绿鬃②。平明相驰逐，结客洛门东。少年学剑术，凌轹白猿公③。珠袍曳锦带，匕首插吴鸿④。由来万夫勇，挟此生雄风。托交从剧孟，买醉入新丰⑤。笑尽一杯酒，杀人都市中。羞道易水寒，从令日贯虹⑥。燕丹事不立，虚没秦帝宫。武阳⑦死灰人，安可与成功。

①紫燕：骏马名，其目如黄金。

②啾啾：形容马的鸣叫声。绿鬃：黑色的鬃毛。

③凌轹（lì）：欺蔑毁损。白猿公：据《吴越春秋》记载，越有善剑处女，越王聘之，问其剑术。处女北行见越王，途中遇见一自称袁公的老者，与处女切磋剑术，老者后化为白猿离去。

④吴鸿：代指吴钩。相传钩师铸造吴钩之时，杀了自己的两个儿子吴鸿、扈稽，以血祭剑。

⑤新丰：汉代地名，在今陕西西安市临潼区，古时盛产美酒。

---

①（唐）李白著，（清）王琦注：《李太白全集》卷四，第254页。

⑥日贯虹：比喻行刺，《战国策·魏策》："夫专诸之刺王僚也，彗星袭月；聂政之刺韩傀也，白虹贯日；要离之刺庆忌也，苍鹰击于殿上。"

⑦武阳：即秦舞阳，亦作秦武阳，随荆轲刺秦。这句话是说，秦武阳那种胆小之士，怎么可能和他共成大事？

李白《少年行》

君不见淮南少年游侠客，白日球猎夜拥掷①。呼卢②百万终不惜，报仇千里如咫尺。少年游侠好经过，浑身装束皆绮罗。蕙兰相随喧③妓女，风光去处满笙歌。骄矜自言不可有，侠士堂中养来久。好鞍好马乞④与人，十千五千旋沽酒⑤。赤心用尽为知己，黄金不惜栽桃李⑥。桃李栽来几度春，一回花落一回新。府县尽为门下客，王侯皆是平交人⑦。男儿百年且乐命，何须徇⑧书受贫病。男儿百年且荣身，何须徇节甘风尘。衣冠半是征战士，穷儒浪作林泉民⑨。遮莫枝根长百丈，不如当代多还往⑩。遮莫姻亲连帝城，不如当身自簪缨⑪。看取富贵眼前者，何用悠悠身后名。

① 球猎：打球狩猎。拥掷：群聚以掷骰赌博。

② 呼卢：古代一种博戏。

③ 喧：喧哗呼叫。

④ 乞：给予。

⑤ 沽酒：买酒。

⑥ 栽桃李：比喻结交朋友。

⑦ 平交：平辈结交。

⑧ 徇（xùn）：同"殉"，献身。

⑨ 衣冠：这里指做官的人。浪作：徒作。林泉民：隐居

之士。

⑩ 遮莫：尽管。

⑪ 簪缨：比喻高官显宦。

李白《秦女休行》①

西门秦氏女，秀色如琼花。手挥白杨刀，清昼杀雠家。罗袖洒赤血，英声凌紫霞。直上西山去，关吏相邀遮①。婿为燕国王，身被诏狱②加。犯刑若履虎③，不畏落爪牙。素颈未及断，摧眉④伏泥沙。金鸡忽放赦，大辟得宽赊⑤。何惭聂政姐，万古共惊嗟。

① 邀遮：拦截。

② 诏狱：奉诏令囚禁犯人的牢狱。

③ 履虎：踩到老虎尾巴，比喻处境危险。

④ 摧眉：低头。

⑤ 大辟：死刑。宽赊（shē）：宽恕。这句是说秦氏女的死刑被宽赦了。《隋书·刑法志》记载，武库令设金鸡及鼓于宫门之右，押送囚徒在阶下，击鼓千声后释放。

李白《东海有勇妇》②

梁山感杞妻①，恸哭为之倾。金石忽暂开②，都由激深情。东海有勇妇，何惭苏子卿③。学剑越处子④，超腾若流星。损躯报夫雠，万死不顾生。白刃耀素雪，苍天感精诚。十步两躩跃，

---

① （唐）李白著，（清）王琦注：《李太白全集》卷五，第309页。
② （唐）李白著，（清）王琦注：《李太白全集》卷五，第275页。

三呼一交兵。斩首掉国门，蹴踏五藏行⑤。豁此伉俪⑥愤，粲然大义明。北海李使君⑦，飞章奏天庭。舍罪警风俗，流芳播沧瀛⑧。名在列女籍，竹帛已光荣。淳于免诏狱，汉主为缇萦⑨。津妾一棹歌，脱父于严刑⑩。十子若不肖，不如一女英。豫让斩空衣，有心竟无成。要离杀庆忌，壮夫所素轻。妻子亦何辜，焚之买虚声。岂如东海妇，事立独扬名。

① 杞妻：据《列女传》记载，杞梁战死，其妻伏尸恸哭于城下，十日而城崩。曹植《精微篇》："杞妻哭死夫，梁山为之倾。"李白用梁山事，应该本自曹植。

② 金石忽暂开：《后汉书》："精诚所加，金石为开。"

③ 苏子卿：应为苏来卿之误。曹植《精微篇》："关东有贤女，自字苏来卿。壮年报父仇，身没垂功名。"

④ 越处子：即《吴越春秋》所记载善剑女子。

⑤ 掉：悬挂。蹴（cù）踏：践踏。五藏：即五脏。

⑥ 伉（kàng）俪（lì）：夫妻。

⑦ 北海：属青州，后称北海郡。李使君：疑即李邕，其为北海太守，世称"李北海"。

⑧ 沧瀛：东方海隅之地。沧州即景城郡，瀛洲即河间郡，均与青州北海郡相邻，似言其声名远播旁郡。

⑨ 此句用缇萦救父典故。据《汉书》记载，淳于缇萦之父淳于意有五女而无子，因罪被判处肉刑，出发时骂其女："生子不生男，缓急非有益也。"幼女缇萦随父至长安，上书天子，愿为宫婢代父赎罪。天子悲怜其意，下令废除肉刑。

⑩ 此句用女娟救父典故。据《列女传》记载，女娟为津吏（管理桥梁、渡口的小吏）之女，其父与赵简子约定好时间，却喝醉了酒，赵简子气欲杀之，女娟能言巧辩，救回父亲性命。后上船摇橹助赵简子渡河，唱《歌激》之歌，被其聘为妻。

元稹《侠客行》

元稹,字微之,中唐文学家。元和长庆诗坛代表人物。元稹为北魏昭成帝拓跋什翼犍后裔,家族代居洛阳。元稹少聪慧,贞元九年(793)明经及第,授左拾遗,擢校书郎,迁监察御史。穆宗时期拜相,很快出为同州刺史。太和五年(831)去世,时年五十三,追赠尚书右仆射。元稹与白居易同科及第,一生交情甚笃,世称"元白",有《元氏长庆集》传世。

侠客不怕死,怕在事不成。事成不肯藏姓名,我非窃贼谁夜行。白日堂堂杀袁盎①,九衢草草人面青②。此客此心师海鲸,海鲸露背横沧溟③,海波分作两处生。分海减海力。侠客有谋人不测④,三尺铁蛇延二国⑤。

① 袁盎:西汉大臣,据《史记·袁盎晁错列传》,因反对梁王刘武为太子而被忌恨,后遭刺客暗杀。

② 草草:匆忙仓促的样子。人面青:犹言死人面容。

③ 沧溟(míng):大海。

④ 原文作"不识测",校记谓《乐府诗集》作"不测",疑"识"为衍文。

⑤ 三尺:剑。铁蛇:铁鞭。二国:东汉与西汉。据《汉书·高祖纪》:"吾以布衣提三尺,取天下,此非天命呼?"

---

① (唐)元稹撰,冀勤点校:《元稹集》卷二十三,中华书局2010年整理本,第299页。

李贺《嘲少年》

青骢①马肥金鞍光,龙脑②入缕罗衫香。美人狭坐③飞琼觞,贫人唤云天上郎。别起高楼临碧筱,丝曳红鳞出深沼④。有时半醉百花前,背把金丸落飞鸟⑤。自说生来未为客⑥,一身美妾过三百。岂知劚地⑦种田家,官税频催没人织。长金积玉夸豪毅,每揖闲人多意气。生来不读半行书,只把黄金买身贵。少年安得长少年,海波尚变为桑田。荣枯递转急如箭,天公岂肯于公偏。莫道韶华镇长在,发白面皱专相待。

① 青骢(cōng)马:毛色青白相间的马。

② 龙脑:又名冰片,古代的一种香料。

③ 狭坐:犹促坐,迫近而坐。

④ 筱:小竹,细竹。这句是说在细竹林旁建起高楼,在深潭垂钓。

⑤ 金丸:金子做的弹丸。据《西京杂记》记载,汉武帝宠臣韩嫣喜欢弹弓,常常以金为弹丸,长安因此传言说:"苦饥寒,逐金丸。"京师儿童常跟在韩嫣身后拾取金丸。

⑥ 未为客:不为客即为主,生来便是主宰。

⑦ 劚(zhú)地:锄地,刨地。

孟郊《游侠行》①

孟郊,字东野,中唐诗人。湖州武康(今浙江德清)人。早年屡举进士不第,贞元十四年(798)始登进士第。性狷介,

---

① (清)彭定求等编:《全唐诗》卷三百七十二,第4185页。

与韩愈、张籍、李翱、卢仝等友善，与贾岛齐名，并称"郊岛"，名重于时。北宋宋敏求编有《孟东野集》十卷行世。《全唐诗》编诗十卷。

壮士性刚决，火中见石裂。杀人不回头，轻生如暂别。岂知眼有泪，肯白头上发。半生无恩酬①，剑闲一百月。

① 无恩酬：没有恩情需要酬谢。

贾岛《剑客》（一作《述剑》）①

贾岛，字浪仙，一作阆仙，晚唐诗人。范阳（今河北涿州市）人。曾为僧，后还俗。文宗开成二年（837）贬遂州长江（今四川蓬溪西）主簿，世称贾长江。会昌三年（843）卒。岛工诗，长于五律，与韩愈、孟郊、张籍、王建、姚合交游酬唱。岛诗以苦吟著名，诗风清奇僻苦，峭直刻深。有《长江集》十卷、《小集》三卷。今有《贾长江集》十卷行世。

十年磨一剑，霜刃①未曾试。今日把似君，谁为不平事。②
① 霜刃：形容剑刃锋利。
② 《全唐诗》版本为"似"，下注曰："一作示，一作事"。"为"下注曰："一作有"。

薛逢《侠少年》②

薛逢，字陶臣，晚唐诗人。蒲州河东（今山西永济西）人。

---

① （清）彭定求等编：《全唐诗》卷五百七十一，第6618页。
② （清）彭定求等编：《全唐诗》卷五百四十八，第6334页。

武宗会昌元年（841）登进士第，曾任尚书郎、绵州刺史等职。官终秘书监。逢工诗赋，尤擅七律。而其诗多失于浅露俗薄。《新唐书·艺文志四》著录《薛逢诗集》十卷，已佚。《全唐诗》存薛逢诗一卷。

绿眼胡鹰踏锦鞲①，五花骢马白貂裘。往来三市无人识，倒把金鞭上酒楼。

① 鞲（gōu）：古代射箭时戴的皮制袖套。

温庭筠《侠客行》①

温庭筠，原名岐，字飞卿，晚唐著名诗人。有捷才，每入试，押官韵，八叉手而成八韵，故称"温八叉"。恃才傲物，得罪权贵，屡试不第。宣宗大中时，以搅扰试场，黜为随县尉。唐懿宗时曾任方城尉，官终国子助教。温庭筠诗风秾艳，与李商隐齐名，时称"温李"。又工词，与韦庄齐名，并称"温韦"。被尊为"花间派"之鼻祖。有《握兰集》三卷、《金荃集》十卷，皆佚。

欲出鸿都门①，阴云蔽城阙。宝剑黯如水②，微红湿余血。白马夜频嘶，三更霸陵③雪。

① 鸿都门：汉代洛阳宫门名。
② 黯如水：指宝剑在暗夜反射出如水的寒光。
③ 霸陵：汉文帝陵墓。

---

① （清）彭定求等编：《全唐诗》卷二十五，第333页。

佚名《虬髯客传》①

　　隋炀帝之幸江都①也，命司空杨素②守西京③。素骄贵，又以时乱，天下之权重望崇者，莫我若也，奢贵自奉，礼异人臣。每公卿入言、宾客上谒④，未尝不踞⑤床而见，令美人捧出。侍婢罗列，颇僭于上。末年愈甚。

　　① 江都：扬州的古称。

　　② 杨素：字处道，北周、隋军事家、权臣。弘农郡华阴县（今陕西华阴市）人。北周时已累迁车骑大将军、仪同三司。隋朝建立后，升任御史大夫。杨广即位后，主持讨平汉王杨谅叛乱，拜尚书令、太师、司徒，再封楚公。大业二年（606）去世，享年六十三岁。获赠光禄大夫、太尉，谥号"景武"。

　　③ 西京：长安。

　　④ 谒：拜谒，拜见。

　　⑤ 踞（jù）：踞坐。一种接近于蹲，但臀部贴于坐具的姿态，两膝上耸，表示待人傲慢、不尊重。

　　一日，卫公李靖以布衣来谒，献奇策。素亦踞见。靖前揖曰："天下方乱，英雄竞起。公为帝室重臣，须以收罗豪杰为心，不宜踞见宾客。"素敛容而起，与语，大悦，收其策而退。

　　当靖之骋辩也，一妓有殊色，执红拂，立于前，独目靖。靖既去，而拂妓临轩，指吏问曰："去者处士第几？住何处？"

---

　　① 此作全文最早著录于《太平广记》卷一九三《豪侠一》。作者颇有争议，主要有张说、杜光庭、裴铏诸说。汪聚应辑校《唐人豪侠小说集》中《虬髯客传》载之甚详。为免烦琐，此处不注作者。引文根据（宋）李昉编《太平广记》卷一九三《豪侠一》，第1445—1448页。

第四章　篇目选释

吏具以对。妓颔而去。

虬髯客：《卅三剑客图》第 3 页

靖归逆旅①。其夜五更初，忽闻叩门而声低者，靖起问焉。乃紫衣戴帽人，杖揭②一囊。靖问谁。曰："妾，杨家之红拂妓也。"靖遽延入。脱衣去帽，乃十八九佳丽人也。素面华衣而拜。靖惊。答曰："妾侍杨司空久，阅天下之人多矣，未有如公者。丝萝非独生，愿托乔木，故来奔耳。"靖曰："杨司空权重京师，如何？"曰："彼尸居余气③，不足畏也。诸妓知其无成，去者众矣。彼亦不甚逐也。计之详矣，幸无疑焉。"问其姓。曰：

"张。"问伯仲之次。曰："最长。"观其肌肤仪状、言词气性，真天人也。

① 逆旅：旅馆。

② 揭：扛着，举着。

③ 尸居余气：像尸体一样，但还有一口气。比喻人暮气沉沉，无所作为。《晋书·宣帝纪》："司马公尸居余气，形神已离，不足虑矣。"

靖不自意获之，益喜惧，瞬息万虑不安。而窥户者无停屦①。既数日，闻追访之声，意亦非峻。乃雄服乘马，排闼而去，将归太原。

行次灵石旅舍，既设床，炉中烹肉且熟。张氏以发长委地，立梳床前。靖方刷马。忽有一人，中形，赤髯而虬，乘蹇②驴而来。投革囊于炉前，取枕欹③卧，看张氏梳头。靖怒甚，未决，犹刷马。

① 屦（jù）：麻、葛等做成的鞋。窥户者无停屦：门户外窥探的人来来往往，没有停止。

② 蹇（jiǎn）：跛足。

③ 欹（qī）：倾斜。

张氏熟观其面，一手握发，一手映身①摇示，令勿怒。急急梳头毕，敛衽前问其姓。卧客曰："姓张。"对曰："妾亦姓张，合是妹。"遽拜之。问第②几。曰："第三。"问妹第几。曰："最长。"遂喜曰："今日多幸，遇一妹。"张氏遥呼曰："李郎且来拜三兄！"靖骤拜。遂环坐。

曰："煮者何肉？"曰："羊肉，计已熟矣。"客曰："饥甚。"靖出市买胡饼，客抽匕首，切肉共食。食竟，余肉乱切送驴前食之③,甚速。客曰:"观李郎之行,贫士也。何以致斯异人?"曰:"靖虽贫,亦有心者焉。他人见问,固不言。兄之问,则无隐矣。"具言其由。曰:"然则何之?"曰:"将避地太原耳。"客曰:"然吾故非君所能致也。"④曰:"有酒乎?"靖曰:"主人西则酒肆也。"

① 映身:用身体掩饰着。
② 第:排行。
③《太平广记》作"炉前食之",误。据《顾氏文房小说》《唐语林》改。
④ 吾故非君所致也:我不是为你而来的。《太平广记》作"吾故非君所能致也"。

靖取酒一斗。酒既巡,客曰:"吾有少下酒物,李郎能同之乎?"靖曰:"不敢。"于是开华囊,取一人头并心肝。却收头囊中,以匕首切心肝,共食之。曰:"此人乃天下负心者心也,衔①之十年,今始获。吾憾释矣。"

又曰:"观李郎仪形器宇,真丈夫。亦知太原之异人乎?"曰:"尝见一人,愚谓之真人。其余将相而已。""其人何姓?"曰:"同姓。"曰:"年几?"曰:"近二十。""今何为?"曰:"州将之爱子也。"曰:"似矣。亦须见之。李郎能致吾一见否?"曰:"靖之友刘文静者,与之狎②。因文静见之可也。兄欲何为?"曰:"望气者③言太原有奇气,使吾访之。李郎明发,何时到太原?"靖计之,某日当到。曰:"达之明日方曙,我于汾阳桥待耳。"讫,乘驴而其行若飞,回顾已远。

① 衔:记于心中,这里指怀恨于心。
② 狎(xiá):关系接近,交好。
③ 望气者:通过观察"气"以判断天下形势的人。根据下

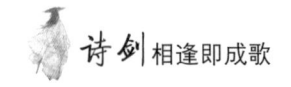

文判断，很可能即虬髯客所言"道兄"。

靖与张氏且惊惧，久之，曰："烈士不欺人。固无畏。"但速鞭而行，及期，入太原。候之相见。大喜，偕诣刘氏。诈谓文静曰："以善相者①思见郎君，请②迎之。"文静素奇其人，方议论匡辅③，一旦闻客有知人者，其心可知。遽致酒延焉。

既而太宗至，不衫不履，裼裘④而来，神气扬扬，貌与常异。虬髯默居坐末，见之心死，饮数巡，起招靖曰："真天子也！"靖以告刘，刘益喜自负。

既出，而虬髯曰："吾见之，十八九定矣。亦须道兄见之。李郎宜与一妹复入京，某日午时，访我于马行东酒楼下。下有此驴及一瘦驴，即我与道兄俱在其所也。"

公到，即见二乘。揽衣登楼，即虬髯与一道士方对饮，见靖惊喜，召坐。环饮十数巡，曰："楼下柜中有钱十万。择一深隐处，驻一妹毕。某日复会我于汾阳桥。"

①善相者：善于看相的人。《太平广记》无"者"字，据《顾氏文房小说》改。

②《太平广记》无"请"字，据《顾氏文房小说》改。

③议论匡辅：和他讨论辅佐拯济天下的事。

④裼裘（tì qiú）：袒露里衣。形容不拘礼仪。

如期登楼，道士、虬髯已先坐矣。共谒文静。时方弈棋，揖起而语心焉。文静飞书迎文皇看棋。道士对弈，虬髯与靖傍立为侍者。

俄而文皇来，长揖而坐，神清气朗，满坐风生，顾盼炜①如也。道士一见惨然，下棋子曰："此局输矣！输矣！于此失却局，奇哉！救无路矣！知复奚言！"罢弈请去。

既出，谓虬髯曰："此世界非公世界也。他方可图。勉之，勿以为念。"因共入京。虬髯曰："计李郎之程，某日方到。到之明日，可与一妹同诣某坊曲小宅。愧李郎往复相从，一妹悬然如磬②。欲令新妇祗谒③，略议从容④，无令前却。"言毕，吁嗟而去。

①炜（wěi）：明亮，这里指目光炯炯有神。

②悬然如磬：指家贫一无所有，屋梁像悬磬一样，家徒四壁。

③祗谒（zhī yè）：恭敬地拜见。

④略议从容：从容，这里指盘桓、休息。略议从容：即稍作盘桓、悠然小聚之义。

靖亦策马远征。俄即到京，与张氏同往。乃一小板门，叩之，有应者拜曰："三郎令候一娘子、李郎久矣。"延入重门，门益壮丽。婢①三十余人罗列于前。奴二十人，引靖入东厅。厅之陈设，穷极珍异，箱中妆奁冠镜首饰之盛②，非人间之物。巾妆梳栉毕③，请更衣，衣又珍异。

既毕，传云："三郎来！"乃虬髯者，纱帽褐裘，亦有龙虎之姿，相见欢然。催其妻出拜，盖天人也。遂延中堂，陈设盘筵之盛，虽王公家不侔④也。四人对坐，牢馔⑤毕，陈女乐二十人，列奏于前，似从天降，非人间之曲度。食毕，行酒。而家人自西堂舁⑥出二十床，各以锦绣帕覆之。既呈，尽去其帕，乃文簿钥匙耳。

虬髯谓曰："尽是珍宝货泉之数。吾之所有，悉以充赠。何者？某本欲于此世界求事，或当龙战三二十载⑦，建少功业。今既有主，住亦何为？太原李氏，真英主也。三五年内，即当太平。李郎以英特之才，辅清平之主，竭心尽善，必极人臣。一

267

妹以天人之姿，蕴不世之略，从夫之贵，荣极轩裳。非一妹不能识李郎，非李郎不能遇一妹。圣贤起陆⑧之渐⑨，际会如期，虎啸风生，龙腾云萃，固当然也。持余之赠，以奉真主、赞功业，勉之哉！此后十余年，东南数千里外有异事，是吾得志之秋也。妹与李郎可沥酒⑩相贺。"顾谓左右曰："李郎一妹，是汝主也！"言毕，与其妻戎装乘马，一奴乘马从后。数步，不见。

①《太平广记》作"奴婢"，据《顾氏文房小说》改。

②《太平广记》原文无"厅之陈设"三句，据《顾氏文房小说》补。

③巾妆梳掠毕：梳洗打扮完之后。

④不侔：比不上。

⑤牢馔（láo zhuàn）：酒食。牢，古代祭祀用的牛羊等牲畜。

⑥舁（yú）：抬。

⑦《太平广记》原作"三二年"，据《顾氏文房小说》改。

⑧起陆：腾跃而上。

⑨渐：征兆，迹象，苗头。《广韵·琰韵》："渐，事之端。"

⑩沥酒（lì）：洒酒于地，表祝愿或盟誓。

靖据其宅，遂为豪家，得以助文皇缔构①之资，遂匡大业。

贞观中，靖位至仆射②。东南蛮奏曰："有海贼以千艘，积甲十万人，入扶余国，杀其主自立。国内已定。"靖知虬髯成功也。归告张氏，具礼相贺，沥酒东南祝拜之。

乃知真人之兴，非英雄所冀③。况非英雄乎！人臣之谬思乱，乃螳螂之拒走轮耳。我皇家垂福万叶，岂虚然哉。④或曰："卫公之兵法，半是虬髯所传耳。"

①缔构：缔造，构建，这里指建立新王朝。

②仆射：唐代尚书省的长官。李靖贞观三年（629）统诸将北征，大败东突厥，使唐朝疆域自阴山北直至大漠。因功拜尚书右仆射，封代国公。

③冀：期望，希望。

④万叶：万代。《太平广记》原无"我皇家"二句，据《顾氏文房小说》改。

裴铏《传奇·昆仑奴》①

裴铏（xíng），晚唐文学家，生卒年不详。《全唐文》简要记录其生平，约唐懿宗咸通初前后在世。咸通中为静海军节度使高骈掌书记，加侍御史内供奉。唐僖宗乾符五年（878）为成都节度副使，御史大夫。有《文翁石室诗》传世。《新唐书·艺文志》录裴铏著《传奇》三卷，已佚。《太平广记》收录二十四篇。

唐大历中，有崔生者，其父为显僚，与盖代之勋臣一品者熟。生是时为千牛①，其父使往省一品疾。生少年，容貌如玉，性禀孤介，举止安详，发言清雅。一品命妓轴帘，召生入室。生拜传父命，一品欣然爱慕，命坐与语。时三妓人，艳皆绝代，居前以金瓯贮含桃②而擘③之，沃以甘酪而进。一品遂命衣红绡妓者擎一瓯与生食。生少年，赧妓辈，终不食；一品命红绡妓以匙而进之，生不得已而食，妓哂之。遂告辞而去。一品曰："郎君闲暇，必须一相访，无间④老夫也。"命红绡送出院。时生回顾，妓立三指，又反三掌者，然后指胸前小镜子，云："记

---

① 本社编：《唐五代笔记小说大观》，第1114页。

昆仑磨勒十三
崔家臣月下人

昆仑奴：第21页

取。"余更无言。

①千牛：又名千牛备身，职官名。后魏始置，掌执御刀，为君主亲身护卫，故名千牛备身。唐代设左右千牛卫，为禁卫之一。

②含桃：樱桃，古代又名含桃、荆桃、莺桃。

③擘：掰开，这里是为了给樱桃去核。

第四章　篇目选择

④ 间：疏远。

生归，达一品意。返学院，神迷意夺，语减容沮，恍然凝思，日不暇食，但吟诗曰："误到蓬山顶上游，明珰玉女动星眸。朱扉半掩深宫月，应照璚芝①雪艳愁。"左右莫能究其意。

① 璚（qióng），赤玉。芝，芝兰。比喻才德之美。

时家中有昆仑奴磨勒，顾瞻郎君曰："心中有何事，如此抱恨不已？何不报老奴？"生曰："汝辈何知，而问我襟怀间事。"磨勒曰："但言，当为郎君释解，远近必能成之。"生骇其言异，遂具告知。磨勒曰："此小事耳，何不早言之，而自苦耶？"生又白其隐语。勒曰："有何难会，立三指者，一品宅中有十院歌姬，此乃第三院耳。反掌三者，数十五指，以应十五日之数。胸前小镜子，十五夜月圆如镜，令郎来耶！"生大喜不自胜，谓磨勒曰："何计而能导达我郁结？"磨勒笑曰："后夜乃十五夜，请深青绢两匹，为郎君制束身之衣。一品宅有猛犬守歌姬院门，非常人不得辄入，入必噬杀之，其警如神，其猛如虎，即曹州孟海①之犬也。世间非老奴，不能毙此犬耳；今夕当为郎君挝杀之。"遂宴犒以酒肉。

① 孟海：孟海公，隋末农民起义军领袖。曹州济阴（今山东菏泽市）人。

至三更，携链椎而往。食顷而回，曰："犬已毙讫，固无障塞耳。"是夜三更，与生衣青衣，遂负而逾十重垣①，乃入歌妓院内，止第三门。绣户不扃，金钲微明，惟闻妓长叹而坐，若有所俟②，翠环初坠，红脸才舒，玉恨无妍，珠愁转莹。但吟诗曰："深洞莺啼恨阮郎，偷来花下解珠珰。碧云飘断音书绝，空倚玉箫愁凤凰。"

　　①垣（yuán）：墙。
　　②俟（sì）：等待。

　　侍卫皆寝，邻近阒然，生遂缓褰帘而入。良久，验是生，姬跃下榻，执生手曰："知郎君颖悟，必能默识，所以手语耳。又不知郎君有何神术，而能至此？"生具告磨勒之谋，负荷而至。姬曰："磨勒何在？"曰："帘外耳。"遂召入，以金瓯酌酒而饮之。姬白生曰："某家本富，居在朔方，主人拥旄①，逼为姬仆，不能自死，尚且偷生。脸虽铅华，心颇郁结，纵玉箸举馔，金炉泛香，云屏而每进绮罗，绣被而常眠珠翠，皆非所愿，如在桎梏。贤爪牙②既有神术，何妨为脱狴牢③。所愿既申，虽死不悔。请为仆隶，愿待光容。又不知郎高意如何？"生愀然不语。磨勒曰："娘子既坚确如是，此亦小事耳。"姬甚喜。磨勒请先为姬负其囊橐④妆奁，如此三复焉。然后曰："恐迟明。"遂负生与姬而飞出峻垣十余重。一品家之守御，无有警省。遂归学院而匿之。

　　①拥旄（máo）：这里指拥兵，用武力手段。
　　②爪牙：这里是中性词，指手下。
　　③狴（bì）牢：牢狱，囚牢。
　　④囊橐（náng tuó）：袋子，行李。

　　及旦，一品家方觉，又见犬已毙。一品大骇曰："我家门垣，从来邃密，扃锁甚严。势似飞腾，寂无形迹，此必侠士而挈①之；无更声闻，徒为患祸耳。"姬隐崔生家二岁，因花时，驾小车而游曲江，为一品家人潜志认②，遂白一品。一品异之，召崔生而诘之事。惧而不敢隐，遂细言端由：皆因奴磨勒负荷而去。一品曰:"是姬大罪过!但郎君驱使逾年,即不能问是非,某须为天下人除害。"遂命甲士五十人,严持兵仗,围崔生院,使擒磨勒。磨勒遂持匕首,飞出高垣,瞥③若翅翎,疾同鹰隼,攒矢如雨,莫能中之;顷刻之间,不知所向。然崔家大惊愕。后一品悔惧,每夕多以家童持剑戟自卫,如此周岁方止。后十余年,崔家有人见磨勒卖药于洛阳市,容颜如旧耳。

① 挈(qiè):带领。

② 潜志认:悄悄认出。

③ 瞥:突然,倏忽。

聂隐娘:第 24 页

诗剑 相逢即成歌

裴铏《传奇·聂隐娘》[1]

聂隐娘者，唐贞元中魏博①大将聂锋之女也。年方十岁，有尼乞食于锋舍，见隐娘，悦之，云："问押衙②乞取此女教。"锋大怒，叱尼。尼曰："任押衙铁柜中盛，亦须偷去矣。"及夜，果失隐娘所向。锋大惊骇，令人搜寻，曾无影响。父母每思之，相对涕泣而已。

① 魏博：唐代魏州、博州节度使军府简称。河北三镇之一。治所在魏州，即今河北大名县北。

② 押衙：唐代管领仪仗侍卫的官名。这里是对武官的一般称谓，指聂锋。

后五年，尼送隐娘归，告锋曰："教已成矣，子却领取。"尼欻亦不见。一家悲喜，问其所学。曰："初但读经念咒，余无他也。"锋不信，恳诘。隐娘曰："真说，又恐不信，如何？"锋曰："但真说之。"曰："隐娘初被尼挈①，不知行几里。及明，至大石穴之嵌空，数十步寂无居人，猿狖②极多，松萝益邃。已有二女，亦各十岁，皆聪明婉丽，不食，能于峭壁上飞走，若捷猱登木，无有蹶③失。尼与我药一粒，兼令长执宝剑一口，长二尺许，锋利吹毛。令剚逐④二女攀缘，渐觉身轻如风。一年后，刺猿狖，百无一失。后刺虎豹，皆决其首而归。三年后，能飞，使刺鹰隼，无不中。剑之刃渐减五寸，飞禽遇之，不知其来也。至四年，留二女守穴，挈我于都市——不知何处也，指其人者，一一数其过，曰：'为我刺其首来，无使知觉。定其

---

① 本社编：《唐五代笔记小说大观》，第1116页。

274

胆，若飞鸟之容易也。'受以羊角匕首，刃广三寸，遂白日刺其人于都市，人莫能见。以首入囊，返主人舍，以药化之为水。五年，又曰：'某大僚⑤有罪，无故害人若干，夜可入其室，决其首来。'又携匕首入室，度其门隙，无有障碍。伏之梁上，至瞑，持得其首而归。尼大怒曰：'何太晚如是？'某云：'见前人戏弄一儿，可爱，未忍便下手。'尼叱曰：'已后遇此辈，先断其所爱，然后决之。'某拜谢。尼曰：'吾为汝开脑后，藏匕首而无所伤。用即抽之。'曰：'汝术已成，可归家。'遂送还，云：'后二十年，方可一见。'"

① 挈（qiè）：带领。
② 狖（yòu）：猿的一种，黑色长尾。
③ 蹶（jué）：跌倒。
④ 剸逐（tuán zhú）：专心追逐。
⑤ 大僚：高官。

锋闻语，甚惧。后遇夜即失踪，及明而返。锋已不敢诘之，因兹亦不甚怜爱。忽值磨镜少年及门，女曰："此人可与我为夫。"白父，父不敢不从，遂嫁之。其夫但能淬镜，余无他能。父乃给衣食甚丰。外室而居。

数年后，父卒。魏帅稍知其异，遂以金帛署①为左右吏。

① 署：这里指聘请。

如此又数年，至元和间，魏帅与陈许①节度使刘昌裔不协，使隐娘贼其首。隐娘辞帅之许。

① 陈许：陈州、许州，属地在今河南一带。

刘能神算，已知其来，召衙将，令"来日早，至城北候一丈夫一女子，各跨白黑卫①，至门，遇有鹊前噪夫，夫以弓弹之不中，妻夺夫弹，一丸而毙鹊者，揖之，云：'吾欲相见，故远相祇迎②也。'"衙将受约束，遇之。隐娘夫妻曰："刘仆射③果神人，不然者，何以洞④吾也？愿见刘公。"

① 黑白卫：黑色和白色的驴。

② 祇迎（zhī）：恭敬地迎接。

③ 仆射：官职名，唐代属尚书省，分设左、右仆射，皆为宰相之职。此处是对刘昌裔的敬称。刘昌裔，字光后。太原阳曲人。贞元十五年（799）坚守许州，功拜陈州刺史、陈许节度使。

④ 洞：深入了解。

刘劳之。隐娘夫妻拜曰："合负仆射，万死！"刘曰："不然，各亲其主，人之常事。魏今与许何异？愿请留此，勿相疑也。"隐娘谢曰："仆射左右无人，愿舍彼而就此，服公神明也。"知魏帅之不及刘。刘问其所须，曰："每日只要钱二百文足矣。"乃依所请。忽不见二卫所之，刘使人寻之，不知所向，后潜搜布囊中，见二纸卫，一黑一白。

后月余，白刘曰："彼未知住，必使人继至。今宵请剪发，系之以红绡，送于魏帅枕前，以表不回。"刘听之。至四更，却返，曰："送其信了，后夜必使精精儿来杀某，及贼仆射之首。此时亦万计杀之，乞不忧耳。"

刘豁达大度，亦无畏色。是夜明烛，半宵之后，果有二幡子，一红一白，飘飘然如相击于床四隅。良久，见一人自空而踣①，身首异处。隐娘亦出，曰："精精儿已毙。"拽出于堂之下，以药化为水，毛发不存矣。

① 踣（bó）：跌倒。

隐娘曰:"后夜当使妙手空空儿继至。空空儿之神术,人莫能窥其用,鬼莫得蹑①其踪,能从空虚之入冥,善无形而灭影。隐娘之艺,故不能造其境,此即系仆射之福耳。但以于阗②玉周其颈,拥以衾,隐娘当化为蠛蠓③,潜入仆射肠中听伺,其余无逃避处。"刘如言。至三更,瞑目未熟,果闻项上铿然声甚厉。隐娘自刘口中跃出,贺曰:"仆射无患矣!此人如俊鹘④,一搏不中,即翩然远逝,耻其不中。才未逾一更,已千里矣。"后视其玉,果有匕首划处,痕逾数分。自此,刘转厚礼之。

① 蹑 (niè):追踪。

② 于阗 (yú tián):古国名,盛产美玉。在今新疆和田一带。

③ 蠛蠓 (miè měng):一种小虫子。

④ 鹘 (hú):古书上说的一种鸟,短尾,青黑色。

自元和八年,刘自许入觐,隐娘不愿从焉,云:"自此寻山水,访至人。"但乞一虚给与其夫。刘如约,后渐不知所之。及刘薨于统军,隐娘亦鞭驴而一至京师柩前,恸哭而去。

开成年,昌裔子纵,除陵州①刺史,至蜀栈道,遇隐娘,貌若当时。甚喜相见,依前跨白卫如故,语纵曰:"郎君大灾,不合适此。"出药一粒,令纵吞之,云:"来年火急抛官归洛,方脱此祸,吾药力只保一年患耳。"纵亦不甚信,遗其缯彩,隐娘一无所受,但沉醉而去。后一年,纵不休官,果卒于陵州,自此无复有人见隐娘矣。

① 陵州:四川古地名,北周始置,隋废,唐复置。故治在今四川仁寿县境。

诗剑 相逢即成歌

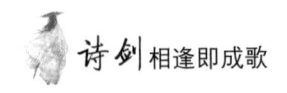

裴铏《传奇·韦自东》①

贞元中，有韦自东者，义烈之士也。尝游太白山，栖止段将军庄。段亦素知其壮勇者。一日，与自东眺望山谷，见一径甚微，若旧有行迹。自东问主人曰："此何诣也？"

段将军曰："昔有二僧，居此山顶，殿宇宏壮，林泉甚佳，盖唐开元中万回师弟子之所建也，似驱役鬼工，非人力所能及。或问樵者，说：'其僧为怪物所食，今绝踪二三年矣。'又闻人说：'有二夜叉于此山。亦无人敢窥焉。'"

自东怒曰："予操心在平侵暴，夜叉何类，而敢噬人？今夕必挈夜叉首，至于门下。"

将军止曰："暴虎冯河，死而无悔。"①自东不顾，仗剑奋衣而往，势不可遏。将军悄然曰："韦生当其咎耳！"

① 暴虎冯河：出自《诗经·小雅·小旻》："不敢暴虎，不敢冯河。人知其一，莫知其他。战战兢兢，如临深渊，如履薄冰。"《论语·述而》云："子曰：'暴虎冯河，死而无悔者，吾不与也。必也临事而惧，好谋而成者也。'"空手打虎，徒步过河；比喻有勇无谋，冒险蛮干。这里段将军是提醒韦自东，要慎重行事，不要空手和老虎搏斗。

自东扪萝蹑石，至精舍，悄寂无人。睹二僧房，大敞其户，履锡俱全，衾枕俨然，而尘埃凝积其上。又见佛堂内细草茸茸，似有巨物偃寝之处。四壁多挂野麂、玄熊之类，或庖炙之余，亦有锅镬、薪。自东乃知是樵者之言不谬耳。度其夜叉未至，

① 本社编：《唐五代笔记小说大观》，第1130页。

278

遂拔柏树，径大如碗，去枝叶为大杖，扃其户，以石佛拒之。是夜，月白如昼。夜未分，夜叉挈鹿而至，怒其扃鐍①，大叫，以首触户，折其石佛而踣于地。自东以柏树挝其脑，再举而死之，拽之入室，又阖其扉。顷之，复有夜叉继至，似怒前归者不接己，亦哮吼，触其扉，复踣于户阈②，又挝之，亦死。自东知雌雄已殒，应无俦类，遂掩关烹鹿而食。及明，断二夜叉首，挈余鹿而示段。段大骇曰："真周处之俦矣！"

① 鐍（jué）：箱子上安锁的环状物。借指锁。
② 阈（yù）：门坎。

乃烹鹿，饮酒尽欢，远近观者如堵。有道士出于稠人中，揖自东曰："某有衷恳，欲披告于长者，可乎？"

自东曰："某一生济人之急，何为不可？"

道士曰："某栖心道门，恳志灵药，非一朝一夕耳。三二年前，神仙为吾配合龙虎丹一炉，据其洞而修之有日矣。今灵药将成，而数有妖魔入洞，就炉击触，药几废散。思得刚烈之士，仗剑卫之。灵药倘成，当有分惠。未知能一行否？"自东踊跃曰："乃生平所愿也。"

遂仗剑从道士而去。跻险蹑峻，当太白之高峰将半，有一石洞，可百余步，即道士烧丹之室，唯弟子一人。道士约曰："明晨五更初，请君仗剑当洞门而立，见有怪物，但以剑击之。"

自东曰："谨奉教！"

久立烛于洞门外以伺之。俄顷，果有巨虺①，长数丈，金目雪牙，毒气氤郁。将欲入洞，自东以剑击之，似中其首。俄顷，若轻雾而化去。食顷，有一女子，颜色绝丽，执芰荷之花，缓步而至，自东又以剑拂之，若云气而灭。食顷，将欲曙，有道士乘云驾鹤，导从甚严，劳自东曰："妖魔已尽，吾弟子丹将成

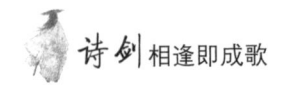

矣，吾当来为证也。"

① 虺（huǐ）：古书上说的一种毒蛇。

盘旋候明而入，语自东曰："喜汝道士丹成，今有诗一首，汝可继和。"诗曰："三秋稽颡①叩真灵，龙虎交时金液成。绛雪既凝身可度，蓬壶顶上彩云生。"

① 稽颡：古代一种跪拜礼，屈膝下拜，以额触地。居丧、请罪、投降时行之。

自东详诗意，曰："此道士之师。"

遂释剑而礼之。俄而突入，药鼎爆裂，更无遗在。道士恸哭，自东悔恨自咎而已。二人因以泉涤其鼎器而饮之。自东后更有少容，而适南岳，莫知所止。今段将军庄尚有夜叉骷髅见在。道士亦莫知所之。

袁郊《红线》①

袁郊，字之仪（一作之乾），晚唐诗人、小说家。宰相袁滋子。唐昭宗朝为翰林学士，与温庭筠交好。作有传奇小说《甘泽谣》一卷。关于此书得名原因，《直斋书录解题》言"咸通戊子自序，以其春雨泽应，故有甘泽成谣之语，以名其书"，则成书于咸通九年（868）。《郡斋读书志》言"载谲异事九章"，则篇目为九。宋元时期已佚，后人从《太平广记》中辑出。

红线，潞州①节度使薛嵩家青衣②，善弹阮咸③，又通经史，

---

① 本社编：《唐五代笔记小说大观》，第544页。

红线:第29页

嵩遣掌表笺,号曰"内记室"④。时军中大宴,红线谓嵩曰:"羯鼓之音颇凄,调其声者,必有事也。"嵩亦明晓音律,曰:"如汝所言。"乃召而问之。云:"某妻昨夜身亡,不敢乞假。"嵩遂遣放归。

①潞州:古代地名。北周宣政元年(578)于上党郡置潞州。隋开皇初废,唐武德元年(618)复称潞州。州治在今山西长治市。

②青衣:婢女。

③阮咸:古代乐器名,类似琵琶。相传是晋朝阮咸创制。

④内记室:掌管文书工作的女子。

时至德①之后，两河未宁，初置昭义军②，以滏阳③为镇，命嵩固守，控压山东。杀伤之余，军府草创。朝廷复遣嵩女嫁魏博节度使田承嗣④男，男娶滑州⑤节度使令狐彰⑥女，三镇交缔为姻娅⑦，人使日浃⑧往来。

① 至德：唐肃宗年号。此时安史之乱尚未平息。

② 昭义军：薛嵩归顺朝廷后，于唐代大历初年赐薛嵩军号"昭义"。

③ 滏阳：今河北磁县。

④ 田承嗣：唐卢龙（今河北卢龙县）人，安史叛军降将，唐朝封他为贝、博、沧、瀛等州节度使，加同中书门下平章事、雁门郡王。

⑤ 滑州：唐朝郡名，也称灵昌郡，州治在今河南滑县。

⑥ 令狐彰，字伯阳，唐朝富平（今陕西富平县）人。也是安史叛军降将，降唐后封滑、博、魏、亳节度使，御史大夫，霍国公。

⑦ 姻娅：姻亲关系。《左传·昭公二十五年》注："婿父曰姻，两婿相谓曰亚。"

⑧ 浃：循环一周，如天干由甲日至癸日称为浃日。这里指日日月月频繁往来。

时田承嗣尝患热毒风，遇夏增剧，每曰："我若移镇山东，纳其凉冷，可缓数年之命。"乃募军中武勇十倍者，得三千人，号"外宅男"而厚恤养之，常令三百人常直州宅。卜选良日，将并潞州。嵩闻之，日夜忧闷，咄咄自语，计无所出。

时夜漏将传，辕门已闭。杖策庭除①，惟红线从行。红线曰："主自一月，不遑寝食，意有所属，岂非邻境乎？"嵩曰："事系安危，非尔能料。"红线曰："某虽贱品，然亦有解主忧者。"嵩乃具告其事,曰:"我承祖父遗业,受国厚恩,一旦失其土疆,即数百年勋伐尽矣。"红线曰:"易尔,不足劳主忧也。乞放某一到魏郡,看其形势,观其有无。今一更首途②,三更可以复命。请先定一走马③,兼具寒暄书④,其他则俟某却回也。"嵩大惊曰:"不知汝是异人,我之暗也。然事若不济,反速其祸,奈何?"红线曰:"某之行,无不济者。"乃入闺房,饬⑤其行具。梳乌蛮髻,攒金凤钗,衣紫绣短袍,系青丝轻履,胸前佩龙文匕首,额上书太乙神名,再拜而倏忽不见。

① 除:台阶。
② 首途:出发,上路。
③ 走马:这里指送信的人。
④ 寒暄书:问候、寒暄的书信。
⑤ 饬(chì):整理。

嵩乃返身闭户,背烛危坐。常时饮酒,不过数合①,是夕举觞,十余不醉。忽闻晓角吟风,一叶坠露,惊而起问,即红线回矣。嵩喜而慰问曰:"事谐否?"曰:"不敢辱命。"又问曰:"无伤杀否?"曰:"不至是。但取床头金盒为信耳。"

① 合:量词,指一升的十分之一。

红线曰:"某子夜前三刻即到魏郡,凡历数门,遂及寝所。闻外宅男止于房廊,睡声雷动,见中军士卒步于庭庑,传呼风生。某发其左扉,抵其寝帐。田亲家翁止于帐内,鼓跌①酣眠,头枕文犀,髻包黄縠②。枕前露橐七星剑③,剑前仰开一金盒,盒内书生身甲子④与北斗神名,复著名香及美珠,散覆其上。扬威玉帐,但期心豁于生前;同梦兰堂,不觉命悬于手下。宁劳擒纵,只益伤嗟。时则蜡炬光凝,炉香烬煨,侍人四布,兵器森罗。或头触屏风，鼾而亸⑤者；或手持巾拂，寝而伸者。某攀其簪珥，縻⑥其襦裳，如病如昏，皆不能寤。遂持金盒以归。既出魏城西门，将行二百里，见铜台⑦高揭⑧，漳水⑨东注，晨飙动野，斜月在林。忧往喜还，顿忘于行役；感知酬德，仰副于心期。所以夜漏三时，往返七百余里，入危邦，经五六城，冀减主忧，敢言其苦。"

① 鼓趺（gǔ fū）：一种盘膝的睡姿。
② 縠（hú）：有皱纹的纱。
③ 橐七星剑：装在袋子里的七星剑。
④ 生身甲子：生辰八字。
⑤ 亸（duǒ）：下垂。这里指垂着头酣睡。
⑥ 縻：系。
⑦ 铜台：铜雀台。汉末曹操所建，故址在今河北临漳县西。
⑧ 高揭：高高耸立。
⑨ 漳水：即漳河，发源于山西省东部，流至河北、河南两省与山西交界处合流。

嵩乃发使遗承嗣书曰："昨夜有客从魏中来，云自元帅头边获一金盒，不敢留驻，谨却封纳。"专使星驰，夜半方到，见搜捕金盒，一军忧疑。

使者以马挝①扣门，非时请见。承嗣遽出，使者以金盒授之；捧承之时，惊恒②绝倒。遂驻使者止于宅中，狎以宴私，多其赐赉③。明日遣使赍缯帛三万匹、名马二百匹，他物称是④，以献于嵩，曰："某之首领，系在恩私，便宜知过自新，不复更贻伊戚⑤。专膺指使，敢议姻亲；役当奉毂后车，来则麾鞭前马。所置纪纲仆⑥号为'外宅男'者，本防他盗，亦非异图。今并脱其甲裳，放归田亩矣。"

①挝（zhuā）：鞭。

②怛（dá）：畏惧，害怕。

③赉（lài）：赏赐。

④他物称是：其他物品价值与之前的缯帛、名马相似。

⑤不复更贻伊戚：不敢再给您增加烦恼。

⑥纪纲仆：管理事务的仆人。《左传·僖公二十四年》："秦伯送卫于晋三千人，实纪纲之仆。"

由是，一两月内，河北、河南人使交至，而红线辞去。嵩曰："汝生我家，而今欲安往？又方赖汝，岂可议行？"红线曰："某前世本男子，游学江湖间，读神农药书，救世人灾患。时里有孕妇忽患蛊症①，某以芫花②酒下之，妇人与腹中二子俱毙。是某一举杀三人。阴司见诛，降为女子，使身居贱隶，气禀贼星③。所幸生于公家，今十九年矣。使身厌罗绮，口穷甘鲜，宠待有加，荣亦至矣。况国家建极，庆且无疆，此辈背违天理，当尽殚患。昨往魏郡，以示报恩。两地保其城池，万人全其性命；使乱臣知惧，烈士安谋。在某一妇人，功亦不小，固可赎其前罪，还其本形。便当遁迹尘中，栖心物外，澄清一气，生死常存。"嵩曰："不然，遗尔千金，为居山之所给。"红线曰："事关来世，安可预谋。"

①蛊症：腹内生虫的病。

②芫花（yuán huā）：别名芫、去水、赤芫、败花、毒鱼。落叶灌木，花为淡紫色，有毒性，主治心腹胀满等病。

③贼星：民间对流星、彗星的别称。《吕氏春秋·明理》："有天干，有贼星，有斗星，有宾星。"

嵩知不可驻留，乃广为饯别，悉集宾客，夜宴中堂。嵩以

歌送红线酒,请座客中冷朝阳①为辞。辞曰:

采菱歌怨木兰舟,送别魂消百尺楼。还似洛妃乘雾去,碧天无际水长流。

歌毕,嵩不胜悲,红线反袂且泣,因伪醉离席,遂亡其所在。

① 冷朝阳:中唐诗人。江宁人。代宗大历四年(769)登进士第,不待授官,即归江宁省亲。五年至八年间为节度使薛嵩幕客。

薛用弱《集异记·贾人妻》①

薛用弱,字中胜,河东人。唐穆宗长庆年间为光州刺史,大和中出守弋阳。可推知其大致活跃于长庆大和年间。著有《集异记》三卷。晁公武《郡斋读书志》云又题《古异记》,搜集了中晚唐时期文人逸事、市井传说、神仙鬼怪等故事。世所传狄仁杰《集翠裘》、王维《郁轮袍》、王积薪《妇姑围棋》、王之涣《旗亭画壁》诸事,皆出此书。故事生动,文辞隽永,故《四库全书总目提要》称其"叙述颇有文彩,胜他小说之凡鄙"。汪辟疆更是赞誉为"唐人小说中之魁垒也"。

唐余干县尉王立调选,佣居大宁里。文书有误,为主司驳放。资财荡尽,仆马丧失,穷悴颇甚,每丐食于佛祠。徒行晚归,偶与美妇人同路。或前或后依随。因诚意与言,气甚相得。立因邀至其居,情款甚洽。

① (宋)李昉编:《太平广记》卷一百九十六,第1471—1472页。

翌日，谓立曰："公之生涯，何其困哉！妾居崇仁里，资用稍备。倘能从居乎？"立既悦其人，又幸其给，即曰："仆之厄塞，阽①于沟渎，如此勤勤，所不敢望焉，子又何以营生？"对曰："妾素贾人之妻也。夫亡十年，旗亭②之内，尚有旧业。朝肆暮家，日赢钱三百，则可支矣。公授官之期尚未，出游之资且无，脱不见鄙，但同处以须冬集可矣。"立遂就焉。

① 阽（diàn）：临近（险境）。
② 旗亭：酒楼。

阅其家，丰俭得所。至于扃锁之具，悉以付立。每出，则必先营办立之一日馔焉，及归，则又携米肉钱帛以付立。日未尝缺。立悯其勤劳，因令佣买仆隶。妇托以他事拒之，立不之强也。

周岁，产一子，唯日中再归为乳耳。凡与立居二载，忽一日夜归，意态惶惶，谓立曰："妾有冤仇，痛缠肌骨，为日深矣。伺便复仇，今乃得志。便须离京，公其努力。此居处，五百缗①自置，契书在屏风中。室内资储，一以相奉。婴儿不能将去，亦公之子也，公其念之。"言讫，收泪而别。立不可留止，则视其所携皮囊，乃人首耳。立甚惊愕。其人笑曰："无多疑虑，事不相萦。"遂挈（qiè）囊逾垣（yuán）而去，身如飞鸟。

① 缗（mín）：量词。一千文铜钱串成一串叫一缗。

立开门出送，则已不及矣。方徘徊于庭，遽闻却至。立迎门接俟，则曰："更乳婴儿，以豁①离恨。"就抚子。俄而复去，挥手而已。立回灯褰帐，小儿身首已离矣。立惶骇，达旦不寐。则以财帛买仆乘，游抵近邑，以伺其事。久之，竟无

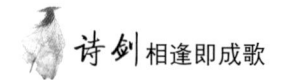

所闻。

某年，立得官，即货鬻所居归任。尔后，终莫知其音问也。

① 豁：舍弃。

皇甫氏《崔慎思》①

皇甫氏，名不详，号洞庭子。约唐文宗时期在世。所著传奇有《原化记》，现存二十余篇，书中多记神仙鬼怪之事。《通志略》著录一卷，书已佚。《太平广记》收佚文六十余则。

博陵崔慎思，唐贞元中应进士举。京中无第宅，常赁人隙院①居止。而主人别在一院，都无丈夫，有少妇年三十余，窥之亦有容色，唯有二女奴焉。

慎思遂遣通意，求纳为妻。妇人曰："我非仕人，与君不敌，不可为他时恨也。"求以为妾，许之，而不肯言其姓。慎思遂纳之。二年余，崔所取给，妇人无倦色。后产一子，数月矣。

时夜，崔寝，及闭户垂帷，而已半夜，忽失其妇。崔惊之，意其有奸，颇发忿怒，遂起，堂前彷徨而行。时月胧明，忽见其妇自屋而下，以白练缠身，其右手持匕首，左手携一人头，言其父昔枉为郡守所杀，入城求报，已数年矣，未得，今既克②矣，不可久留，请从此辞。遂更结束③其身，以灰囊盛人首携之，谓崔曰："某幸得为君妾二年，而已有一子，宅及二婢皆自致，并以奉赠，养育孩子。"言讫而别，遂逾墙越舍而去。慎思

---

① （宋）李昉编：《太平广记》卷一百九十四，第1456页。

惊叹未已，少顷却至，曰："适④去，忘哺孩子少乳。"遂入室，良久而出曰："喂儿已毕，便永去矣。"慎思久之，怪不闻婴儿啼，视之，已为其所杀矣。杀其子者，以绝其念也，古之侠莫能过焉。

① 隙院：狭窄的偏院。

② 克：成功。

③ 结束：装束，打扮。

④ 适：刚才，方才。

皇甫氏《义侠》①

顷有仕人为畿尉①，常任贼曹。有一贼系械，狱未具。此官独坐厅上，忽告曰："某非贼，颇非常辈。公若脱我之罪，奉报有日。"此公视状貌不群，词采挺拔。意已许之，佯为不诺。

① 畿尉：京城近旁的县中的县尉。

夜后，密呼狱吏放之，仍令狱卒逃窜。既明，狱中失囚，狱吏又走，府司谴罚而已。后官满，数年客游，亦甚羁旅。至一县，忽闻县令与所放囚姓名同。往谒之，令通姓字。此宰①惊惧，遂出迎拜，即所放者也。因留厅中，与对榻而寝。欢洽旬余，其宰不入宅。

① 宰：县令又称县宰。

忽一日归宅。此客遂如厕。厕与令宅，唯隔一墙。客于厕室，闻宰妻问曰："公有何客，经于十日不入？"宰曰："某得此

---

① （宋）李昉编：《太平广记》卷一百九十五，第1466页。

人大恩，性命昔在他手，乃至今日，未知何报？"妻曰："公岂不闻，大恩不报，何不看时机为？"令不语。久之乃曰："君言是矣。"此客闻已，归告奴仆，乘马便走，衣服悉弃于厅中。

至夜，已行五六十里，出县界，止宿村店。仆从但怪奔走，不知何故。此人歇定，乃言此贼负心之状，言讫吁嗟①。奴仆悉涕泣之次。

① 吁嗟：叹词。表示忧伤或有所感。

忽床下一人，持匕首出立。此客大惧。乃曰："我义士也，宰使我来取君头，适闻说，方知此宰负心。不然，枉杀贤士。吾义不舍此人也。公且勿睡，少顷，与君取此宰头，以雪公冤。"此人怕惧愧谢，此客持剑出门如飞。

二更已至，呼曰："贼首至。"命火观之，乃令头也。剑客辞诀，不知所之。

皇甫氏《车中女子》①

唐开元中，吴郡人入京应明经举。至京，因闲步坊曲。忽逢二少年着大麻布衫，揖此人而过，色甚卑敬，然非旧识，举人谓误识也。后数日，又逢之，二人曰："公到此境，未为主①，今日方欲奉迓②，邂逅相遇，实慰我心。"揖举人便行，虽甚疑怪，然强随之。

① 未为主：这里是指没有作为主人招待。
② 奉迓（yà）：迎接。

---

① （宋）李昉编：《太平广记》卷一百九十三，第1450页。

第四章　篇目选释

抵数坊，于东市一小曲内，有临路店数间，相与直入，舍宇甚整肃。二人携引升堂，列筵甚盛。二人与客据绳床①坐定。于席前，更有数少年各二十余，礼颇谨。数出门，若伫②贵客。至午后，方云来矣。闻一车直门来，数少年随后，直至堂前，乃一钿③车。卷帘，见一女子从车中出，年可十七八，容色甚佳。花梳满髻，衣则纨④素。二人罗拜，此女亦不答；此人亦拜之，女乃答。遂揖客入。女乃升床，当局而坐，揖二人及客，乃拜而坐。又有十余后生皆衣服轻新，各设拜，列坐于客之下。陈以品味，馔至精洁。

① 绳床：一种可以折叠的轻便坐具。《晋书·佛图澄传》："坐绳床，烧安息香。"

② 伫（zhù）：等待。

③ 钿（diàn）：一种装饰工艺。在器物上镶嵌金属、宝石、贝壳等。

④ 纨（wán）：细绢。

饮酒数巡，至女子，执杯顾问客："闻二君奉谈，今喜展见。承有妙技，可得观乎？"此人卑逊辞让云："自幼至长，唯习儒经，弦管歌声，辄未曾学。"女曰："所习非此事也。君熟思之，先所能者何事？"客又沉思良久曰："某为学堂中，着靴于壁上行得数步。自余戏剧，则未曾为之。"女曰："所请只然，请客为之。"遂于壁上行得数步。女曰："亦大难事。"乃回顾坐中诸后生，各令呈技，俱起设拜。有于壁上行者，亦有手撮椽子①行者，轻捷之戏，各呈数般，状如飞鸟。此人拱手惊惧，不知所措。少顷女子起，辞出。举人惊叹，恍恍然不乐。

① 椽子（chuán zǐ）：放在檩子上架屋面板和瓦的条木。

诗剑 相逢即成歌

车中女子四
计甚惊怕不求仕罢

车中女子：第 9 页

经数日，途中复见二人曰："欲假盛驷①，可乎？"举人曰："唯。"至明日，闻宫苑中失物，掩捕②失贼，唯收得马，是将驮物者。验问马主，遂收此人。入内侍省勘问，驱入小门。吏自后推之，倒落深坑数丈，仰望屋顶七八丈，唯见一孔，才开尺余。自旦入至食时，见一绳缒③一器食下。此人饥急，取食之。食毕，绳又引去。

① 盛驷：这里是马的美称。
② 掩捕：乘其不备捕捉。
③ 缒（zhuì）：用绳子往下送。

深夜，此人忿甚，悲恸何诉。仰望，忽见一物如鸟飞下，觉至身边，乃人也。以手抚生，谓曰："计甚惊怕①，然某在无虑也。"听其声，则向所遇女子也。云："共君出矣。"以绢重系②此人胸膊讫，绢一头系女人身。女人纵身腾上，飞出宫城，去门数十里乃下。云："君且便归江淮，求仕之计，望俟他日。"此人大喜，徒步潜窜，乞食寄宿，得达吴地。后竟不敢求名西上矣。

① 计甚惊怕：料到（你）会非常害怕。
② 重系：一层层拴住。

康骈《剧谈录·潘将军失珠》①

康骈，字驾言，晚唐诗人、小说家。池阳（今安徽贵池）人。约唐僖宗光启中前后在世。乾符四年（877）登进士第。黄巢之乱时，避乱于池阳山。为了排除寂寞，著《剧谈录》，"聊以传诸好事者"②。乱后复出为官。《剧谈录》中所记，与史实多有出入，实如作者所言，为"小说家流"。《四库提要》云"稗官所述，半出传闻，真伪互陈，其风自古未可全以为据，亦未可全以为诬"，颇为公允。

---

① 本社编：《唐五代笔记小说大观》，第1464页。
② 《剧谈录序》，见本社编《唐五代笔记小说大观》，第1459页。

京国豪士潘将军，住光德坊。本居襄汉间，常乘舟射利①，因泊江堧②。有僧乞食，留之数日，尽心檀施③。僧谓潘曰："观尔形质器度，与众贾④不同；至于妻孥，皆享巨福。"因以玉念珠一穿留赠之，云："宝之不但通财，他后亦有官禄。"既而迁贸数年，藏镪⑤巨万，遂均陶、郑⑥。其后职居左广⑦，列第京师。常宝念珠，贮之以绣囊玉合，置道场内。每月朔⑧，则出而拜之。一旦开合启囊，已亡珠矣。然而缄封若旧，他物亦无所失。于是夺魄丧精，以为其家将破之兆。

① 射利：谋取财利，这里指经商。

② 江堧（ruán）：江边平地。

③ 檀施：布施。

④ 贾：商人。

⑤ 镪（qiǎng）：古称成串的钱。

⑥ 陶、郑：陶朱公，古代富商。郑未详其人，或为"邓"之讹。邓，邓通，汉文帝时巨富。

⑦ 左广：官名。春秋时楚国国君所属亲兵的兵车，左右二广各有兵车十五乘。此处指帝王亲兵的首领。

⑧ 朔：农历月初一。

有主藏①者，尝识京兆府停解所由②王超，年且八十。已来因密话其事，超曰："异哉，此非攘③窃之盗也。某试为寻之，未知果得否。"超他日因过胜业坊北街，时春雨新霁，有三鬟女子，可年十七八，衣装蓝缕，穿木屐，立于道侧槐树下。值军中少年蹴鞠④，接而送之，直高数丈，于是观者渐众，超独异焉。及罢，随之而行，止于胜业坊北门短曲，有母同居，盖以纫针为业。超时因以他事熟之，遂为舅甥，然居室甚贫，与母同卧土榻，烟爨⑤不动者往往经旬。累日或设肴羞⑥，时有水陆珍异，吴中初进洞庭橘子，恩赐宰臣外，京辇⑦未有此物，密以一枚赠超，云有人从内中⑧将出。而禀性刚决，超意甚疑之。如此往来周岁矣。

① 主藏：职官名，主管库藏财物。
② 停解所由：调停调解纠纷的人。所由：用来。
③ 攘（rǎng）：抢夺，偷窃。
④ 蹴鞠（cù jū）：球类运动，以脚蹴、蹋、踢皮球，类似今日的足球。
⑤ 爨（cuàn）：灶。
⑥ 肴羞（yáo xiū）：美味的菜肴。
⑦ 京辇：京城，国都。
⑧ 内中：皇宫大内之中。

如此往来周岁矣，超一旦携酒食与之从容①，徐谓之曰："舅有深诚②，欲告外甥，未知何如？"女曰："每感重恩，恨无所答。若有力可施，必能赴汤蹈火。"超曰："潘将军失却玉念珠，不知知否？"女子微笑曰："从何知之？"超揣其意不甚藏密，又曰："外甥可寻觅，厚备缯彩酬赠。"女子曰："勿言于人，某偶与朋侪为戏，终却还与，因循未暇③。舅来日诘旦④，于慈恩寺⑤塔院相候，某知有人寄珠在此。"超如期而往，顷刻至矣。时寺门始开，塔户犹锁。女子先在，谓超曰："少顷仰观塔上，当有所见。"语讫而去，疾若飞鸟。忽于相轮⑥上举手示超，欻然⑦携珠而下，谓超曰："便可将还，勿以财帛为意。"超径诣潘，具述其事。因以金玉缯锦，密为之赠。明日访之，已空室矣。

① 从容：盘桓，休闲，逗留。
② 深诚：这里指藏在心里的话。

诗剑 相逢即成歌

缀鍼女十六
懷橘奇求珠宜

纫针女：第 42 页

③ 因循未暇：因循，拖延。一直拖延着没有空去做某事。

④ 诘旦（jié dàn）：平明，清晨。

⑤ 慈恩寺：即大慈恩寺。位于唐长安城晋昌坊，是唐长安城内最著名、最宏丽的佛寺。

⑥ 相轮：寺庙上轮状建筑构建，象征万物轮回。

⑦ 欻然：快速的样子。欻（xū）：快速。

第四章 篇目选释

段成式《兰陵老人》[①]

段成式，字柯古，祖籍齐郡邹平（今山东邹平北）。出身名门望族，六世祖志玄封褒国公，名列凌烟阁，是唐朝的开国功臣。以父荫入官，任秘书省校书郎，迁尚书郎，历吉州、处州、江州刺史，官终太常少卿。诗文与李商隐、温庭筠齐名，三人皆排行十六，时人称"三十六体"。放达好奇，博学多识，酷好小说，著有《酉阳杂俎》三十卷，内容包括仙佛鬼怪、人事以至动物、植物、酒食、寺庙等，兼具志怪传奇与笔记小说的特点。

唐黎干[①]为京兆尹时，曲江[②]涂龙祈雨，观者数千。黎至，独有老人植杖不避。干怒，杖之，如击鞔革[②]，掉臂[③]而去。黎疑其非常人，命坊老卒寻之。至兰陵里[④]之南，入小门，大言曰："我困辱甚，可具汤[⑤]也。"坊卒遽返，白黎。

① 黎干：中唐人，曾官京兆尹。
② 曲江：指曲江池，位于今陕西西安东南。
② 鞔革：鼓皮。鞔（mán）：把皮革蒙在鼓框上。
③ 掉臂：甩手臂，指去而不顾。
④ 兰陵里：兰陵坊。唐代长安城坊。
⑤ 汤：热水。

黎大惧。因衣坏服，与坊卒至其处。时已昏黑，坊卒直入，通黎之官阀[①]。黎唯而趋入，拜伏曰："向迷丈人物色[②]，罪当十

---

① （宋）李昉编：《太平广记》卷一百九十五，第1464页。

死。"老人惊曰："谁引尹来此！"即牵上阶。黎知可以理夺，徐曰："某为京尹，尹威稍损，则失官政。丈人埋形杂迹，非证慧眼③不能知也。若以此罪人，是钓人以名，则非义士之心也。"老人笑曰："老夫过。"乃具酒设席于地，招坊卒令坐。

①官阀：官阶。

②物色：形象。

③证慧眼：佛教术语。证，证果，修行得道。惠眼，即慧眼，佛家"五眼"之一，指能看出一切真相之眼。

夜深，语及养生，言约理辨，黎转敬惧。因曰："老夫有一技，请为尹设。"遂入。良久，紫衣朱鬘①，拥剑长短七口，舞于中庭，迭跃挥霍，批光电激，或横若掣帛，旋若规火。有短剑二尺余，时时及黎之袵②。黎叩头股栗③。

①鬘（mà）：头巾。

②袵：衣襟。

③股栗：因恐惧而两腿发抖。

食顷，掷剑于地，如北斗状，顾黎曰："向试尹胆气。"黎拜曰："今日已后，性命丈人所赐，乞役①左右。"老人曰："尹骨相无道气，非可遽②授，别日更相顾也。"揖黎而入。黎归③，气色如病，临镜方觉须剃落寸余。翌日，复往，室已空矣。

①役：效力，听候差遣。

②遽（jù）：立刻，马上。

③归：回家。

段成式《京西店老人》①

唐韦行规自言：少时游京西，暮止店中，更欲前进。店有老人方工作，谓曰："客勿夜行，此中多盗。"

韦曰："某留心弧矢①，无所患也。"因行数十里。

天黑，有人起草中尾之。韦叱不应，连发矢中之，复不退。矢尽，韦惧奔焉。有顷，风雷总至，韦下马，负②一大树，见空中有电光相逐，如鞫杖③，势渐逼树杪，觉物纷纷坠其前。韦视之，乃木札④也。须臾，积札埋至膝。

① 弧矢：弓箭，这里指箭术。
② 负：背靠。
③ 鞫杖：审讯时用的棍棒。鞫（jū）：审讯。
④ 木札：木片。

韦惊惧，投弓矢，仰空中乞命。拜数十，电光渐高而灭，风雷亦息。韦顾大树，枝干尽矣。鞍驮已失，遂返前店。见老人方箍桶。

韦意其异人也，拜而且谢①。老人笑曰："客勿恃②弓矢，须知剑术。"引韦入后院，指鞍驮，言却领取，聊相试耳。又出桶板一片，昨夜之箭，悉中其上。韦请役力③承事，不许；微露击剑事，韦也得一二焉。

① 谢：道歉。
② 恃：倚仗。
③ 役力：效力。

---

① （宋）李昉编：《太平广记》卷一百九十五，第1464页。

段成式《侠僧》①

唐建中①初，士人韦生，移家汝州。中路逢一僧，因与连镳②，言论颇洽。

日将夕，僧指路歧曰："此数里是贫道兰若③，郎君能垂顾乎？"

士人许之，因令家口先行。僧即处分从者；供帐④具食。行十余里不至，韦生问之，即指一处林烟曰："此是矣。"

① 建中：是唐德宗李适的年号。
② 连镳：指并驾齐驱。镳（biāo）：马勒。
③ 兰若：指寺院。
④ 供帐：帐具供设，指日常用品。

及至，又前进。日已昏夜，韦生疑之。素善弹，乃密于靴中取张卸弹①，怀铜丸十余，方责僧曰："弟子有程期，适偶贪上人清论，勉副相邀。今已行二十里，不至，何也？"

僧但言且行。是僧前行百余步，韦生知其盗也，乃弹之，正中其脑。僧初若不觉，凡五发中之。僧始扪中处，徐曰："郎君莫恶作剧。"

韦生知无可奈何，亦不复弹。良久，至一庄墅，数十人列火炬出迎。僧延韦生坐一厅中，笑云："郎君勿忧。"

因问左右："夫人下处如法无？"

复曰："郎君且自慰安之，即就此也。"

---

① 《太平广记》卷一九四题作《僧侠》，云出《唐语林》，而不见于今本《唐语林》。汪绍楹校曰："明钞本作出《酉阳杂俎》"，从之。（宋）李昉编：《太平广记》卷一百九十四，第1454页。

韦生见妻女别在一处，供帐甚盛，相顾涕泣。即就僧，僧前执韦生手曰："贫道盗也，本无好意，不知郎君艺若此，非贫道亦不支也。今日固已无他，幸不疑耳。适来贫道所中郎君弹悉在。"乃举手搦②怀脑后，五丸坠焉。有顷布筵，具蒸犊，犊上劄③刀子十余，以齑④饼环之。揖韦生就座，复曰："贫道有义弟数人，欲令谒见⑤。"言已，朱衣巨带者五六辈，列于阶下。僧呼曰："拜郎君！汝等向遇郎君，则成齑粉⑥矣！"食毕，僧曰："贫道久为此业，今向迟暮⑦，欲改前非。不幸有一子，技过老僧，欲请郎君为老僧断之。"乃呼飞飞出参郎君。飞飞年才十六七，碧衣长袖，皮肉如脂⑧。僧曰："向后堂侍郎君。"僧乃授韦一剑，及五丸，且曰："乞郎君尽艺杀之，无为老僧累也。"引韦入一堂中，乃反锁之。

① 取张卸弹：取出弹弓和弹丸。
② 搦（nuò）：按。
③ 劄（zhā）：同"扎"。
④ 齑（jī）：切成细末的腌菜等。
⑤ 谒见：拜见。
⑥ 齑粉：细屑，这里指粉身碎骨。
⑦ 迟暮：年老。《楚辞·离骚》："惟草木之零落兮，恐美人之迟暮。"
⑧ 皮肉如脂：形容皮肤细腻光滑。《诗经·硕人》："手如柔荑，肤如凝脂。"

堂中四隅①，明灯而已。飞飞当堂执一短鞭，韦引弹，意必中。丸已敲落，不觉跃在梁上，循壁虚蹑，捷若猱玃②。弹丸尽，不复中。韦乃运剑逐之，飞飞倏忽③逗闪，去韦身不尺。韦断④其鞭数节，竟不能伤。

① 四隅：四角。隅：角落。
② 猱玃（náo jué）：猴子。
③ 倏忽：忽然，形容速度快。
④ 断：把……削断。

僧久乃开门，问韦："与老僧除得害乎？"韦具言①之。僧怅然，顾②飞飞曰："郎君证成汝为贼也，知复如何！"僧终夜与韦论剑及弧矢之事。天将晓，僧送韦路口，赠绢百匹，垂泣而别。

① 具言：详细说明。
② 顾：看。

延伸阅读文献

一　古籍文献

（战国）庄周著，方勇译注：《庄子》，中华书局 2015 年整理本。

（汉）司马迁著，（南朝宋）裴骃集解，（唐）司马贞索隐，（唐）张守节正义：《史记》，中华书局 1982 年标点本。

（汉）司马迁著，张大可辑评：《百家汇评本〈史记〉》，商务印书馆 2020 年整理本。

（汉）班固著，颜师古注：《汉书》，中华书局 1962 年标点本。

（汉）荀悦撰，张烈点校：《两汉纪·汉纪》，中华书局 2002 年标点本。

（后汉）赵晔撰，周生春辑校汇考：《吴越春秋辑校汇考》，中华书局 2019 年整理本。

（魏）曹植著，黄节笺注：《曹子建诗注》，中华书局 2008 年标点本。

（三国魏）阮籍著，陈伯君校注：《阮籍集校注》，中华书局 2012 年整理本。

（晋）陈寿撰，（南朝宋）裴松之注：《三国志》，中华书局 1982 年标点本。

（东晋）陶渊明撰，袁行霈笺注：《陶渊明集笺注》，中华书局

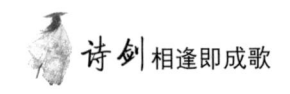

2003年整理本。

（南朝宋）鲍照著，黄节注：《鲍参军诗注》，中华书局2008年整理本。

（南朝宋）范晔撰，（唐）李贤等注：《后汉书》，中华书局1965年标点本。

（陈）徐陵撰，许逸民校笺：《徐陵集校笺》，中华书局2008年整理本。

（唐）陈翰编，李小龙校证：《异闻集校证》，中华书局2019年整理本。

（唐）房玄龄等：《晋书》，中华书局1974年标点本。

（唐）李百药：《北齐书》，中华书局1972年标点本。

（唐）李贺著，吴企明笺注：《李长吉歌诗编年笺注》，中华书局2012年整理本。

（唐）李延寿：《北史》，中华书局1974年标点本。

（唐）令狐德棻等：《周书》，中华书局1971年标点本。

（唐）韦绚撰，陶敏、陶红雨校注：《刘宾客嘉话录》，中华书局2019年整理本。

（唐）魏徵等：《隋书》，中华书局1973年标点本。

（唐）姚思廉：《陈书》，中华书局1972年标点本。

（唐）姚思廉：《梁书》，中华书局1973年标点本。

（唐）张鷟撰，赵守俨点校：《朝野佥载》，中华书局1979年整理本。

（唐）李白著，（清）王琦注：《李太白全集》，中华书局1977年整理本。

（唐）杜甫著，（清）仇兆鳌注：《杜诗详注》，中华书局1979年整理本。

（唐）白居易撰，谢思炜校注：《白居易诗集校注》，中华书局

2006年整理本。

（唐）韩愈撰，（宋）魏仲举集注：《五百家注韩昌黎集》，中华书局2019年整理本。

（唐）陈子昂著，徐鹏校点：《陈子昂集》（修订本），上海古籍出版社2013年版。

（唐）骆宾王撰，（清）陈熙晋笺注，王群栗点校：《骆宾王集》，浙江古籍出版社2015年整理本。

（唐）元稹撰，冀勤点校：《元稹集》，中华书局2010年整理本。

（唐）李德裕撰，傅璇琮、周建国校笺：《李德裕文集校笺》，中华书局2018年标点本。

（唐）岑参撰，廖立笺注：《岑嘉州诗笺注》，中华书局2004年整理本。

（唐）高适撰，刘开扬笺注：《高适诗集编年笺注》，中华书局1981年整理本。

（五代）孙光宪撰，贾二强校点：《北梦琐言》，中华书局2002年整理本。

（五代）王仁裕撰，曾贻芬点校：《开元天宝遗事》，中华书局2006年整理本。

（后晋）刘昫等：《旧唐书》，中华书局1975年标点本。

（宋）郭茂倩编：《乐府诗集》，中华书局1979年整理本。

（宋）李昉等编：《太平广记》，中华书局1961年标点本。

（宋）欧阳修、（宋）宋祁：《新唐书》，中华书局1975年整理本。

（宋）司马光编著，（元）胡三省音注：《资治通鉴》，中华书局1956年标点本。

（宋）王谠撰，周勋初校证：《唐语林校证》，中华书局2008年标点本。

（宋）王溥：《唐会要》，中华书局1960年标点本。

（宋）黎靖德编：《朱子语类》，中华书局1986年整理本。

（元）辛文房著，傅璇琮主编：《唐才子传校笺》，中华书局1995年标点本。

（明）胡应麟：《少室山房笔丛》，上海书店出版社2009年整理本。

（明）王夫之评选，王学太校点：《唐诗评选》，文化艺术出版社1997年整理本。

（清）陈世熙编：《唐人说荟》，民国扫叶山房影印版。

（清）董诰等编：《全唐文》，中华书局1983年标点本。

（清）彭定求等编：《全唐诗》，中华书局1960年标点本。

（清）石玉昆编：《三侠五义》，齐鲁书社2008年整理本。

（清）王先慎撰，钟哲点校：《韩非子集解》，中华书局1998年整理本。

（清）吴敬梓：《儒林外史》，中华书局2013年整理本。

（清）严可均辑：《全上古三代秦汉三国六朝文》，中华书局1958年影印本。

（清）张潮撰，刘和文校点：《幽梦影》，黄山书社2021年整理本。

俞绍初辑校：《建安七子集》，中华书局2005年整理本。

马银琴译注：《搜神记》，中华书局2012年版。

朱碧莲、沈海波译注：《世说新语》，中华书局2011年整理本。

刘俊文撰：《唐律疏议笺解》，中华书局1996年整理本。

逯钦立辑校：《先秦汉魏晋南北朝诗》，中华书局1983年标点本。

罗新、叶炜：《新出魏晋南北朝墓志疏证》，中华书局2005年版。

本社编：《唐五代笔记小说大观》，上海古籍出版社2000年版。

汪聚应辑校：《唐人豪侠小说集》，中华书局2011年整理本。

《新编五代史平话》,中国古典文学出版社1954年整理本。

马蹄疾编:《水浒资料汇编》,中华书局1980年版。

陈曦钟等辑校:《水浒传会评本》,北京大学出版社1981年整理本。

于天池注,孙通海等译:《聊斋志异》,中华书局2015年整理本。

二 研究著作

[奥]西格蒙德·弗洛伊德:《自我与本我》,林尘等译,上海译文出版社2011年版。

[美]卡尔·罗杰斯:《论人的成长》,石孟磊等译,世界图书出版公司2015年版。

[美]悉尼·胡克:《历史中的英雄》,王清彬等译,上海人民出版社1986年版。

(汉)司马迁撰,[日]泷川资言考证:《史记会注考证》,上海古籍出版社2016年版。

陈平原:《千古文人侠客梦》,百花文艺出版社2009年版。

陈寅恪:《金明馆丛稿二编》,生活·读书·新知三联书店2015年版。

高世瑜:《唐代妇女》,三秦出版社1988年版。

韩云波:《中国侠文化:积淀与承传》,重庆出版社2004年版。

梁启超:《中国之武士道》,《梁启超全集》,北京出版社1999年版。

鲁迅:《中国小说史略》,上海古籍出版社2004年版。

罗立群:《中国武侠小说史》,花山文艺出版社2008年版。

罗宗强:《李杜论略》,内蒙古人民出版社1980年版。

吕思勉:《秦汉史》,上海古籍出版社1983年版。

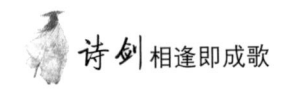

汪聚应：《唐代侠风与文学》，中国社会科学出版社 2007 年版。

汪涌豪：《中国游侠史》，复旦大学出版社 2001 年版。

萧涤非：《汉魏六朝乐府文学史》，人民文学出版社 1998 年版。

张大可、丁德科主编：《史记论著集成》，商务印书馆 2015 年版。

后　记

英雄是一个民族的杰出代表，中华民族是英雄辈出的民族。文学中"侠"形象诞生、演变的过程，也正是中华民族记录英雄事迹、礼赞英雄精神的过程。司马迁以"扶危济困""重义轻生"明确了侠的道德准则，从曹植开始，侠的形象又与爱国结合，侠少年们"捐躯赴国难，视死忽如归"的举动，鼓舞了一代又一代人。"千古文人侠客梦"，何止文人，几乎每个中国人，都曾对剑光侠影的江湖心驰神往，梦想自己手提三尺剑，斩尽天下不平事。

我，自然也是其中之一。

作为20世纪80年代生人，去学校附近租书店看闲书，是当时最流行的消遣方式。老板则有着超越时代的会员制意识，交上一笔钱就能在一周或一个月内无限次借阅。我就是那时拿起一本被翻得破破烂烂的《射雕》的。它被我包上印着"语文"二字的书皮，在课堂上正襟危坐地读完了。按照利益最大化的原则，我应该马上还了去读下一本。然而，我没有，因为它太好看了，我也太需要有个人来和我分享。于是我就把它推荐给一个朋友，然后朋友推荐给另一个朋友。以至于我没法还掉它，因为书已经漂流到外班去，最后不知所踪了。迷恋武侠的结果是，我赔了一周的早餐钱，并且把几个同学拐带成武侠迷，让我成为学校里带头读"野书"的"不良少女"。

高中时第一次做课堂报告，题目是你最爱的一个作家。在那个时代，武侠小说算不上小说，读武侠就是大逆不道的事，而当别的同学都在讲鲁迅、苏东坡时，我站上去侃侃而谈，抒发自己对金庸的崇拜，对金庸宇宙的理解。这份特立独行的后果是，我被要求重做了一次报告。随后，老师和我一次长谈，我接受了他的建议，暂时放下武侠梦，踏踏实实地学习。等去了大学就自由了，想看什么就看什么。于是我有整整两年没有看武侠小说。只是在睡着前的梦里一遍遍回忆、幻想、重构着读过的世界，峨眉山上月、武当涧底松，一切逐渐有了我自己的影子，陪伴我度过枯燥难耐的岁月。

等我高考完的时候，满大街的租书铺也消失了。武侠电视剧、武侠游戏铺天盖地而来。武侠从上不得台面的"野书"一下子成了时代风尚。我也乘着这股东风，从一个喜欢武侠的不良少女，变成写武侠的武侠小说作者。我前后出版了数十册、数百万字的小说作品，甚至被出版商冠以"内地新武侠代表人物"这种头衔，一听就令人脚趾抠地。但我心中始终觉得，自己"武侠作家"的身份是业余的，我的未来应该是一名学者，研究的内容也该与创作无关，而是唐代诗歌。

之后我博士毕业，博士后出站，到人大国学院任教。从讲师到副教授，争取尽快成为教授。其间也出版了几本学术专著，发了几十篇学术论文。我坚持认为，自己是"专门"学者，业余作家。可后来发现，每次去学术会议，谈论我小说的人要比谈论我学术文章的人多。一开始，我有点尴尬，甚至有点抗拒，不过很快就释然了。人本来就不只拥有一个身份，有的人专精一门，有的人擅长跨界。或许，我能在创作与研究中找到一个平衡点，找到属于自己的角度与领域。同时，作为教师的时间

后　记

越长，越感到传道授业的责任。二十年来，创作研究中获得的那点心得，其实微不足道，没有必要四处宣扬，却可以在讲堂上传给莘莘学子。尤其是，我的学生们普遍还处于仰慕英雄的时代，需要建立正确的英雄观、价值观。我希望将自己对英雄的理解，分享给他们。

于是，我开设了一门《古代侠文学研究》的课程。从 2017 年至今，每年开设 1—2 次。我希望通过对古代侠文学的梳理，中华民族"侠"的精神内涵。引导学生建立既基于传统文化，又符合时代特性的中国特色的英雄观。

经过六年多的教学实践，课程内容渐渐完备，讲义堆起来，竟然也有小山一样高了。我感到自己似乎应该做一些整理工作。2022 年起，我利用已有课程的课件、教案和讲义，总结历学期的教学过程和教学反馈，展开了《古代侠文学研究》课程教材的编写工作。

我希望，通过对古代优秀文学作品中侠形象的梳理，吸收精华，摒除糟粕，将之与新时代英雄观结合，构建具备民族特性的英雄体系。而传承自先秦的侠文化，正是中华优秀传统文化的一部分。它体现了民族对真善美的追求、对英雄的歌颂与敬仰，因而将永远保持蓬勃的生命力。

也将永远给我们正道直行的力量。

2024 年 3 月 16 日　世纪城春荫园